DISPUTA
IRRESISTÍVEL

VI KEELAND

DISPUTA
IRRESISTÍVEL

Tradução
Débora Isidoro

 Planeta

Copyright © Vi Keeland, 2019
Copyright © Editora Planeta do Brasil, 2020
Todos os direitos reservados.
Título original: *We Shouldn't*

Preparação: Barbara Parente
Revisão: Valquíria Della Pozza e Laura Folgueira
Diagramação: Futura
Capa: Departamento de criação da Editora Planeta do Brasil
Imagens de capa: D-Keine/Getty Images

Dados Internacionais de Catalogação na Publicação (CIP)
Angélica Ilacqua CRB-8/7057

Keeland, Vi
 Disputa irresistível / Vi Keeland; tradução de Débora Isidoro. – São Paulo: Planeta do Brasil, 2020.
 304 p.

 ISBN: 978-85-422-1913-5
 Título original: We shouldn´t

 1. Ficção norte-americana I. Título II. Isidoro, Débora

20-1388   CDD 813.6

2020
Todos os direitos desta edição reservados à
Editora Planeta do Brasil Ltda.
Rua Bela Cintra, 986, 4º andar – Consolação
São Paulo – SP – 01415-002
www.planetadelivros.com.br
faleconosco@editoraplaneta.com.br

*Talvez haja uma linha tênue entre o amor e o ódio...
e atravessar essa linha pode ser muito divertido.*

1

Bennet

— Que diabo ela está fazendo?

Quando o farol abriu, continuei correndo no mesmo lugar, em vez de atravessar. A cena do outro lado da rua era interessante demais para interromper. Meu carro estava parado na frente do escritório, e uma loira de cabelos cacheados e pernas lindas se debruçava sobre o para-brisa. Pelo jeito, o cabelo dela estava preso no limpador.

Por quê? Eu não fazia a menor ideia. Mas ela parecia bem brava, e a imagem era cômica, por isso continuei longe, curioso para ver como aquilo ia acabar.

Era um típico dia de vento na Bay Area, e uma rajada mais forte soprou de repente, fazendo seus longos cabelos voarem por todos os lados em meio à luta com meu carro. Isso a deixou ainda mais furiosa. Frustrada, ela puxou o próprio cabelo, mas a mecha presa no limpador de para-brisa era grande demais e não se soltava. Em vez de tentar tirá-la com delicadeza, ela puxou mais forte, e desta vez ergueu o corpo para puxar a mecha com as duas mãos.

Funcionou. O cabelo se soltou. Infelizmente, meu limpador de para-brisa continuava enroscado nele, pendurado. Ela resmungou o que eu desconfiava que fosse uma sequência de palavrões e depois tentou, sem sucesso, remover a mecha emaranhada. As pessoas que atravessaram a rua quando eu também devia ter ido agora começavam a se aproximar de onde ela estava, e de repente a loira pareceu se dar conta de que alguém podia notá-la.

Em vez de ficar bravo com a maluca que tinha danificado meu Audi comprado há uma semana, não consegui segurar a risada quando ela olhou em volta, abriu a capa de chuva e escondeu o limpador de para-brisa lá dentro. Depois ajeitou o cabelo, afivelou o cinto e virou para ir embora como se nada houvesse acontecido.

Pensei que o show tivesse acabado, mas, aparentemente, ela pensou melhor no que havia feito. Era o que parecia. A mulher virou e voltou para perto do meu carro. Enfiou a mão no bolso procurando alguma coisa, que encaixou embaixo do outro limpador antes de se afastar apressada.

Quando o farol abriu de novo, atravessei e corri até meu carro, curioso para ver o que a mulher havia deixado. Ela devia ter ficado presa ali por algum tempo e escreveu o bilhete antes que eu a visse, porque não pegou nenhuma caneta enquanto eu a observava.

Levantei o limpador de para-brisa restante, peguei o bilhete e o virei, e descobri que a mulher não tinha deixado um bilhete de desculpas. A loira havia deixado para mim uma maldita multa de estacionamento.

―――

Que manhã. Meu carro foi vandalizado, não tinha água quente na academia ao lado do escritório e agora um dos elevadores estava quebrado de novo. No *rush* da manhã, o único elevador que funcionava encheu de gente como sardinhas espremidas em uma lata. Olhei para o relógio. *Merda*. Minha reunião com Jonas deveria ter começado cinco minutos atrás.

E estávamos parando em todos os andares.

As portas se abriram no sétimo, um abaixo do meu.

— Com licença — disse uma mulher atrás de mim.

Dei um passo para o lado para deixar as pessoas saírem, e notei a mulher quando ela passou por mim. Seu cheiro era bom, como filtro solar na praia. Eu a observei sair. Quando as portas começaram a se fechar, ela virou para trás e fez contato visual comigo por um breve segundo.

Lindos olhos azuis sorriram para mim.

Comecei a retribuir o sorriso... e parei ao olhar de verdade para aquele rosto – e para o *cabelo* dela – justamente quando as portas se fecharam.

Puta merda. A mulher daquela manhã.

Tentei pedir à pessoa que estava na frente do painel de controle, do outro lado do elevador, para abrir a porta, mas começamos a nos mover antes de ela entender que eu falava com ela.

Perfeito. Simplesmente perfeito. Combinava bem com o resto da porcaria do dia.

Cheguei ao escritório do Jonas quase dez minutos depois da hora marcada.

— Desculpa pelo atraso. A manhã foi um horror.

— Tudo bem. As coisas estão meio caóticas por aqui hoje com a mudança.

Sentei-me em uma das cadeiras de visitantes em frente ao chefe e soltei um suspiro profundo.

— Como vai a equipe com tudo o que está acontecendo hoje? — perguntei.

— Tão bem quanto se pode esperar. Estaríamos bem melhor se eu pudesse dizer a todos que os empregos estão garantidos.

— Ninguém vai perder o emprego, por enquanto.

— Se pudesse encerrar essa frase na palavra "emprego", seria ótimo.

Jonas se encostou na cadeira e suspirou.

— Sei que não é fácil. Mas essa fusão vai ser boa para a empresa, no final. Wren pode ser o jogador menor, mas tem uma bela carteira de clientes.

Duas semanas atrás, a empresa para a qual eu trabalhava desde que me formei na faculdade tinha se fundido com outra grande agência de publicidade. Desde então, todo mundo estava tenso, aflito com o que a aquisição da Wren Media poderia significar para seus empregos na Foster Burnett. Nas últimas duas semanas, eu havia passado metade das minhas manhãs tranquilizando a equipe, embora não tivesse a menor ideia de como poderia ser o futuro da consolidação de duas grandes agências de publicidade.

Nossa companhia era a maior, e era isso que eu lembrava às pessoas. Hoje estava acontecendo a consolidação física no escritório de San Francisco, onde eu trabalhava. Pessoas carregando caixas invadiam nosso espaço, e devíamos sorrir e cumprimentá-las. Não era nada fácil, especialmente porque meu emprego podia estar em jogo. Essa companhia não precisava de dois diretores criativos, e a Wren tinha a própria equipe de marketing, que estava se mudando para o nosso espaço neste exato momento.

Jonas havia garantido que meu emprego na companhia estava seguro, mas ainda não tinha dito que nenhum de nós seria transferido. O escritório de Dallas era maior, e boatos recentes sugeriam que novas transferências estavam sendo discutidas.

Eu não tinha planos de me mudar para lugar nenhum.

— Então, me fale sobre a mulher que vou ter que triturar. Perguntei por aí. Jim Falcon trabalha para a Wren há alguns anos, e dizem que ela está bem perto de se aposentar. Espero não fazer nenhuma senhorinha de cabelos azuis chorar.

Jonas arqueou as sobrancelhas.

— Aposentadoria? Annalise?

— Jim me contou que às vezes ela usa um andador, tem problemas nos joelhos ou alguma merda assim. Tive que pedir à equipe de manutenção para alargar o corredor entre as saletas onde fica o estafe, para garantir que ela consiga se locomover. Mas me recuso a sentir culpa por acabar com essa mulher, só porque ela é mais velha e tem alguns problemas de saúde. Se for preciso, mando a mulher de volta para o Texas de mala e cuia.

— Bennett... acho que Jim pode ter se confundido. Annalise não usa andador.

Balancei a cabeça.

— Sério? Não me fale uma coisa dessa. Tive que pagar uma garrafa de Johnny Walker Blue Label para conseguir passar minha ordem de serviço para o topo da lista do departamento de manutenção.

Jonas balançou a cabeça.

— Annalise não... — Ele parou no meio da frase e olhou para a porta por cima da minha cabeça. — Bem na hora. Aí vem ela. Entre, Annalise. Quero que conheça Bennett Fox.

Virei-me na cadeira para ver minha nova concorrente, a velhinha que eu estava prestes a aniquilar, e quase caí. Olhei de novo para Jonas.

— Quem é essa?

— Annalise O'Neil, sua contraparte na Wren. Acho que Jim Falcon a confundiu com outra pessoa.

Voltei-me para a mulher que andava em minha direção. Annalise O'Neil certamente não era a velhinha que eu tinha imaginado. *Nem perto disso.* Devia ter pouco menos de trinta anos. E era deslumbrante, de deixar qualquer um sem fôlego. Pernas longas e bronzeadas, curvas que podiam fazer um homem bater com o carro em um poste e cabelos loiros e ondulados que emolduravam um rosto que podia ser de modelo. Meu corpo reagiu sem aviso prévio, meu pinto, que tinha estado cabisbaixo e desinteressado no último mês, desde que recebemos a notícia da fusão, de repente se empertigou. A testosterona me fez erguer os ombros e levantar o queixo. Se eu fosse um pavão, teria aberto a cauda de penas coloridas.

Minha concorrente era um arraso.

Balancei a cabeça e dei uma risada. Jim Falcon não tinha se enganado. O filho da mãe queria tirar uma onda comigo. O cara era um palhaço. Eu devia ter imaginado. Aposto que ele morreu de rir quando fiz o pessoal da manutenção desmontar e remontar as saletas para abrir espaço para um andador.

Que cretino. Mas foi bem engraçado. Ele me enganou, isso era inegável. Mas não era isso que me fazia sorrir de orelha a orelha.

Não. De jeito nenhum.

O negócio estava começando a ficar interessante, e não tinha nada a ver com a possibilidade de eu aniquilar a mulher que havia acabado de entrar.

Minha concorrente, Annalise O'Neil, a bela mulher que estava bem na minha frente dentro da sala do meu chefe, a mulher com quem eu estava prestes a começar uma disputa direta...

... também era a mulher de hoje de manhã, a que havia arrancado meu limpador de para-brisa e deixado uma maldita multa de estacionamento no lugar dele, a mulher sorridente do elevador.

— Annalise, não é? — Levantei e ajeitei a gravata. — Bennett Fox.

— É um prazer conhecê-lo, Bennett.

— Ah, pode acreditar, o prazer é todo meu.

2

Annalise

Faz sentido.

Era o bonitão que vi no elevador. E eu pensando que tinha rolado um clima.

Bennett Fox sorriu como se já tivesse sido nomeado meu chefe e estendeu a mão.

— Bem-vinda à Foster Burnett.

Uau. Ele não era só bonito; e sabia disso.

— Agora é Foster, Burnett e Wren. Faz algumas semanas, não? — Amenizei o lembrete sutil de que agora esse era *nosso* local de trabalho com um sorriso, de repente grata por meus pais terem me obrigado a usar aparelho ortodôntico até eu ter quase dezesseis anos.

— É claro.

Meu novo opositor sorriu de volta. Aparentemente, os pais dele também haviam investido alto no ortodontista.

Bennett Fox era alto. Uma vez li um artigo que dizia que a estatura média de um homem norte-americano era um metro e setenta e sete; menos de quinze por cento dos homens têm mais de um metro e oitenta e dois. Mas a altura média de mais de sessenta e oito por cento dos quinhentos CEOs da Fortune ultrapassa um metro e oitenta e dois. Inconscientemente, relacionamos tamanho a poder em mais contextos que o da valentia.

Andrew tinha um metro e oitenta e oito de altura. Acho que esse cara tinha a mesma estatura.

Bennett puxou a cadeira de visitante ao lado da dele.

— Por favor, sente-se.

Alto e com atitudes de um cavalheiro. Já sentia uma tremenda antipatia por ele.

Durante os vinte minutos seguintes, enquanto Jonas Stern tentou nos convencer de que não disputávamos a mesma posição, mas abríamos caminho como líderes da agora maior agência de publicidade dos Estados Unidos, olhei discretamente para Bennett Fox algumas vezes.

Sapatos: caros, com certeza. Conservadores, estilo Oxford, mas com um toque moderno de costura sobreposta. Meu palpite era que ele calçava um Ferragamo. *E os pés eram grandes.*

Terno: azul-marinho, feito sob medida para o corpo alto e largo. O tipo de luxo discreto que anunciava que ele tinha dinheiro, mas não precisava exibi-lo para impressionar.

Ele mantinha uma perna cruzada sobre o outro joelho, como se discutíssemos o tempo, em vez de estarmos ali ouvindo que tudo pelo que havíamos trabalhado doze horas por dia, seis dias por semana, de repente podia ser em vão.

Em um dado momento, Jonas falou alguma coisa com que nós dois concordamos, e olhamos um para o outro e assentimos. Aproveitando a oportunidade para uma inspeção mais atenta, analisei os detalhes do seu rosto bonito. Maxilar forte, reto e atrevido, nariz perfeito, o tipo de estrutura óssea passada de geração em geração e mais útil que qualquer herança financeira. Mas os olhos eram o ponto alto: de um verde profundo e penetrante realçado pela pele lisa, bronzeada. E, nesse momento, olhavam diretamente para mim.

Desviei o olhar e voltei a prestar atenção em Jonas.

— E o que acontece no fim do período de integração de noventa dias? Serão dois diretores criativos no marketing da Costa Oeste?

Jonas olhou para nós dois, um de cada vez, e suspirou.

— Não. Mas ninguém vai perder o emprego. Eu estava aqui prestes a contar a novidade para o Bennett. Rob Gatts anunciou que vai se aposentar em alguns meses. Portanto, vai haver uma vaga de diretor criativo, a dele.

Eu não fazia ideia do que isso significava, mas Bennett parecia saber.

— Então, um de nós vai ser transferido para Dallas para substituir Rob na região sudoeste? — ele perguntou.

O rosto de Jonas me informou que Bennett não ficaria satisfeito com a possibilidade de ir para o Texas.

— Sim.

Nós três pensamos nisso por um momento. Mas a possibilidade de ter que me mudar para o Texas fez minha cabeça pegar no tranco de novo.

— Quem vai decidir isso? — perguntei. — Porque é óbvio que você tem trabalhado com o Bennett...

Jonas balançou a cabeça e desconsiderou com um gesto o que eu ia perguntar.

— Decisões desse tipo, que envolvem a fusão de dois cargos de alta chefia em um só, serão supervisionadas pelo conselho, e os conselheiros vão determinar quem é a primeira opção.

Bennett estava tão confuso quanto eu.

— Os membros do conselho não trabalham com a gente todos os dias.

— Não. Por isso eles adotaram um método para tomar essa decisão.

— Qual?

— Vão usar a avaliação de três grandes clientes. Vocês dois farão suas campanhas e as apresentarão para eles. Os clientes vão escolher as que acharem melhor.

Pela primeira vez, Bennett pareceu abalado. A postura e a autoconfiança foram atingidas pelo golpe quando ele se inclinou para a frente e passou os dedos longos pelos cabelos.

— Isso só pode ser brincadeira. Mais de dez anos, e meu trabalho aqui vai ser avaliado por palpites? Conquistei meio bilhão de dólares em contas publicitárias para esta empresa.

— Lamento, Bennett. De verdade. Mas uma das condições da fusão com a Wren foi que se desse a devida consideração aos funcionários deles em cargos que pudessem ser eliminados por duplicidade. O negócio quase não foi fechado, porque a Sra. Wren insistiu muito nisso, não queria vender a empresa do marido só para a nova empresa demitir todos os esforçados funcionários da Wren.

Isso me fez sorrir. O Sr. Wren cuidava de seus funcionários mesmo não estando mais aqui.

— Eu aceito o desafio. — Olhei para Bennett, que estava furioso. — Que vença a melhor.

Ele fechou a cara.

— Você quer dizer *o* melhor.

Passamos mais uma hora ali, verificando todas as nossas contas atuais e discutindo quais seriam transferidas para outras pessoas, para que pudéssemos concentrar todo o esforço na integração de nossas equipes e na avaliação que decidiria nosso destino.

Quando chegamos à conta da Vinícola Bianchi, Bennett comentou:

— Essa é para daqui a dois dias. Estou preparado para essa apresentação.

Eu sabia que havia mais dois concorrentes, além de mim, disputando essa conta. Que droga! Fui eu que sugeri que fossem feitas várias apresentações para garantir que eles tivessem a melhor campanha. Mas não sabia que a Foster Burnett era uma das empresas envolvidas na concorrência. E, é claro, a fusão mudava tudo. Eu não podia deixar a nova administração pensar que eu corria o risco de perder uma conta existente.

— Acho que não é necessário fazer as duas apresentações. A conta da Bianchi é minha há anos. Na verdade, por causa do meu relacionamento com eles, fui eu que sugeri...

O cretino me interrompeu:

— A Sra. Bianchi ficou muito interessada em minhas ideias iniciais. Não tenho dúvida de que ela vai escolher um dos meus conceitos.

Caramba, o cara é arrogante.

— Tenho certeza de que suas ideias são ótimas. Mas eu estava dizendo que tenho um relacionamento com a vinícola, e não tenho dúvidas de que eles vão trabalhar exclusivamente comigo, se eu sugerir isso, porque...

Ele me interrompeu de novo.

— Se tem tanta certeza, por que não deixa o cliente decidir? Parece que tem mais medo da concorrência do que certeza do seu relacionamento. — Bennett olhou para Jonas. — O cliente deve ver as duas propostas.

— Tudo bem. Ok — Jonas respondeu. — Agora somos uma empresa. Seria melhor uma só proposta para um cliente que já é nosso, mas como vocês dois já fizeram a campanha, não vejo mal nenhum em apresentar as duas. Desde que consigam apresentar uma frente unida pela Foster, Burnett e Wren, vamos deixar o cliente escolher desta vez.

Um sorriso prepotente surgiu no rosto de Bennett.

— Por mim, ok. Não tenho medo da concorrência... ao contrário de algumas pessoas.

— Não somos mais concorrentes. Talvez isso ainda não tenha entrado na sua cabeça. — Suspirei e resmunguei: — Pelo jeito, a informação tem que passar por muito gel para cabelo para entrar aí.

Bennett passou os dedos pelo cabelo volumoso.

— Notou meu cabelo lindo, é?

Revirei os olhos.

Jonas balançou a cabeça.

— Legal, vocês dois. Já deu para ver que isso não vai ser fácil. E lamento ter que fazer isso com ambos. — E olhou para Bennett. — Trabalhamos juntos há muito tempo. Sei que isso deve ser incômodo. Mas você é um profissional, e sei que vai fazer o melhor possível para superar tudo isso. — Depois ele olhou para mim. — E acabei de te conhecer, Annalise, mas também ouvi coisas maravilhosas a seu respeito.

Depois disso, Jonas perguntou se Bennett podia abrir espaço em seu escritório para me acomodar, por enquanto. Aparentemente, as pessoas ainda estavam em transição, e um escritório permanente não tinha ficado pronto. Bem, tão permanente quanto era possível, nessas circunstâncias. Fiquei na sala discutindo algumas contas com Jonas até o começo da tarde.

Quando terminamos, ele me levou ao escritório de Bennett. O espaço da Foster Burnett era melhor que aquele a que eu estava habituada na Wren. A sala de Bennett era elegante e moderna, e tinha o dobro do tamanho da minha. Ele falava ao telefone, mas gesticulou para entrarmos.

— Sim, é possível. Pode ser na sexta por volta das três horas? — Bennett olhava para mim, mas falava ao telefone.

Enquanto esperávamos o fim da ligação, o celular de Jonas tocou. Ele pediu desculpas e saiu da sala para atender. Voltou quando Bennett estava desligando.

— Preciso subir correndo para uma reunião — Jonas avisou. — Conseguiu arrumar um espaço para Annalise?

— Encontrei o lugar perfeito para ela.

Alguma coisa na resposta de Bennett pareceu sarcástica, mas eu não o conhecia bem, e Jonas não pareceu se incomodar.

— Ótimo. Foi um dia muito pesado, e vocês ainda têm muita coisa para fazer. Não fiquem até muito tarde.

— Obrigada, Jonas — respondi.

— Tenham uma boa noite.

Eu o vi sair, depois olhei para Bennett. Ficamos esperando o outro falar primeiro.

Finalmente, eu rompi o silêncio.

— Então... essa situação toda é desconfortável.

Bennett saiu de trás da mesa.

— Jonas está certo. Foi um dia difícil. Quer conhecer o lugar que arrumei para você? Acho que vou embora mais cedo, só para variar.

— Seria ótimo. Obrigada.

Eu o segui pelo longo corredor até pararmos diante de uma porta fechada. Tinha um suporte para placa na porta, mas o nome havia sido retirado.

Bennett acenou com a cabeça mostrando o suporte.

— Vou ligar para o departamento de compras e pedir uma placa nova para sua sala antes de sair ainda hoje.

Era muita gentileza. Talvez não fosse tudo tão desconfortável, afinal.

— Obrigada.

Ele sorriu e abriu a porta, depois se afastou para eu entrar primeiro.

— Por nada. Vamos lá. Lar, doce lar.

Entrei na sala, e Bennett acendeu a luz.

Que palhaçada era essa?

A sala tinha um conjunto de mesa e cadeira dobrável, mas não era um escritório. No máximo, era um pequeno armário de suprimentos, e nem do tipo mais organizado, com prateleiras cromadas para guardar tudo. Era um armário da zeladoria, tinha cheiro de desinfetante de banheiro e água parada, provavelmente por causa do balde amarelo e do esfregão deixados ao lado da minha nova mesa improvisada.

Olhei para Bennett.

— Acha que eu vou trabalhar aqui? Assim?

Vi um brilho debochado em seus olhos.

— Bom, também vai precisar de papel, é claro.

Franzi a testa. *Ele estava brincando?*

Com a mão no bolso, ele se dirigiu à mesa e deixou uma folha no meio dela. Depois se virou para sair, parou bem na minha frente e piscou.

— Tenha uma boa noite. Vou sair e pegar meu carro no conserto agora.

Perplexa, eu ainda estava dentro do armário quando ele saiu e bateu a porta. O deslocamento de ar derrubou o papel de cima da mesa. Ele flutuou por alguns segundos, depois caiu perto dos meus pés.

A princípio, olhei para ele sem muito interesse.

Mas prestei mais atenção quando o enxerguei direito. Percebi que havia alguma coisa escrita nele.

Ele deixou um bilhete para mim? Abaixei e peguei o papel do chão.

Qual é?

O papel deixado por Bennett não era um bilhete, era uma multa de estacionamento.

E não era uma multa qualquer.

Era a *minha* multa de estacionamento.

A mesma que eu havia deixado no para-brisa do carro de alguém hoje de manhã.

3

Annalise

— Você nem imagina quanto eu preciso de uma bebida. — Puxei uma cadeira e olhei em volta, procurando um garçom antes mesmo de sentar.

— E eu que pensei que você queria me ver por causa da minha personalidade vencedora, não pela refeição grátis que ganha toda semana.

Minha melhor amiga, Madison, tinha o melhor emprego do mundo, era crítica de gastronomia do *San Francisco Observer*. Em quatro noites da semana, ela ia a diferentes restaurantes para comer alguma coisa que, depois de um tempo, ganhava uma crítica. Às quintas-feiras, eu ia com ela. Basicamente, ela era o meu vale-refeição. Normalmente, esse era o único dia em que eu saía do escritório antes das nove da noite, e essa era a única refeição decente que eu fazia na semana por causa das sessenta e oito horas de trabalho semanais que costumava cumprir.

E que bela porcaria isso me rendeu.

O garçom chegou com a carta de vinhos. Madison nem olhou as opções.

— Vamos querer merlot... O que você recomenda?

Era um pedido padronizado, e eu sabia que esse era o primeiro passo para avaliar o serviço do restaurante. Ela gostava de analisar como o garçom se portava. Fazia perguntas sobre seu gosto para poder fazer uma boa escolha? Ou sugeria o vinho mais caro do cardápio só para ganhar mais gorjeta?

— Muito bem. Vou escolher alguma coisa.

— Na verdade... — Levantei um dedo. — Posso mudar o pedido, por favor? Ela vai beber merlot, eu quero uma vodca com club soda e limão.

— É claro.

Madison mal esperou o garçom se afastar.

— Ih... Vodca e club soda. O que aconteceu? Andrew está saindo com alguém?

Balancei a cabeça.

— Não. Pior.

Ela arregalou os olhos.

— Pior que Andrew sair com alguém? Bateu o carro de novo?

Bem, talvez eu tivesse exagerado um pouco. Descobrir que meu namorado há oito anos estava saindo com outra mulher teria acabado comigo, sem dúvida. Há três meses, ele me disse que *precisava de um tempo*. Não eram exatamente as quatro palavrinhas que eu esperava ouvir dele depois do nosso jantar de Dia dos Namorados. Mas tentei ser compreensiva. Ele havia tido um ano difícil – o segundo livro encalhou, o pai, então com sessenta anos, descobriu um câncer de fígado e morreu três semanas depois de receber o diagnóstico, e a mãe decidiu se casar de novo apenas nove meses depois de ter ficado viúva.

Então, concordei com a separação temporária, embora o conceito dele de dar um tempo fosse mais tipo Ross e Rachel – nós dois éramos livres para sair com outras pessoas, se quiséssemos. Ele jurou que não tinha outra, e que não pretendia sair por aí dormindo com todo mundo. Mas também achava que um acordo de *não* sair com outras pessoas nos manteria amarrados e não daria a ele a liberdade de que precisava.

E com relação a dirigir... eu odiava desde o primeiro mês depois de ter tirado a carteira, tudo por causa de um acidente grave que me transformou em uma motorista nervosa. Nunca consegui superar. No mês passado, amassei o para-choque em um estacionamento, e todo o medo que eu tinha conseguido controlar voltou à tona. Outro acidente em tão pouco tempo me levaria ao limite.

— Talvez não seja nada tão sério — admiti. — Mas é quase isso.

— O que aconteceu? O primeiro dia no escritório novo foi ruim? Pensei que fosse me contar sobre todos os homens lindos que conheceu no emprego novo.

Madison não entendia por que Andrew precisava dar um tempo e me incentivava a voltar ao mundo da paquera, seguir adiante.

O garçom chegou com as bebidas, e Madison disse que ainda não faríamos o pedido. Pediu dez minutos para decidir.

Bebi um gole da vodca. Ela desceu queimando.

— Na verdade, tinha um gostosão.

Ela pôs os cotovelos sobre a mesa e apoiou a cabeça nas mãos.

— Detalhes. Quero detalhes sobre ele. A história sobre seu dia ruim pode esperar.

— Bem... ele é alto, tem uma estrutura óssea de causar inveja a um escultor e emana confiança.

— E o cheiro?

— Não sei. Não cheguei perto o bastante para cheirar o cara. — Tirei o limão da borda do copo e espremi o suco na bebida. — Bom, não é verdade. Cheguei. Mas, quando ficamos mais perto, estávamos dentro de um armário de material de limpeza, e eu só consegui sentir cheiro de desinfetante e água parada. — Bebi mais um gole.

Os olhos de Madison brilharam.

— Não acredito! Vocês dois... no armário de produtos de limpeza, no seu primeiro dia no escritório novo?

— Isso. Mas não é nada do que está pensando.

— Começa do começo.

Fiz uma careta.

— Ok.

Definitivamente, ela acreditava que a história teria um fim diferente.

— Eu tinha um porta-malas cheio de caixas com pastas e coisas que tirei do escritório antigo e precisava levar para minha nova sala. Tentei encontrar um lugar para estacionar, mas não tinha nenhuma vaga nos quarteirões em volta do prédio... e eu parei em um lugar proibido e fiz várias viagens até o escritório para levar minhas coisas. Na penúltima viagem, tinha uma multa no meu para-brisa.

— Que droga.

— Nem fala. Hoje em dia, uma dessas custa quase duzentos paus.

— Péssimo começo de dia. Mas podia ter sido pior, acho, se havia você e um carro no meio da história.

Tive que rir.

— Ah, mas ficou pior. Essa foi a *melhor* parte do meu dia.
— O que mais aconteceu?
— A policial de trânsito estava a alguns carros do meu, ainda distribuindo multas. Achei que, como já tinha sido multada, podia continuar descarregando o carro. Levei a última caixa para o escritório novo e, quando voltei, cada carro tinha uma multa igual à minha. Todos, menos um. O carro que estava parado bem na frente do meu.
— Como assim? Ele chegou depois que a policial tinha ido embora e escapou da multa?
— Não. Já estava lá quando eu parei, tenho certeza. Ela só pulou aquele carro. E tenho certeza disso porque era o mesmo modelo de Audi que eu tenho, só um ano mais novo. Na primeira vez que passei por ele, dei uma espiada lá dentro para ver se tinham mudado muito o interior no modelo mais recente. Notei que havia um par de luvas com o logo da Porsche no banco da frente. Por isso sei que o mesmo carro ficou parado ali por mais de uma hora, porque as luvas ainda estavam no mesmo lugar.

Madison bebeu um pouco do vinho e fez uma careta.

— Não gostou do vinho?
— Não, é bom. Mas luvas para dirigir? Só pilotos de corrida e babacas metidos a besta usam luvas para dirigir.

Levantei o copo na direção dela antes de levá-lo aos lábios.

— Exato! Foi exatamente isso que eu pensei quando vi as luvas. Então, fui levar minha multa de presente para o babaca metido a besta. Meu carro era da mesma marca, mesmo modelo e mesma cor. Por que eu ia ficar duzentos paus mais pobre, se o Sr. Porsche não tinha levado uma multa? A multa não tinha nome, só a marca, o modelo e o número da licença do carro, e a placa na minha cópia carbono era quase ilegível. Ele nem devia saber seu número de licença, provavelmente acabaria pagando a multa... porque estava parado em lugar proibido, não estava?

Minha melhor amiga sorriu.

— Você é minha heroína.
— É melhor esperar eu terminar de contar a história, antes de dizer essas coisas.

O sorriso dela diminuiu.

— Ele te pegou?

— Eu achava que não. Mas houve um probleminha. Quando me inclinei e levantei o limpador de para-brisa do carro para prender a multa, meu cabelo enroscou e ficou preso.

Madison franziu a testa.

— No limpador de para-brisa?

— Eu sei. É estranho. Mas estava ventando muito, e quando tentei soltar o cabelo, a situação piorou. Você sabe como meu cabelo é grosso e rebelde. Posso perder uma escova nele por alguns dias, e ninguém nem vai notar. Essas ondas têm vontade própria.

— Como se soltou?

— Puxei até soltar. Só que, quando finalmente consegui, o limpador de para-brisa veio junto e ficou pendurado no meu cabelo, não no Audi, onde deveria estar.

Madison cobriu a boca com a mão e riu.

— Meu Deus.

— É.

— Deixou um bilhete para o dono do carro?

Bebi um gole bem grande do drinque, que ficava um pouco mais gostoso cada vez que eu bebia.

— A multa vale como bilhete?

— Bom... pelo menos tem um lado positivo.

— Tem? Então me conta, porque agora, depois do dia que eu tive, não vejo nenhum lado positivo.

— Tem um deus grego no escritório. Isso é bom. Quanto tempo faz que não sai com alguém diferente? Oito anos?

— O deus grego não vai me convidar para sair. Pode acreditar em mim.

— É casado?

— Pior.

— Gay?

Eu ri.

— Não. Ele é o dono do Audi que eu danifiquei e onde deixei a multa, e aparentemente ele me viu fazer tudo isso.

— Putz.

— É. *Putz.* Ah, e tenho que trabalhar com ele todos os dias.

— Ai, merda. O que ele faz?

— É diretor criativo regional da empresa com quem fizemos a fusão.

— Espere aí. Esse cargo não é seu?

— É. E só tem lugar para um de nós.

Um garçom que não era o nosso passou pela mesa. Madison levantou a mão e o segurou pelo braço.

— Precisamos de mais uma vodca com club soda e outra taça de merlot. *Imediatamente*.

Na manhã seguinte, fiz uma parada a caminho do escritório. Por mais que eu odiasse o que estava acontecendo com meu emprego, teria que trabalhar com Bennett nos próximos meses, pelo jeito. E... vamos encarar. Eu errei. Danifiquei o carro dele e deixei uma multa de estacionamento proibido, em vez de um bilhete. Se alguém fizesse isso comigo... Bem, duvido que fosse educada como ele foi o dia todo. Ele esperou até ficarmos sozinhos para jogar a verdade na minha cara, quando podia ter me exposto diante do novo chefe.

Quando cheguei, o carro dele estava parado no mesmo lugar proibido do dia anterior. Na noite passada, quando revi o dia mentalmente, pensei que o carro dele pudesse ter sido pulado por acidente pela policial de trânsito, porque ela se confundiu e pensou já ter dado a multa, já que, por fora, o carro dele e o meu eram idênticos. Mas, se fosse isso, e ele havia escapado uma vez, por que estacionaria ali de novo hoje, correndo o risco de ser multado?

As respostas lógicas eram poucas. Primeiro, ele era rico e arrogante. Segundo, ele era um idiota. Ou terceiro, ele *sabia* que não seria multado.

A porta da sala de Bennett estava fechada, mas dava para ver a luz por baixo dela. Levantei a mão para bater, mas hesitei. Seria mais fácil se ele não fosse tão bonito.

Tenha vergonha na cara, Annalise.

Endireitei as costas antes de bater com força na porta. Depois de um minuto, decidi que Bennett não estava lá dentro e comecei a sentir alívio. Ele devia ter esquecido a luz acesa. Eu já estava virando para me afastar quando a porta foi aberta de repente.

Pulei assustada e levei a mão ao peito.

— Quase me matou de susto.

Bennett tirou um fone da orelha.

— Disse que eu te assustei?

— Sim. Eu não estava esperando você abrir a porta.

Ele tirou o outro fone e os deixou pendurados no pescoço. A testa estava franzida.

— Bateu na porta da minha sala, mas não esperava que eu abrisse?

— Sua porta estava fechada, estava tudo quieto. Não pensei que estivesse aí dentro.

Bennett mostrou o iPhone.

— Acabei de voltar da corrida. Estava de fone.

A música brotava alta dos fones, e reconheci a melodia.

— "Enter Sandman"? Sério? — Meu tom de voz revelava que eu achava aquilo engraçado.

— Qual é o problema com Metallica?

— Nenhum. Nenhum mesmo. Você só não *parece* alguém que ouve Metallica.

Ele estreitou os olhos.

— E o que exatamente eu *pareço* ouvir?

Dei uma olhada nele. Não usava o terno e os sapatos caros do dia anterior. Mas, mesmo vestido casualmente com uma camiseta Under Armour justa e preta e calça de moletom meio caída, alguma coisa nele cheirava a refinamento.

Embora a veia saliente no bíceps fosse mais provocante que refinada. Bennett era mais velho que eu, acho, pouco mais de trinta anos, talvez, mas com um corpo firme e musculoso, e imaginei que ele seria ainda mais incrível sem aquela camiseta.

Pisquei para sair de um estado de quase transe, lembrando que ele havia feito uma pergunta.

— Clássica. Pensei que gostasse mais de música clássica que de Metallica.

— Isso é meio estereotipado, não é? Nesse caso, o que devo pensar sobre você? Loira e bonita.

— Não sou burra.

Ele cruzou os braços e arqueou uma sobrancelha.

— Ficou com a cabeça presa no para-brisa do meu carro.

Ele tinha razão. E discutir com ele de novo logo cedo não era exatamente um bom começo. Recuperei o equilíbrio e mostrei o pacote estreito que havia apanhado a caminho do escritório.

— Aliás, isso me lembra uma coisa, quero me desculpar por ontem.

Bennett me estudou por um minuto. Depois pegou o limpador de para-brisa da minha mão.

— Como conseguiu prender o cabelo no meu carro?

Senti o rosto esquentar.

— Tenho que começar explicando que carros não são para mim. Não gosto de dirigir e dou um tremendo azar com o funcionamento. No antigo escritório, eu podia ir trabalhar a pé. Agora tenho que dirigir todos os dias. Enfim, ontem de manhã levei uma multa por estacionar em local proibido quando estava tirando caixas do meu carro. Por acaso, temos o mesmo modelo e cor de Audi. O seu também estava estacionado em local proibido, mas você não foi multado. Tentei deixar minha multa embaixo do seu limpador de para-brisa na esperança de você pagar. O problema é que ventou de repente, e meu cabelo acabou enroscando quando levantei o limpador. Tentei soltar a mecha e compliquei ainda mais a situação. Sério, não queria danificar seu carro.

O rosto dele era inexpressivo.

— Não queria quebrar meu limpador de para-brisa, a intenção era só me fazer pagar sua multa.

— Isso.

Ele sorriu.

— Agora tudo faz sentido.

Bennett segurava uma garrafa de água. Ele a levou aos lábios e bebeu um gole demorado, sem desviar os olhos de mim. Quando terminou de beber, ele assentiu.

— Está desculpada.

— Sério?

— Temos que trabalhar juntos. Melhor manter as coisas no nível profissional.

Fiquei aliviada.

— Obrigada.

— Eu tomo banho na academia lá embaixo depois da corrida matinal. Só preciso de vinte minutos, depois podemos começar a rever nossas contas.

— Certo. Ótimo. Vejo você daqui a pouco.

Talvez eu tivesse subestimado Bennett. Só porque era bonito, eu tinha presumido que era egocêntrico, e que nunca me perdoaria pelo momento de insanidade. Quando cheguei ao meu armário de produtos de limpeza, a chave emperrou na porta, mas acabou girando e destravando a fechadura. O cheiro de desinfetante invadiu meu nariz imediatamente. Pelo menos agora eu entendia por que ele havia me enfiado aqui. Suspirando, acendi a luz e me surpreendi ao ver que alguém tinha deixado uma sacola em cima da mesa.

Devia ter sido o zelador. Peguei a sacola para deixá-la junto com os outros produtos, e foi então que vi o bilhete manuscrito preso a ela.

"Vai precisar disso. Bennett"

Um presente para mim?

Deixei o laptop e a bolsa em cima da mesa e abri a sacola. Era leve, não continha produtos de limpeza, definitivamente, e o conteúdo era protegido por papel de seda.

Curiosa, abri o pacote.

Um chapéu de caubói?

O quê?

Vai precisar disso.

Hum.

Vai precisar disso.

Tipo, para trabalhar.

No Texas.

Talvez Bennett não fosse tão maduro, afinal.

4

Bennett

Talvez amanhã eu deva deixar uma lingerie.

Bem na hora, Annalise entrou na minha sala carregando uma grande caixa de papelão. Ela usava o chapéu que eu tinha deixado na sala dela só para ser um pé no saco. Só que, agora que ela usava o chapéu, eu estava *pensando* com o saco.

A mulher era muito sexy com todo aquele cabelo loiro selvagem embaixo do chapéu. *Aposto que ia ficar uma delícia de espartilho de renda preta e sapatos de salto fino para combinar com o chapéu de caubói.* Balancei a cabeça para apagar a imagem produzida por minha imaginação. Mas a mente não cooperava. Estava ocupada sugerindo um milhão de possibilidades para combinar com o chapéu.

Em cima de mim.
Montando de costas.
É, que burrice, Fox.

Desviei o olhar por um minuto, antes de pigarrear e ir pegar a caixa das mãos dela.

— Ficou bom em você. Vai se adaptar muito bem no novo escritório em alguns meses.

— Pelo menos, talvez lá eu tenha um lugar para trabalhar sem passar o dia inteiro chapada por cheirar produto de limpeza.

— Eu estava brincando. Seu escritório de verdade está ficando pronto agora mesmo.

— Ah. Uau. Obrigada.

— Por nada. Tenho certeza de que a crosta de sujeira nos mictórios vai dar à sua nova sala um cheiro muito melhor.

— Não estou...

Levantei a mão para interrompê-la.

— Brincadeira. Sua nova sala tem o mesmo *layout* da minha e fica duas portas adiante. Sei que gostaria de ficar mais perto de mim, mas foi o máximo que pude fazer.

— Você é sempre tão ridículo a esta hora da manhã? — Ela levantou uma caneca de café com um A cintilante gravado. — Porque estou só começando a segunda xícara e, se for sempre assim, vou precisar me entupir com mais cafeína antes de vir para cá.

Eu ri.

— É, vá se acostumando. E já me disseram que as manhãs são meu momento menos ridículo, o que significa que, talvez, seja uma boa encher essa caneca com alguma coisa mais forte depois do almoço.

Ela revirou os olhos.

Marina, minha assistente, *nossa* assistente, entrou na sala e deixou um envelope em cima da minha mesa. Sorriu para Annalise, disse bom-dia e fingiu que eu não estava ali.

Balancei a cabeça quando ela saiu.

— Aliás, acho melhor avisar: cuidado para não comer acidentalmente o almoço da sua nova assistente.

Annalise parecia pensar que eu estava brincando.

— Ok.

— Não diga que eu não avisei.

Andei até a mesinha redonda que ficava em um canto, onde eu costumava fazer pequenas reuniões, e deixei a caixa ali. Só então vi o rótulo.

— Vinícola Bianchi? Pensei que íamos reavaliar todas as nossas contas para equilibrar a carga de trabalho e redistribuir os clientes entre as equipes.

— E vamos. Mas achei que não faria mal mostrar a apresentação que preparamos para amanhã. Talvez possamos chegar a um acordo sobre qual é a melhor, sem ter que concorrer diretamente?

Sorri.

— Está com medo de perder, é?

Ela suspirou.

— Esqueça. Vamos só rever as contas, como Jonas pediu.

Caramba, ela é sensível.

— Tudo bem. Podemos trabalhar aqui mesmo. Tem mais espaço.

Ela concordou e tirou uma pasta sanfonada da caixa. Quando soltou o elástico que mantinha a pasta comprimida, ela se expandiu exibindo algumas dúzias de compartimentos individuais. Cada compartimento tinha uma etiqueta colorida com alguma coisa escrita.

— O que é isso?

— Meu Kit Rápido.

— Seu o quê?

— Kit Rápido. — Ela tirou um maço de papéis de um dos compartimentos e os espalhou em leque sobre a mesa. — Isso é uma planilha de contato de clientes com nome e números principais, uma planilha de fatos que fornece um resumo das linhas de produtos que colocamos no mercado, uma lista dos membros da minha equipe que trabalham na conta, informações resumidas sobre orçamento, gráficos dos logos dos clientes, uma lista de fontes e códigos de cores Pantone preferidos, e um resumo do projeto atual.

Fiquei olhando para ela.

— Que foi?

— Para que tudo isso?

— Bom, eu mantenho o Kit Rápido no arquivo da sala do marketing. Se um cliente telefona, qualquer um pode ter acesso à informação e discutir a conta depois de uma olhada rápida nesses documentos. Também uso o kit quando sou chamada para reuniões para dar informações atualizadas sobre uma conta para a equipe executiva. Mas achei que podíamos usar o material hoje para falar sobre cada conta.

Merda. Ela era uma dessas neuróticas obcecadas por organização.

Olhei para a pasta.

— E qual é a das cores diferentes?

— Cada conta tem a própria cor, e todas as informações secundárias e pastas são codificadas por cor para facilitar o arquivamento e a reunião de informações.

Cocei o queixo.

— Sabe, tenho uma teoria sobre pessoas que usam sistemas de codificação por cor.

— Ah, é? Qual?

— Elas morrem cedo por causa do estresse.

Ela riu, mas depois viu minha expressão.

— Ah, não é brincadeira, é?

Balancei a cabeça lentamente para dizer que não.

Ela ajeitou a pasta.

— Tudo bem. Vou pagar para ver. Por que as pessoas que preferem codificar por cor morrem mais cedo?

— Já falei. Estresse.

— Isso é ridículo. Se existe essa relação, meu nível de estresse é mais baixo por causa do sistema de codificação por cor. Consigo encontrar as coisas com mais facilidade e não preciso perder tempo abrindo todas as gavetas e revirando pilhas de informações secundárias espalhadas. Só preciso procurar uma cor.

— Talvez seja verdade. Sério, com certeza vai me ouvir gritando *merda* várias vezes por semana quando eu não conseguir encontrar alguma coisa.

— Viu?

Levantei um dedo.

— Mas não é a codificação por cor que causa estresse: é a necessidade incessante por organização. Alguém que codifica por cor acha que tudo tem seu lugar, e o mundo não funciona desse jeito. Nem todo mundo quer ser tão organizado e, quando alguém não segue seu sistema, isso é suficiente para provocar nervosismo.

— Acho que está exagerando. Eu gosto de codificação por cor, mas isso não significa que sou uma neurótica obcecada por organização e que fico perturbada quando as coisas estão fora do lugar.

— Ah, é? Me dá seu celular.

— Quê?

— O celular. Não se preocupa, não vou olhar as *selfies* de biquinho que guarda nele. Só quero ver uma coisa.

Relutante, Annalise me entregou o celular. Tudo era como eu suspeitava. Cada aplicativo arquivado e organizado. Havia seis pastas diferentes, todas rotuladas: Mídia Social, Entretenimento, Compras, Viagens, Apps de Trabalho e Utilidades. Nenhum aplicativo ficava fora das bolhinhas organizadas. Cliquei na pasta de mídias sociais, arrastei o app do Facebook para fora dela e o deixei solto. Depois abri a pasta de compras, puxei o ícone da Amazon para a bolha de mídias sociais. Arrastei o ícone do e-Art da pasta de trabalho e o deixei solto na tela inicial.

Quando devolvi o celular, ela franziu o rosto.

— E o que isso prova?

— Agora seus aplicativos estão bagunçados. Isso vai começar a te deixar maluca. Cada vez que abrir o celular para fazer alguma coisa, vai sentir uma forte urgência de arquivar os ícones nos lugares certos. No fim da semana, isso vai ter causado tanto estresse que você vai acabar cedendo e arrumando tudo para não ter um pico de pressão.

— Isso é ridículo.

Dei de ombros.

— Tudo bem. Veremos.

Annalise se ajeitou na cadeira.

— E qual é o seu sistema para administrar as contas? O que vai usar hoje para revisarmos tudo? Uma lista escrita com giz de cera no verso de um envelope?

— Não. Não preciso de lista nenhuma. — Recostei-me na cadeira e toquei a têmpora com um dedo. — Memória fotográfica. Está tudo aqui.

— Se é aí que guarda toda a informação, espero que Deus nos ajude — ela resmungou.

Annalise passou as duas horas seguintes revendo todas as suas contas. Nunca vou dar o braço a torcer em voz alta, mas o sistema organizado permitia acesso imediato a uma infinidade de dados. Ela sabia o que estava fazendo.

Separamos algumas de suas planilhas de resumo para decidir que contas ela achava que podia redistribuir.

Quando chegou a hora de falarmos sobre as minhas contas, Annalise decidiu fazer anotações, em vez de simplesmente ouvir, como eu tinha feito, o que não me surpreendeu.

— Esqueci de trazer um bloco de anotações — ela disse. — Tem um para me emprestar?

— É claro.

Pelo bem do trabalho em equipe, peguei dois blocos e duas canetas da gaveta da minha mesa. Sem pensar muito no que fazia, deixei um na frente dela e o outro na minha frente. Annalise percebeu as manchas de tinta no meu bloco antes de mim. Virou-o para ela.

Merda.

Tentei pegá-lo de volta, mas ela o tirou do meu alcance.

— O que temos aqui? Você desenhou tudo isso?

Estendi a mão.

— Me devolva isso.

Ela me ignorou, continuou estudando os rabiscos.

— Não.

Levantei uma sobrancelha.

— Não? Não vai devolver meu bloco. Quantos anos você tem?

— Hum... aparentemente... — Ela balançou o bloco no ar exibindo minha arte. — ... a mesma idade do menino que desenhou essas coisas, uns doze anos. Se é isso que faz o dia todo no trabalho, não sei com o que estava preocupada. Pensei que ia competir pela vaga com um profissional experiente.

Eu tinha o mau hábito de rabiscar enquanto ouvia música. Era o que fazia sempre que tinha um bloqueio criativo ou precisava limpar o paladar entre um projeto e outro. Não sabia por que, mas desenhar à toa ajudava a clarear as ideias, o que permitia que a criatividade despertasse. O hábito não seria tão ruim – talvez fosse um pouco constrangedor um homem de trinta e um anos ainda desenhar *super-heróis de desenho animado* em sua mesa de trabalho –, nada que me causasse problemas... se os super-heróis que eu desenhava todos os dias fossem *homens*. Mas não eram. Todos os meus super-heróis eram mulheres... com partes do corpo pronunciadas, mais ou menos como aquelas caricaturas feitas por artistas de rua, nas quais sua cabeça é cinco vezes maior que o corpo e você está patinando ou surfando. Já viu uma dessas, não viu?

Provavelmente, tem uma em cima de um monociclo em algum lugar no fundo do seu armário. Deve estar rasgada e amassada, mas você ainda não jogou essa porcaria fora. Então, as minhas são semelhantes. Mas não é na cabeça das minhas criações que eu exagero. *É nos seios. Ou na bunda.* De vez em quando, entro no clima da boca. É isso, deu para ter uma ideia.

Jonas tinha me prevenido recentemente sobre não deixar essa merda largada no escritório, depois de um pequeno incidente com uma funcionária dos recursos humanos, que apareceu de forma inesperada e viu alguns desenhos.

Puxei o bloco da mão de Annalise, arranquei a página e a amassei.

— Desenho para relaxar. Não percebi que tinha pegado esse bloco. Normalmente, arranco a página e jogo fora quando acabo. Desculpa.

Ela inclinou a cabeça como se estivesse me examinando.

— Está se desculpando? Por quê? Por eu ter visto os desenhos ou por ter desenhado durante o expediente personagens que objetificam as mulheres?

Imagino que essa seja uma pergunta capciosa. Claro, só me desculpava porque ela os tinha visto.

— Por tudo.

Ela estreitou os olhos e continuou me encarando.

— Está me enrolando.

Voltei à minha mesa, abri a gaveta e guardei a página rabiscada. Depois a fechei e respondi:

— Acho que ainda não está qualificada para saber quando estou enrolando alguém. Quanto tempo passamos juntos? Uma hora?

— Quero fazer uma pergunta. Se eu fosse homem, um dos seus colegas aqui, alguém com quem sai para uma *happy hour* de vez em quando, também teria se desculpado?

É claro que não. Outra pergunta capciosa. Eu precisava pensar na melhor resposta para essa. Por sorte, tinha passado pelo treinamento do RH sobre assédio sexual e sensibilidade, por isso estava preparado com a resposta certa.

— Se ele reagisse ofendido, sim. — Não falei que aquilo não ofenderia nenhum dos caras com quem eu socializava fora do escritório... basicamente, porque eu não me relacionava com *bananas*. Imaginei que Jonas ficaria satisfeito com meu autocontrole, se soubesse.

— Então, você pediu desculpas por pensar que poderia ter me ofendido?

Fácil.

— Sim.

Esperava que isso encerrasse a conversa, por isso me sentei. Annalise também se acomodou. Mas não abandonaria o assunto tão depressa.

— Então, objetificar a mulher pode, desde que não pense que vai ofender alguém com isso?

— Eu não falei isso. Está presumindo que eu objetifico a mulher. Eu não concordo.

Ela me olhou como se não acreditasse em mim.

— Acho que é *você* quem objetifica as mulheres.

— Eu? — As sobrancelhas dela se ergueram. — *Eu* objetifico as mulheres? Como?

— Bom, aquele desenho era de uma super-heroína, a mulher tinha o poder de voar. Todo dia ela salta de prédios altos e luta contra o crime como uma doida. E você aí presumindo que, só por ser meio peituda, ela é uma espécie de fantasia demente. Não levou em consideração nem que Savannah Storm tem um QI de cento e sessenta e ontem mesmo salvou uma velhinha de ser atropelada por um ônibus.

Annalise levantou uma sobrancelha.

— Savannah Storm?

Dei de ombros.

— Até o nome é forte, não é?

Ela balançou a cabeça, e vi uma ameaça de sorriso.

— E como eu podia saber que a Savannah era tão durona, só olhando para o seu desenho?

De algum jeito, consegui continuar sério.

— Ela usava uma capa, não usava?

Annalise riu.

— Desculpa. Devo ter perdido essa dica importante por causa dos seios, eram maiores que a minha cabeça. É claro, o QI teria sido evidente, se eu tivesse notado a capa.

Dei de ombros.

— Acontece. Mas devia tomar cuidado com esses julgamentos precipitados. Alguém pode se ofender e pensar que está objetificando as mulheres.

— Vou me lembrar disso.

— Que bom. Então, talvez agora possamos tratar das contas importantes, as *minhas*.

5

Annalise

Eu tentei avisá-lo.

Ontem à noite mesmo, quando terminamos de analisar nossas contas juntos, tentei mais uma vez abordar a apresentação de hoje para a Vinícola Bianchi. Mas o babaca pretensioso me interrompeu antes que eu pudesse explicar *por que* sabia que ele não tinha a menor chance de conquistar a conta.

Então, dane-se, espero que ele tenha perdido a manhã inteira com um espetáculo circense que nem era necessário.

Eu resmungava comigo mesma quando cheguei ao fim da rua de terra de menos de um quilômetro e parei ao lado do enorme salgueiro. Esse lugar sempre me trazia uma onda de paz. Ser recebida por fileiras e fileiras de parreiras plantadas em linha reta, salgueiros chorões e barris empilhados era como me encharcar de serenidade. Saí do carro, fechei os olhos e respirei fundo, exalando parte do estresse da semana. *Paz.*

Era o que eu pensava.

Até abrir os olhos e notar um carro estacionado à direita, ao lado do grande e velho trator verde. E o carro era quase idêntico ao meu.

Ele ainda estava lá.

O horário de Bennett era às dez da manhã. Olhei para o relógio para ter certeza de que não estava adiantada. Não estava. Eram quase três da tarde. Imaginava que ele teria ido embora havia muito tempo quando eu chegasse. Sobre o que poderiam estar falando durante cinco horas?

Knox, o gerente do vinhedo, saiu da lojinha com uma caixa de vinho quando eu terminava de tirar as pastas do carro. Ele trabalhava na vinícola desde antes de as primeiras sementes de uva serem plantadas.

— Ei, Annie. — Acenou.

Bati o porta-malas e pendurei a pasta de couro no ombro.

— Oi, Knox. Quer que eu abra o porta-malas para você guardar meu estoque de garrafas para o fim de semana? — brinquei.

— Eu poderia deixar todas as garrafas no seu porta-malas, e o Sr. Bianchi não se importaria, tenho certeza.

Sorri. Ele estava certo.

— Matteo está no escritório ou na casa? Tenho uma reunião de negócios com ele.

— Na última vez que o vi, ele estava percorrendo a plantação com um visitante. Mas agora podem estar na adega. Acho que é uma visita completa.

— Obrigada, Knox. Não deixe essa gente te fazer trabalhar demais!

A porta do escritório não estava trancada, mas não havia ninguém lá dentro. Deixei o material da apresentação em cima da mesa na recepção e fui procurar todo mundo. A lojinha estava aberta, mas ninguém respondeu ao meu chamado. Eu já me preparava para ir à casa principal quando ouvi o eco de vozes e passei pela porta entre a loja e a adega e sala de degustação.

— Oi? — Desci a escada de pedra com cuidado me equilibrando no salto alto.

Matteo falava em italiano, e a voz dele retumbava ao longe. Mas, quando terminei de descer, a única pessoa que encontrei foi Bennett. Ele estava sentado em uma das mesas de degustação da alcova, com as mangas da camisa enroladas, a gravata frouxa e uma taça de vinho sobre a mesa, diante dele. Havia mais umas três ou quatro taças vazias.

— Bebendo em serviço? — Levantei uma sobrancelha.

Ele cruzou os dedos atrás da cabeça e se reclinou arrogante.

— O que eu posso dizer? Os donos me amam.

Segurei o riso.

— Ah, é? Não mostrou sua verdadeira personalidade, então?

Bennett sorriu. Um sorriso lindo. *Cretino.*

— Perdeu a viagem vindo até aqui, Texas. Eu tentei avisar, mas você não quis ouvir.

Suspirei.

— Onde está o Matteo?

— Recebeu uma ligação e foi para a sala de fermentação.

— Viu Margo?

— Ela foi ao mercado.

— Aliás, o que ainda está fazendo aqui? Atrasou sua apresentação?

— É claro que não. Matteo se ofereceu para me mostrar a vinícola e as uvas que foram plantadas este ano, e depois Margo insistiu para eu fazer o programa completo de degustação. Agora sou como alguém da família. — Ele se inclinou para mim e baixou a voz. — Embora tenha certeza de que a Sra. Bianchi está a fim de mim. Como eu disse, você não tem a menor chance de ganhar essa.

Consegui ficar séria, de algum jeito.

— Margo... a Sra. Bianchi... está *a fim de você*? Sabe que ela é casada com Matteo, não sabe?

— Não falei que ia tentar alguma coisa. Só comentei o que eu percebi.

Balancei a cabeça.

— Você é inacreditável.

O barulho da porta chamou nossa atenção para o fundo da sala de degustação. Cada som reverberava duas vezes mais alto ali, inclusive os passos de Matteo, enquanto ele se aproximava de nós. Ao me ver, ele abriu os braços e falou com aquele forte sotaque italiano:

— Minha Annie. Você chegou. Não ouvi quando entrou.

Matteo me abraçou com carinho, depois segurou meu rosto e beijou-o, um beijo de cada lado.

— Estava falando com meu irmão pelo telefone. O homem ainda é um idiota, mesmo depois de todos esses anos. Ele comprou cabras. — E juntos os cinco dedos naquele gesto italiano típico de *capiche*! — Cabras! O pateta comprou cabras para criar em suas terras nas colinas. E ficou surpreso quando elas comeram metade das plantações. Que idiota. — Matteo balançou a cabeça. — Mas deixa para lá. Vou fazer as apresentações. Este cavalheiro é o Sr. Fox. Ele é de uma das grandes agências de publicidade para as quais você nos fez telefonar.

— Hum... sim. Já nos conhecemos. Não consegui conversar com vocês antes, porque as coisas estão caóticas no escritório. Mas Bennett e eu... agora trabalhamos para a mesma empresa. A Foster Burnett, companhia para a qual ele trabalhava quando você marcou o horário para conhecê-lo alguns meses atrás, comprou a empresa para a qual eu trabalhava, a Wren Media. Agora é uma grande agência de publicidade, a Foster, Burnett e Wren. Portanto, sim, Bennett e eu nos conhecemos. Trabalhamos... juntos.

— Ah, que bom. — Ele aplaudiu. — Porque seu amigo vai jantar com a gente hoje.

Meus olhos se arregalaram para Bennett.

— Você vai ficar para jantar?

Ele sorriu presunçoso e piscou.

— A Sra. Bianchi me convidou.

Matteo nem imaginava que o grande sorriso idiota de Bennett era uma tentativa de me irritar, porque o filho da mãe vaidoso achava que tinha sido convidado porque a Sra. Bianchi estava *a fim dele*.

A ideia era hilária, sério. Porque eu conhecia Margo Bianchi e, pode acreditar em mim, ela não havia convidado Bennett Fox para ficar para o jantar porque estava interessada nele.

E eu sabia disso não apenas porque ela adorava o marido, o que era verdade, mas porque Margo Bianchi era uma eterna casamenteira. Só havia um motivo para ela convidar um homem jovem para jantar. Ela queria apresentá-lo à *filha*.

— Ah, é? A Sra. Bianchi te convidou, é? — Mal podia esperar para apagar aquele sorriso do rosto dele.

Bennett pegou a taça de vinho e girou algumas vezes, antes de beber.

— Sim, ela convidou.

Exagerei no sorriso.

— Isso é ótimo. Acho que você vai gostar muito da comida da *minha mãe*.

Bennett interrompeu o gole no meio. Vi sua testa franzir em uma reação confusa e depois se erguer com o choque, imediatamente antes de ele engasgar com o vinho.

— Não acredito que você convidou o inimigo para jantar.

Minha mãe levantou a tampa da panela e mexeu o molho.

— Ele é um homem muito bonito. E tem um bom emprego.

— É. Eu sei. Ele tem o *meu emprego*, mãe.

— E tem trinta e um anos, uma boa idade para um homem se assentar. Se começar a ter bebê aos quarenta anos, como a maioria dos jovens faz hoje em dia, vai ter um adolescente aos cinquenta e poucos, quando estiver sem energia para acompanhar.

Enchi a taça de vinho. Sempre me considerei uma pessoa de sorte em relação à mãe. Depois que ela e meu pai se separaram, ela praticamente me criou sozinha. Trabalhava em tempo integral, mas nunca perdeu um jogo de futebol ou evento na escola. Enquanto a maioria das minhas amigas reclamava de mães invasivas, casadas ou ausentes, divorciadas que viviam correndo atrás de um possível novo marido, eu nunca me queixei, até atingir os vinte e cinco anos. Aparentemente, era nessa idade que a sombra da tia solteirona começava a seguir as mulheres por aí, a julgar por como minha mãe se comportava.

— Bennett não é seu futuro genro, mãe. Pode acreditar em mim. Ele é arrogante, condescendente, desenhista de cartum e um ladrão de emprego pé no saco.

Minha mãe tampou a panela em cima da colher suja de molho e olhou para mim com os lábios comprimidos.

— Acho que você está exagerando, meu bem.

Eu a encarei séria.

— Ele acha que foi convidado para ficar para o jantar porque você está a fim dele.

Minha mãe franziu a testa.

— A fim dele?

— Sim. Tipo... interessada nele. E ele sabe que você é casada.

Ela riu.

— Ai, meu amor. Ele é um homem bonito. Acho que tem *muita* mulher a fim dele, por isso ele se acostumou a confundir uma mulher simpática por nenhum motivo com uma mulher que é simpática por uma razão.

Comecei a ter a sensação de que poderia dizer *qualquer coisa* sobre Bennett, e minha mãe teria uma justificativa para isso.

— Ele está tentando roubar meu emprego.

— Sua empresa e a dele se fundiram. É uma situação infeliz, mas ele não teve nada a ver com isso.

— Ele maltrata gatinhos — declarei.

Minha mãe balançou a cabeça.

— Está tentando encontrar qualquer desculpa possível para não gostar dele.

— Não preciso de nenhuma desculpa; ele me dá todos os motivos em uma bandeja de prata sempre que estou por perto.

Minha mãe abaixou o fogo para deixar o molho cozinhar um pouco mais e foi pegar outra garrafa de vinho no refrigerador.

— Acha que Bennett vai gostar do '02 Cab?

Desisti.

— É claro. Acho que ele vai adorar.

— Então, você cresceu aqui? Morava em uma vinícola?

Evitei Bennett antes do jantar porque fiquei na varanda brincando com Sherlock, o labrador marrom da minha mãe e do Matteo. Infelizmente, ele me encontrou.

— Não. Quem me dera. — Joguei uma bola de tênis por cima da grade da varanda, na direção das parreiras. Sherlock saiu correndo. — Minha mãe e eu moramos na região de Palisades durante a maior parte da minha vida. Ela só conheceu o Matteo quando eu estava na faculdade. Eu dei ele para ela de presente de aniversário de cinquenta anos.

Bennett se apoiou na coluna com uma das mãos no bolso da calça.

— Não deixa minha mãe saber disso. Eu só dei uma cafeteira, que ela guardou no fundo de um armário e deixou lá juntando poeira.

Sorri.

— Quando eu era menor, ela sempre dizia que queria ir à Itália. Eu tinha arrumado meu primeiro emprego, ela ia fazer cinquenta anos, e eu economizei o dinheiro para uma viagem de dez dias por Roma e Toscana. Matteo era dono de uma das vinícolas que visitamos. A conexão foi instantânea e, dois meses depois de minha mãe ter vindo embora, ele pôs o vinhedo à venda e decidiu vir morar nos Estados Unidos para ficar mais perto dela. — Apontei para a plantação de uvas. — Ele comprou esta propriedade, e eles se casaram um ano depois de terem se conhecido.

— Uau. Que legal.

— É. Ele é um cara muito legal. Minha mãe merecia conhecer alguém assim.

Sherlock voltou correndo com a bolinha na boca, mas, em vez de soltá-la perto dos meus pés, o traidor a levou para Bennett. Ele abaixou, pegou a bolinha e coçou a cabeça do cachorro.

— Qual é seu nome, garoto?

— O nome dele é Sherlock.

Bennett jogou a bolinha no meio da plantação, e lá se foi o melhor amigo do homem.

— Podia ter mencionado que a Vinícola Bianchi é da sua família.

Meu queixo caiu.

— Está brincando? Eu tentei. Várias vezes. Mas, cada vez que tentava falar, você me interrompia para discursar sobre como ia ganhar a conta e o quanto os proprietários te amam. Você foi bem arrogante. Especialmente hoje à tarde, quando disse que *minha mãe* estava a fim de você.

— É. Desculpa por esse comentário. Só queria te irritar. Abalar sua confiança antes da apresentação.

— Legal. Muito legal.

Ele ofereceu aquele sorriso encantador.

— O que posso dizer? No amor e na guerra, vale tudo.

— Estamos em guerra, então? Pensei que o melhor candidato ficaria com o emprego baseado em mérito, não por sabotar o concorrente.

Bennett se levantou e piscou.

— Eu não estava falando em guerra. Você já me ama.

Dei risada.

— Caramba, você é um idiota pomposo.

Fiquei na varanda brincando com Sherlock e a bolinha, enquanto Bennett entrava na casa. Fiquei surpresa quando ele voltou vestindo o paletó do terno, segurando uma taça de vinho em uma das mãos e a pasta de couro na outra.

— Aonde vai?

Ele me ofereceu a taça de vinho, mas, quando tentei pegar, a puxou de volta e bebeu.

— Sua mãe me pediu para trazer isso para você quando saísse.

— Aonde está indo?

— Para casa.

— Acha que está bem para dirigir? Meus pais costumam servir vinho como se fosse água.

— Não, estou bem. Só fiz uma rodada de degustação, e isso já faz algumas horas.

— Ah, ok. Mas ainda não jantamos.

— Eu sei. E pedi desculpas aos seus pais. Disse a eles que surgiu um imprevisto e preciso ir.

— Aconteceu alguma coisa?

— Não quero invadir seu tempo com a família. Sua mãe comentou que vocês não se veem há alguns meses.

— O trabalho virou uma loucura depois que o Sr. Wren morreu.
Bennett levantou as mãos.

— Eu entendi o suficiente. Confie em mim, minha mãe diria que não telefono nem vou vê-la o suficiente.

— Não precisa ir embora.

— Tudo bem. Sou capaz de admitir a derrota nas raras vezes em que ela acontece. Você ganhou essa batalha, mas não vai vencer a guerra, Texas. Vou deixar você apresentar suas ideias sem se distrair com a minha presença.

— Minha mãe vai ficar muito decepcionada. É bem provável que ela esteja planejando discutir suas cuecas durante o jantar para não haver o risco de prejudicar a produção de esperma e os futuros netos dela.

Bennett bebeu mais um pouco de vinho e me deu a taça, agora meio vazia. Mas, quando fui pegá-la, ele não a soltou. Em vez disso, inclinou-se em minha direção enquanto nossos dedos se tocavam.

— Fala para sua mãe não se preocupar. Meus meninos são saudáveis. — E piscou para mim ao soltar a taça. — Prefiro cueca larga.

Dei risada enquanto ele se dirigia ao carro. Bennett guardou o material da apresentação no porta-malas e o fechou com uma batida.

— Ei! — gritei.

Ele olhou para mim.

— Já se desenhou? Cueca Larga seria um ótimo nome de super-herói.

Bennett contornou o carro, abriu a porta e se apoiou no teto antes de gritar de volta:

— Você vai sonhar com isso esta noite, Texas. E nem tenho que imaginar que parte vai exagerar.

6

Bennett

— Está atrasado.

Olhei para o relógio.

— É só meio-dia e três. O quatrocentos e cinco teve um problema.

Fanny apontou o dedo torto de artrite para mim.

— Não vai trazê-lo de volta tarde só porque não conseguiu chegar aqui na hora.

Mordi a língua, engolindo o que realmente queria dizer e trocando por:

— Sim, senhora.

Ela me olhou desconfiada, sem saber se minha resposta era condescendente ou se eu estava de fato me comportando de maneira respeitosa. Mas a segunda opção era impossível, porque é preciso *ter* respeito por uma pessoa para poder demonstrá-lo.

Ficamos na varanda da casinha onde ela morava, olhando um para o outro. Olhei para a janela, mas a persiana estava fechada.

— Ele está pronto?

A mulher estendeu a mão aberta. Eu devia ter percebido qual era o empecilho. Enfiei a mão no bolso da calça jeans e peguei o cheque, o mesmo valor que pagava todo primeiro sábado do mês há oito anos para poder passar um tempo com meu afilhado.

Ela examinou o cheque como se eu pudesse tentar algum tipo de golpe, depois o guardou no sutiã. Meus olhos ardiam por ter visto acidentalmente uma porção de colo enrugado.

Ela se afastou para o lado.

— Está no quarto dele, de castigo a manhã toda por ter a boca tão suja. Acho bom que não tenha aprendido esse vocabulário com você.

É. É bem capaz que tenha sido isso. São as cinco horas por semana comigo que estragam o garoto. Não é o bêbado do seu quarto ou quinto marido – perdi as contas – caipira que grita cala a porra da boca *pelo menos duas vezes durante os cinco minutos que passo aqui, quando venho buscar e trazer o menino.*

Os olhos de Lucas brilharam quando abri a porta do quarto. Ele pulou da cama.

— Bennett! Você veio!

— É claro que vim. Eu não perderia nosso encontro. Você sabe disso.

— Vovó falou que você podia não querer mais ficar comigo, porque eu sou pobre.

Isso fez meu sangue ferver. Ela não tinha o direito de usar minhas visitas como tática para amedrontar o garoto.

Sentei-me em sua cama para poder encará-lo.

— Em primeiro lugar, você não é podre. Em segundo, nunca vou deixar de visitá-lo. Por qualquer motivo que seja.

Ele abaixou a cabeça.

— Lucas?

Esperei até ele olhar para mim de novo.

— Nunca. Ok, parceiro?

Ele assentiu, mas eu não tinha certeza de que acreditava em mim.

— Vamos nessa. Vamos sair daqui. Temos um dia lindo pela frente.

Isso iluminou os olhos dele.

— Espere aí. Preciso fazer uma coisa.

Ele enfiou a mão embaixo do travesseiro, pegou alguns livros e abriu a mochila. Pensei que estivesse guardando o material da escola, até ver a capa do livro no topo da pilha na mão dele.

Fiquei intrigado.

— Que livro é esse?

Lucas me mostrou o volume.

— São os diários da minha mãe. Vovó encontrou no sótão e me deu, depois de ler todos eles.

A lembrança de Sophie sentada na calçada, escrevendo naquela coisa, passou como um raio por minha cabeça. Tinha esquecido completamente os diários.

— Posso ver?

O primeiro volume tinha capa de couro e uma flor dourada gravada na frente, uma flor quase apagada. Sorri e balancei a cabeça enquanto virava as páginas.

— Sua mãe escrevia aqui todo dia primeiro do mês, nunca no segundo dia, e sempre com caneta vermelha.

— Ela começa a página com *Querida Eu*, como se não soubesse que escrevia as cartas para ela mesma. E terminava todas elas com esses poemas esquisitos.

— O nome deles é haicai.

— Não têm nem rima.

Eu ri, lembrando da primeira vez que Sophie me mostrou um deles. Falei que era melhor com limeriques. Como era mesmo o que recitei? Ah, espere... "Era uma vez um homem chamado João. Ele tinha duas bolas enormes feitas de latão. E quando caía uma tempestade, elas batiam uma na outra e saía raio de seu bundão." Sim, era isso.

Ela disse para eu me limitar a desenhar.

Uma vez, no ensino médio, ela dormiu quando estávamos juntos, e eu consegui pegar esse diário e ler. Ela ficou furiosa quando acordou e me pegou quase no fim da leitura.

Olhei para Lucas.

— Sua avó sabe que você está lendo isso?

Ele ficou sério.

— Ela disse para eu aprender tudo sobre minha mãe e fazer o contrário. E também disse que isso ia me ajudar a te conhecer melhor.

Fanny de merda. O que ela estava tramando?

— Não sei se é uma boa ideia você ler isso agora. Talvez quando for um pouco mais velho.

Ele deu de ombros.

— Acabei de começar. Ela fala muito sobre você. Você ensinou a ela como parar de arremessar como uma garota.

Sorri.

— Sim. Éramos muito próximos.

Não conseguia lembrar os detalhes das partes que tinha lido há muito tempo, mas tinha quase certeza de que não era nada que uma criança de onze anos devesse ler sobre a mãe morta.

— E se eu guardar isso para você por um tempo, talvez escolher alguns trechos para você ler? Duvido que goste de ler sua mãe falando sobre garotos e outras coisas, e é isso que as garotas costumam escrever em um diário.

Lucas fez uma careta.

— Pode ficar com eles. Achei meio chato, mesmo.

— Obrigado, parceiro.

— Vamos pescar? — ele perguntou.

— Você fez iscas novas?

Ele correu e entrou embaixo da cama, até só os pés estarem visíveis. Quando saiu de lá com a caixa de madeira que eu tinha dado para ele e a abriu, seu sorriso ia de orelha a orelha.

— Fiz uma *woolly bugger*, uma *bunny leech* e uma *goldribbed hare's ear*.

Eu não tinha a menor ideia de como era cada uma, mas sabia que, se fosse procurar no Google, descobriria que as iscas feitas por ele eram perfeitas. Lucas era obcecado por pesca com mosca. Há mais ou menos um ano, ele começou a assistir a um *reality show* na TV sobre isso, e seu entusiasmo não diminuía. O que significava que tive que aprender a pescar com isca de mosca.

Uma vez, estava assistindo a um vídeo do YouTube sobre lagos no norte da Califórnia para praticar essa modalidade de pesca e, quando mencionei que estava pensando em levá-lo para passar o dia lá, Lucas começou a recitar todos os melhores locais para pescar diferentes peixes em torno do lago. Pelo jeito, ele tinha visto o mesmo vídeo que eu, só que umas cem vezes.

Peguei as iscas da caixa e inspecionei seu trabalho. Não pareciam diferentes das que se compra em uma loja.

— Uau. Bom trabalho. — Segurei uma delas. — Acho que a gente devia usar a *woolly bugger* primeiro.

Lucas deu uma risada.

— Tudo bem. Mas essa é a *bunny leech*.

— Eu sabia.

— É claro que sabia.

⁓

— E a escola, amigão? As férias de verão estão chegando.

— Tudo bem na escola. — Ele franziu a testa. — Mas não quero ir para Minnetonka.

Meu corpo se contraiu. Eu sabia que o pai de Lucas morava lá. Mas achava que ninguém mais sabia disso.

— Por que iria para Minnetonka?

— Minha avó está me obrigando a ir para a casa da irmã dela. Ela mora no meio do nada. Eu vi as fotos. E, quando ela vem ver a gente, fica o tempo todo sentada no sofá vendo umas novelas idiotas e me pedindo massagem nos pés. — Ele fez uma pausa. — Ela tem rabanetes.

— Rabanetes?

— É. Nos pés. São uns caroços esquisitos e duros, e ela quer que eu faça massagem neles. É nojento.

Eu ri.

— Ah. Joanetes. Sim, às vezes são bem feios. Quanto tempo vão ficar lá?

— Vovó disse que um mês inteiro. A irmã dela vai fazer uma... — Ele levantou os dedos para fazer aspas no ar — ... cirurgia nas partes de mulher.

O jeito de falar teria me feito dar risada, se não estivéssemos discutindo sobre ele passar um mês fora, em um lugar onde a mãe dele nunca teve nenhuma intenção de levá-lo.

— Ela falou que vou conhecer muita gente da família. Mas prefiro ficar aqui e ir para o acampamento do futebol.

Que diabo Fanny estava aprontando agora? Definitivamente, eu e ela teríamos uma boa conversa quando eu fosse levar o Lucas de volta, mais tarde. Ela não havia falado comigo sobre o período em que eu perderia as visitas, e eu já tinha mandado o valor do acampamento de verão, que durava o verão inteiro e, aparentemente, ele ia perder. Mas sabia que não devia prometer a Lucas que faria a avó dele entender o que era melhor para ele, por isso tentei deixar o assunto de lado para retornar mais tarde, em vez de estragar o sábado.

— Como vão as coisas com a Lulu? — Ultimamente, garotas tinham entrado na lista de assuntos a serem discutidos.

Lucas jogou a linha no lago, e nós a vimos afundar na água a uns vinte metros de distância, pelo menos. Eu teria sorte se alcançasse a metade disso. Ele travou a carretilha e olhou para mim.

— Ela gosta do Billy Anderson. Ele joga no time de futebol americano.

Ah. Agora fazia sentido. Duas semanas atrás, quando fui buscá-lo, ele perguntou se eu podia conversar com a avó dele sobre um teste para o time de futebol americano. Ela havia dito que o esporte era muito perigoso. Até então, Lucas nunca tinha se interessado por nada além de futebol, e Deus sabe que tentei despertar o interesse dele por beisebol e futebol americano. Mas agora ele estava com quase doze anos, mais ou menos a mesma idade que eu tinha quando descobri que Cheri Patton, também com doze anos, pularia e torceria por mim se eu marcasse um *touchdown*. *Puxa, aquela menina tinha pompons lindos.*

— Ah, é? Bom, não se preocupe. Tem muito peixe no mar.

— É. — Ele ficou triste. — Acho que vou gostar de uma feia, na próxima vez.

Segurei a risada.

— Feia?

— As bonitas são mandonas e más. Mas as feias costumam ser legais.

Talvez ele devesse me dar conselhos sobre garotas, não o contrário.

— Acho que é um bom plano. Mas vou te dar um conselho.

— Qual?

— Não conta para a menina que decidiu gostar dela porque não era uma das bonitas.

— Isso. Não vou contar. — E puxou a linha com uma careta. — Aposto que a garota que estava com a sua camiseta quando trocou o pneu do carro dela há algumas semanas era muito, muito má.

Soltei uma risada. O garoto não perdia nada. Normalmente, eu não misturava mulheres e Lucas. Não por achar que ele não reagiria bem, mas porque meus relacionamentos não duravam muito, em geral. Mas, algumas semanas atrás, ele conheceu Elena – a policial de trânsito gostosa que se encarregou de realizar algumas das minhas fantasias relacionadas a uma mulher de uniforme. Passamos a noite juntos antes do meu encontro com Lucas em casa, o que acontecia sábado sim, sábado não. Dez minutos depois de eu ter saído para ir buscá-lo, ela me ligou para falar que precisava de ajuda com o carro, que estava na porta do meu prédio, onde eu a tinha deixado ainda na minha cama. Eu não poderia me recusar a ajudá-la com o carro, depois de ela ter cuidado tão bem de mim. E foi assim que Lucas conheceu Elena. Falei que ela era uma amiga, mas, pelo jeito, ele somou dois e dois. *O merdinha.*

— Elena era muito legal. — *Até eu passar a semana inteira sem telefonar.* Aí, ela sugeriu que eu sumisse. E de repente, ontem, comecei a ser multado ao estacionar na vaga de sempre na frente do escritório.

— Meu amigo Jack diz que a gente deve fazer três perguntas para uma garota e, se ela responder não para alguma, melhor não gostar dela.

— Ah, é? Que perguntas são essas?

Lucas foi contando nos dedos, começando pelo polegar.

— Primeiro, você pergunta se ela já deixou alguém copiar a lição de casa dela. — Ele levantou o indicador. — Segundo, pergunta se ela consegue comer mais que uma fatia de pizza. E terceiro... — Ele acrescentou o dedo médio. — Você precisa saber se ela já saiu de pijama.

— Interessante. — Cocei o queixo. Talvez tivesse que testar essa teoria. — Lulu come mais que uma fatia de pizza?

— Ela come *salada*.

Ele falou como se a palavra fosse um palavrão. Mas isso tinha fundamento. Quando levo uma mulher a um bom restaurante italiano ou a uma churrascaria, e ela pede salada, e quase sempre não consegue comer tudo, porque está *muito cheia*, nunca é um bom sinal.

— Quero te perguntar uma coisa. Como seu amigo Jack pensou nesse teste?

— Ele tem um irmão mais velho que já fez dezoito anos. Ele também falou para o Jack que, se você fala para uma garota que tem três testículos, ela sempre deixa você mostrar a salsicha.

Esse eu tinha que experimentar. Queria saber se daria certo com a Senhorita Papai Tem Uma Vinícola.

— Ah, acho melhor não tentar executar esse último conselho. Você pode ser preso por atentado ao pudor.

Lucas e eu passamos todo nosso tempo pescando. Ele pegou um balde de trutas. Eu peguei uma alga. Quando o levei de volta para a casa da Fanny, ela exibia a simpatia de sempre. Tive que enfiar o pé no vão da porta para impedir que ela a batesse na minha cara, depois de me despedir de Lucas.

— Preciso falar com você.

Ela pôs as mãos na cintura.

— Seu cheque vai voltar?

Deus me livre de isso acontecer.

— Meu cheque tem fundos. Como aquele que eu deixei para pagar o Kick Start, o acampamento diário que Lucas pediu para frequentar no verão.

Fanny era um pé no saco, mas não era burra. Não precisava de explicações detalhadas.

— Tive que ajudar minha irmã. Ele vai ter que se contentar com metade da temporada.

— E as minhas visitas de sábado?

Ela ignorou a pergunta.

— Aliás, ele fez muitas perguntas sobre a mãe esta semana. Encontrei uns diários velhos da Sophie. Acho que vai ser uma leitura *bem interessante*.

— Ele é muito novo para ler os diários da mãe.

— Esse é o problema dos jovens de hoje. Os pais protegem demais. A realidade nem sempre é perfeita. Quanto mais cedo eles aprenderem isso, melhor.

— Existe uma diferença entre mostrar a realidade e criar uma cicatriz que vai acompanhar a criança para sempre.

— Bom, que sorte que sou eu quem decide o que vai marcar o garoto e o que não vai, então.

É, certo.

— E os meus fins de semana?

— Vai poder ficar com ele até as seis horas, em vez de cinco, quando ele voltar. Vou compensar as horas perdidas.

Inacreditável.

— Eu prometi a ele que o veria sábado sim, sábado não. Não quero desapontar o garoto.

Ela sorriu de um jeito maldoso.

— Acho que esse barco já zarpou.

Contraí a mandíbula.

— Fizemos um acordo.

— Talvez seja hora de renegociar esse acordo. A conta de energia ficou mais cara, por causa do celular e do computador que você deu para ele.

— Você recebe o cheque pontualmente todo mês, e eu pago os extras, como o acampamento, o material escolar e tudo de que ele precisa.

— Se quer tanto que ele vá ao acampamento, fique *você* com ele durante o mês, pois vou passar cuidando da minha irmã.

— Eu trabalho até tarde e viajo o tempo todo. — Sem mencionar que meu emprego estava em risco, e eu teria que trabalhar ainda mais nos próximos meses.

Fanny se afastou da porta e recuou para o interior da casa.

— Então, parece que no mês que vem você vai quebrar a promessa que fez a ele, não é? Como fez com a mãe dele. Algumas coisas nunca mudam.

E bateu a porta na minha cara.

7

Primeiro de agosto

Querida Eu:
    Hoje fizemos um amigo! Mas no começo não parecia que seríamos amigos. Eu estava jogando bola no campo de softbol que os antigos proprietários deixaram na frente da nossa casa nova, e um garoto que passava de bicicleta parou para olhar. Ele disse que eu jogava como uma garota. Agradeci, mesmo sabendo que a intenção dele não era ser gentil. Bennett desceu da bicicleta e a deixou caída no chão, sem se incomodar com o apoio lateral. Pelo jeito, ele fazia isso sempre, porque a bicicleta estava toda arranhada.
    Enfim, ele se aproximou, tirou a bola da minha mão e me mostrou como devia segurá-la para não arremessar mais como uma garota. Passamos o resto da tarde jogando juntos. E adivinha? Bennett e eu vamos ser da mesma turma quando as aulas começarem, na semana que vem. Ah, e ele não gosta de ser chamado de Ben.
    Quando cansamos de jogar bola, eu ia mostrar a nova casa para ele. Mas o Arnie, namorado novo da minha mãe, estava lá. Ele trabalha à noite, por isso não posso fazer barulho durante o dia, porque é quando ele dorme. Então, fomos à casa do Bennett, e a mãe dele fez biscoitos para nós. Bennett me mostrou um caderno com coisas que ele fazia. Ele desenha super-heróis e é muito bom! E adivinha? Contei para ele que escrevo poesias, e ele não riu. Então, o poema de hoje é dedicado a ele.

    O verão é chuva.
Uma garotinha canta lá fora.
Ela se afoga em música.

Esta carta se autodestruirá em dez minutos.

Anonimamente,
Sophie

8

Annalise

Alguma coisa estava errada.

Nenhum comentário ofensivo ou engraçadinho desde que entrei na sala dele, vinte minutos atrás. Eu havia digitado a lista das contas que cada um de nós decidiu manter e das que passaríamos para o estafe. Mas percebi que havia reuniões marcadas para algumas das que seriam delegadas, e achava que deveríamos comparecer a essas reuniões para facilitar a transição. Relacionei os clientes e as datas, enquanto Bennett continuava sentado atrás da mesa, jogando uma bola de tênis para cima e pegando de volta.

— Isso. Tudo bem — ele disse.

— E a campanha da Morgan Food? Não falamos sobre ela, porque a solicitação de proposta ainda não tinha chegado. Chegou hoje de manhã.

— Pode ficar com ela.

Franzi a testa. *Hummm.* Não ia fazer perguntas.

Risquei o item da lista e continuei:

— Acho que precisamos fazer uma reunião de equipe, uma reunião geral. Vamos mostrar para as duas equipes que podemos atuar em conjunto, mesmo que seja só uma encenação. Vai elevar o moral.

— Ok.

Risquei mais um item, depois deixei o bloco e a caneta em cima da mesa e o estudei com mais atenção.

— E a campanha da Arlo Dairy. Pensei que você podia fazer alguns desenhos de super-heróis com partes do corpo exageradas para incluir na sua apresentação.

Bennett jogou aquela porcaria de bola para o alto e a pegou. De novo.

— Tudo bem.

Eu *sabia* que ele não estava prestando atenção.

— Talvez possa desenhar a VP de Operações. Aposto que ela ficaria ótima com um peito maior.

Bennett jogou a bola para cima e olhou para mim. Os olhos vidrados pareciam ter voltado à realidade, como se tivesse acabado de acordar de um cochilo e me visse ali sentada pela primeira vez.

A bola caiu no chão.

— O que foi que disse?

— Onde estava? Faz vinte minutos que estou aqui sentada, e você concordou com tanta coisa, que achei que podia estar com febre.

Ele balançou a cabeça e piscou algumas vezes.

— Desculpa. Estou de cabeça cheia, só isso. — E virou a cadeira de frente para mim, pegando o copo de café em cima da mesa. — O que estava dizendo?

— Agora ou o tempo todo?

Ele me encarou confuso.

Bufei, mas comecei de novo. Desta vez, quando estava realmente prestando atenção, meu concorrente não foi tão favorável. Mas ainda parecia distraído. Quando terminamos de examinar minha lista, achei que ele podia precisar de um pouco de apoio.

— Meus pais gostaram muito de você...

— Principalmente sua mãe. — Ele piscou.

Agora, sim, o comentário era típico do Bennett que conheci durante a última semana.

— Deve ser senilidade precoce. Enfim, eles me mostraram sua proposta para a campanha publicitária. Muito boa.

— É claro que é.

Por um segundo, reconsiderei o que tinha pensado ao longo de dias. Seu ego flamejante não precisava de mais lenha. Mas meus pais mereciam a melhor campanha possível. E não era a minha, infelizmente.

— Por mais que me doa admitir, suas ideias são melhores. Queremos adotar o material de rádio e os desenhos que você propôs para revistas. Tenho alguns ajustes, e é claro que quero permanecer na campanha como ponta, mas podemos cuidar de tudo juntos. E vou informar o Jonas que o cliente é minha família e que a melhor proposta é sua.

Bennett me encarou por um longo momento sem dizer nada. Depois se encostou na cadeira, cruzou os dedos e me encarou de novo como se eu fosse suspeita.

— Por que você faria isso? Qual é a pegadinha?

— Isso o quê? Falar com o Jonas?

Ele balançou a cabeça.

— Tudo. Estamos disputando uma vaga, lutando por um emprego, e você vai me dar de graça uma campanha que é sua.

— Porque é o certo. Sua campanha é melhor para o cliente.

— Porque é sua família?

Eu não tinha certeza sobre a resposta para isso. O fato de ser a vinícola dos meus pais exigia pouco esforço de minha parte. Mas o que eu faria se estivéssemos disputando um cliente comum? Honestamente, não sabia se cederia alguma coisa a ele. Gostaria de pensar que a ética me faria colocar o cliente em primeiro lugar, independentemente das circunstâncias. Mas o que estava em jogo era meu emprego...

— Bem, sim. O fato de serem meus pais facilitou a decisão de pôr o cliente em primeiro lugar.

Bennett coçou o queixo.

— Certo. Obrigado.

— Por nada. — Abri de novo o bloco com a lista de coisas para resolver. — Próximo assunto. Jonas mandou um e-mail para nós hoje de manhã sobre a campanha da Vodca Vênus. Ele precisa de ideias até sexta-feira, e não quer que a gente revele quem criou o quê. Acho que quer garantir que a gente tenha as orientações desde o princípio, porque não acredita que somos capazes de trabalhar juntos com a eficiência necessária.

— Faria isso por qualquer cliente?

— Preparar o material quando o chefe pede? É claro.

Ele balançou a cabeça.

— Não. Usar minha campanha, se achar que é melhor que a sua.

Aparentemente, só eu tinha mudado de assunto. Fechei o bloco e me encostei na cadeira.

— Na verdade, não sei. Prefiro pensar que poria o cliente em primeiro plano, que agiria de forma ética para defender os interesses dele, mas adoro meu emprego, e dediquei sete anos da minha vida ao esforço para progredir na Wren. Então, mesmo constrangida, tenho que admitir que não sei, não tenho certeza.

O rosto de Bennett, até então sério, relaxou com um sorriso lento.

— Talvez a gente se dê bem, afinal.

— O que você faria nessa situação? Defenderia os interesses do cliente ou o seu?

— Fácil. Eu te derrubaria, e o cliente ficaria com a segunda opção. Porém, considerando a remota possibilidade de meu trabalho ser, de fato, a segunda opção, seria por muito pouco, e o cliente não sofreria nenhum grande prejuízo.

Dei uma risada. O filho da mãe era arrogante, mas era honesto, pelo menos.

— Bom saber com quem estou lidando.

Passamos a meia hora seguinte discutindo questões em aberto e decidimos começar a campanha da Vênus no fim do dia, porque nós dois tínhamos várias reuniões marcadas para aquela tarde.

— Marquei com um cliente às duas. Acho que consigo voltar ao escritório por volta das cinco — avisei.

— Eu peço o jantar. Você é o quê? Vegetariana, vegana, pescetariana, maluca por mel?

Fiquei em pé.

— Por que tenho que ser uma dessas?

Bennett deu de ombros.

— Parece ser esse tipo de pessoa.

Revirar os olhos não era um exercício muito eficiente. Se fosse, eu estaria em excelente forma física, convivendo diariamente com esse homem.

— Como qualquer coisa. Não sou exigente.

Estava a caminho da porta, quando Bennett me chamou.

— Ei, Texas?

— Que foi? — Precisava parar de responder a esse apelido.

— Alguma vez deixou alguém copiar sua lição de casa?

Franzi o nariz.

— Lição de casa?

— Sim. Na escola. Quando estudava. Pode ter sido na aula de Português, no ensino médio, talvez até na faculdade.

Madison não devia ter feito um único trabalho sozinha em todas as aulas de álgebra.

— É claro que sim. Por quê?

— Por nada.

A reunião demorou mais do que eu imaginava, e o escritório estava quase vazio quando voltei. Marina, assistente de Bennett, ou melhor, nossa assistente, estava arrumando a mesa.

— Oi, desculpa, eu me atrasei. Avisou o Bennett que eu estava atrasada?

Ela assentiu e pegou a bolsa da gaveta.

— Vão pedir comida? Porque minha comida congelada está etiquetada com meu nome na geladeira da cozinha dos funcionários.

— Hum. Sim. Bennett falou que ia pedir jantar para nós.

Ela franziu a testa.

— Também deixei duas latas de refrigerante, quatro barras de queijo cheddar e meia embalagem de geleia de uva.

— Tudo bem. Não pretendia pegar na geladeira o que não é meu. Mas é bom saber.

— Tem cardápios na gaveta de cima, do lado direito.

— Ok. Obrigada. Bennett está na sala dele?

— Foi correr. Normalmente, ele corre de manhã, mas saiu há uns quarenta e cinco minutos, depois que avisei que você ia se atrasar. — Marina olhou em volta, inclinou-se para mim e baixou a voz. — Aqui entre nós, é bom ficar de olho nas suas coisas, quando ele estiver por perto.

— Minhas coisas?

— Clipes, bloquinhos, grampos... A pessoa tem a mão leve, se é que entende o que quero dizer.

— Eu... vou me lembrar disso. Obrigada pelo aviso, Marina.

Vinte minutos mais tarde, Bennett enfiou a cabeça no vão da porta da minha sala. Estava de cabelo molhado e penteado para trás, e tinha trocado de roupa, agora vestia camiseta e jeans. Ele segurava um caixa de pizza.

— Vamos?

— Comprou essa pizza ou pegou da Marina?

Ele abaixou a cabeça.

— Ela já foi falar no seu ouvido.

Eu ri.

— Falou. Mas estou curiosa para ouvir sua versão.

— Bom, a menos que goste de pizza fria, isso vai ter que esperar. Explicar como essa mulher é *maluca* pode levar um bom tempo.

Ri alto.

— Tudo bem. Onde quer trabalhar? — Acenei com a cabeça para a caixa em cima da cadeira de visitante do outro lado da minha mesa. — Deixei algumas coisas prontas, caso queira ir a outro lugar.

Ele se aproximou da minha mesa.

— É claro. Quer saber o que eu preparei?

— O quê?

— Comprei dois copinhos na loja de *souvenirs* para turistas no fim do quarteirão, caso queira experimentar o produto. — Bennett deixou a caixa de pizza em cima da minha caixa e pegou as duas juntas. — Vem, vamos trabalhar no salão, tem mais espaço. Acho que todo mundo já foi embora.

A sala coletiva do marketing na Foster Burnett era muito diferente da que tínhamos na Wren. Além de ter o dobro do tamanho, o que fazia sentido, considerando que a Foster Burnett tinha o dobro de funcionários da Wren, ela era decorada como a sala dos sonhos de uma república de universitários. As duas salas tinham sofás e mesinhas de centro, mas as semelhanças acabavam aí. A Wren tinha quadros com frases inspiradoras, cavaletes com quadros brancos, uma grande mesa de desenho para quem quisesse esboçar ideias e uma geladeira com refrigerantes. Na Foster Burnett havia uma grande parede pintada de preto que servia de quadro-negro, uma mesa de pebolim, uma máquina de fliperama de Pac-Man, pufes gigantes coloridos, dúzias de animais de origami pendurados no teto e duas máquinas da década de 1950 bem estocadas com refrigerantes e petiscos, todos por vinte e cinco centavos.

— Essa sala é muito diferente da que tínhamos no antigo escritório.

Bennett se inclinou para a frente e pegou uma segunda fatia de pizza, que pôs em um prato de papel. Ele manteve a caixa aberta.

— Quer mais uma?

— Não, obrigada. Ainda não.

Ele assentiu e dobrou a fatia ao meio.

— Como era a sala coletiva na Wren?

— Menos decoração de sala de república e mais ares de equipe corporativa.

— Uma foto emoldurada de uma alcateia com uma bobagem qualquer sobre trabalho em equipe escrita embaixo?

Não tínhamos esse em particular, mas eu sabia a que imagem ele se referia.

— Exatamente.

— Montei esta sala quando mudamos para o andar. Tentei instalar uns chuveiros, mas o RH não concordou.

— Chuveiros?

— É onde eu penso melhor, no banho.

— Hum. Acho que eu também. Sempre quis entender por quê.

— Remove todo o estímulo externo e permite que a mente entre em modo devaneio relaxando o córtex pré-frontal do cérebro. É um estado conhecido como RMP, rede de modo padrão. Quando o cérebro está em RMP, usamos diferentes regiões dele, literalmente abrimos a mente.

Ele enfiou um quarto da fatia de pizza na boca, como se não notasse minha expressão surpresa.

— Uau. Eu não sabia disso. Quero dizer, sabia por que temos que sair do escritório de vez em quando ou jogar um videogame para liberar espaço na cabeça. Mas nunca tinha ouvido a explicação científica por trás disso.

Abri a caixa de pizza e peguei outra fatia. Quando a pus na boca, olhei para Bennett e vi que ele me observava com atenção.

— Que foi? — Limpei a bochecha com o guardanapo. — Sujei o rosto com molho, ou alguma coisa assim?

— Só estou surpreso por você comer mais que um pedaço de pizza.

Estreitei os olhos.

— Está dizendo que eu *não deveria* comer mais de um?

Ele levantou as mãos.

— De jeito nenhum. Não foi um comentário sobre peso.

— Foi sobre o quê, então?

Bennett balançou a cabeça.

— Nada. Só uma coisa que um amigo meu disse sobre garotas que comem de verdade.

— Cresci comendo uma tigela de macarrão como acompanhamento. Então eu como bem.

Vi os olhos de Bennett fazendo uma análise rápida do meu corpo, como se preparasse um comentário, mas ele enfiou mais pizza na boca.

— E aí, qual é o problema com Marina? — perguntei. — Ela fez um relatório detalhado sobre a comida que mantém na geladeira, como se quisesse me avisar que vai perceber se alguma coisa sumir.

Bennett afundou no sofá.

— Eu comi o almoço dela *por acidente* há dois anos.

— Pensou que o almoço dela fosse seu e comeu por engano?

— Não. Eu sabia que não era meu. Não trago almoço. Mas trabalhei até tarde uma noite e pensei que a comida fosse do Fred, da contabilidade, e comi. Era um sanduíche muito bom de manteiga de amendoim e geleia, e agora sou acusado de roubar o grampeador dela, ou alguma outra coisa, a cada duas semanas.

— Ah, ouvi dizer que o índice de recidiva para primeiro roubo de almoço é bem alto.

— Cometi o erro de contar ao Jim Falcon. Agora, de vez em quando, ele pega alguma coisa da mesa dela e põe na minha. Ele acha engraçado, mas eu acho que ela está a três clipes de papel de envenenar meu café.

— Alguma coisa me diz que ela não é a única mulher que se sente assim em relação a você.

Assim que terminamos a pizza, não conseguimos concordar com mais nada.

Primeiro, fomos nos revezando para contar as ideias soltas que tivemos para a campanha da Vodca Vênus. A companhia havia solicitado uma apresentação completa de marca para o produto mais recente, uma vodca saborizada. Precisávamos criar um pacote coeso: propor nomes para o produto, sugestões de logo, lemas e uma estratégia geral de marketing. Não me surpreendi por constatar que minhas ideias e as de Bennett eram completamente diferentes. Todas as minhas sugestões tinham uma nota feminina. As de Bennett eram todas masculinas.

— Os homens entre dezoito e quarenta anos são os que mais consomem álcool — ele disse.

— Sim, mas essa é uma vodca *saborizada*. Com sabor de mel. Os principais consumidores de bebidas saborizadas são as mulheres.

— Isso não significa que temos que pintar a garrafa de cor-de-rosa e vender com um canudinho dentro dela.

— Não é o que estou sugerindo. Mas Buzz não é um nome feminino.

— Passa a ser, se você acrescenta uma abelha ao rótulo. Se a marca for feminina demais, os homens não vão pegar a garrafa para levar ao caixa.

— Isso é sério? Está mesmo sugerindo que, se alguma coisa é muito feminina, os homens não compram?

— Não estou sugerindo. É um fato.

Fazia meia hora que estávamos discutindo. Para termos algum resultado trabalhando juntos, precisávamos passar menos tempo tentando superar o outro e mais tempo tendo ideias. Suspirei. *Que pena.* Eu realmente adorava a vodca Buzz com uma abelha no rótulo.

— Acho que precisamos de um sistema.

— Você precisa, é claro — Bennett resmungou.

Contraí o rosto.

— Três vetos para cada um. Se um de nós invocar o poder de veto, isso significa que consideramos o conceito totalmente inviável, e é inútil tentar transformá-lo em campanha. Se um de nós vetar, temos que seguir logo adiante e não tentar discutir se a ideia é boa ou não.

— Olhei para o meu relógio. — Faltam quinze minutos para as oito da noite. Podemos passar a noite discutindo.

— Tudo bem. Se o resultado for te convencer a desistir da sua campanha da abelha, vamos em frente. — Bennett olhou para o relógio.

— E são sete e cinquenta e um, não quinze para as oito.

É. Mais um revirar de olhos.

Bennett decidiu jogar Pac-Man para tentar clarear as ideias. Eu também precisava relaxar um pouco para entrar no modo *brainstorm*. Tirei os sapatos e fiquei em pé. Andar me ajudava a pensar. Sacudi as mãos enquanto andava.

— Vodca e mel... sabor de mel. Doce. Açúcar. Docinho. — Comecei a associar palavras em voz alta. — Calda. Colmeia. *Bzz*. *Bzz*. Fofo. Amarelo.

— O que está fazendo? — O som da máquina registrando os pontos do jogo pontuava sua frase.

Parei.

— Tentando limpar a cabeça e começar a pensar do zero.

Bennett balançou a cabeça.

— Sua voz está fazendo o oposto por mim. Tenho uma ideia melhor para você.

— Que ideia? Ir para casa correndo e tomar banho?

Ele estendeu a mão para a caixa que tinha carregado para mim e pegou a garrafa lacrada e sem rótulo que a Vênus tinha mandado com o pedido de orçamento. Depois tirou os dois copinhos do bolso.

Mais cedo, pensei que ele estivesse brincando quando disse que os tinha comprado para a sessão de *brainstorm*.

— Precisamos experimentar o produto. Nada como um pouco de álcool para clarear as ideias.

9

Bennett

Annalise O'Neil era fraca para bebida.

Tomamos só duas doses – para fins de pesquisa, é claro – e ela já exibia outro comportamento. Balançou o dedo indicador no ar. A única coisa que faltava era uma lampadinha azul em um balão sobre sua cabeça.

— Já sei. Estou *melada*.

Ela pronunciou *melada* com um tom excitado, como se dissesse *pelada*. Depois começou a gargalhar.

Eu gostava da Annalise bêbada.

— Essa é uma boa ideia.

— Não é?

— Pena que já existe.
— Nãããã ooo.
— Sim. Tem uma cerveja com esse nome em inglês. E é bem boa.
— Já experimentou?
— É claro. Como é que eu ia passar por uma cerveja com esse nome e não levar para uma amiga? Quem não levou uma garrafa de vinho Ménage à Trois para uma festa pelo mesmo motivo?

Annalise pôs os pés em cima da mesinha.

— Eu! Nunca comprei.
— Ah, porque é muito travada.

Ela arregalou os olhos.

— Não sou travada.
— Já fez um *ménage à trois*, então? — Era divertido provocá-la.
— Não. Mas isso não quer dizer que sou travada.

Servi mais duas doses de vodca. Annalise hesitou, mas eu insisti.

— Mais uma. Vai ajudar a clarear as ideias.

Ela tinha feito careta depois das duas primeiras doses. Mas essa desceu redonda. *Sim*. Annalise era fraca para bebida, definitivamente.

Ela bateu o copo vazio na mesa um pouco forte demais.

— Ménage à blá. Já levei um fora porque não quis fazer *swing*.

Arqueei as sobrancelhas. Não esperava ouvir nada disso.

— Seu namorado queria que você dormisse com outro cara?
— É. No primeiro ano da faculdade. E ele ia dormir com outra mulher, é claro.

Esvaziei meu copo.

— Isso nunca me interessou. Não sou muito de dividir mulher.

Annalise riu pelo nariz.

— Devia namorar comigo. Isso ia te fazer querer dormir com outras mulheres.

Pensei um pouco no comentário antes de responder. *Ela realmente disse que era ruim de cama?*

— Ah... como é que é?

Ela riu, riu tanto que tombou no sofá. Eu nem imaginava o que ela achava tão engraçado, mas comecei a rir também. Vê-la relaxar e se divertir com os próprios comentários era bem engraçado.

Quando o ataque de riso passou, ela deixou escapar um suspiro.

— Homem é foda. Sem ofensa.

Dei de ombros. Homem é foda, mesmo. Principalmente eu.

— Não me ofendi.

— Desculpa. Acho que a vodca me subiu à cabeça. — Ela sentou direito e ajeitou o cabelo. — Vamos voltar ao *brainstorm*. Meu cérebro fez um desvio, pelo jeito.

— Ah, não, nem pensar. Não pode falar que namorar com você faz o homem querer dormir com outras mulheres e mudar de assunto. Sou homem, lembra? Eu sou foda. Não consigo mudar de assunto sem explicação. É ruim de cama, ou alguma coisa assim?

Annalise forçou um sorriso, mas era um sorriso triste.

— Não. Acho que não, pelo menos. Já me disseram que sou boa em... — ela abaixou a cabeça, depois olhou para mim por entre os cílios compridos — certas coisas. Só falei porque levei um fora por recusar *swing*, e agora... meu namorado... *ex*-namorado... Andrew e eu... estamos dando um tempo.

Essa resposta continha muita informação, mas não consegui ir além de *certas coisas*.

Ela era flexível?

Fazia um oral especial?

Uma vez conheci uma mulher que fazia uma coisa incrível com as minhas bolas...

Engoli em seco. *Porra.*

— Hum... tem razão. Vamos voltar ao trabalho. Só preciso de um minuto, com licença. — Levantei de repente e fui ao banheiro jogar água fria no rosto. Alguns minutos depois, consegui desenroscar os pensamentos dos talentos ocultos que Annalise podia ter.

Voltei à sala e sentei na frente dela.

— O que acha de Mel Selvagem? Homens e mulheres reagem bem à palavra *selvagem*. Podemos usar associações... tipo, festa selvagem, aventura selvagem, animais selvagens.

Annalise pensou um pouco na minha sugestão. Pelo menos, pensei que era isso que estava fazendo, até ela falar.

— Você é homem. O que significa de fato *dar um tempo* pra você?

Merda. Respondo honestamente ou falo o que ela quer ouvir?

— Veto.

Ela franziu a testa.

— Quê?

— Você disse que temos três vetos cada um e, quando alguém odiar a proposta do outro, é só vetar e seguir em frente, sem discutir a ideia. Estou invocando meu primeiro poder de veto. Não quero tocar nesse assunto.

— Para. Eu quero saber, é sério. Só tenho o ponto de vista da mulher. E você não é do tipo que vai mentir para mim.

Eu a estudei com cuidado. Alguns minutos atrás ela estava rindo, mas também parecia sincera na intenção de obter uma resposta. Então, respirei fundo.

— Tudo bem. Para mim, dar um tempo significa que quero o meu bolo e quero comer outras coisas também. Não quero me comprometer com uma mulher só, mas também não quero que ela se comprometa com mais ninguém... caso um dia eu mude de ideia e queira me comprometer. Então, mantenho a mulher cozinhando em fogo baixo, enquanto vou fazer churrasco em outro lugar.

Ela franziu a testa.

— Andrew disse que precisava descobrir quem ele era. *No Dia dos namorados.* Levei um pé na bunda no Dia dos Namorados.

Que cretino.

— Quanto tempo ficaram juntos?

— Oito anos. Desde o primeiro de faculdade.

Ela ia me odiar por isso, provavelmente, mas alguém precisava dizer a verdade.

— Então, ele tem o quê... vinte e oito... trinta anos?

— Vinte e nove. Estava um ano na minha frente.

— Ele está te enrolando.

Ela ficou boquiaberta.

— Você nem o conhece.

— Não preciso. Um cara decente de vinte e nove anos que ama uma mulher não vai pedir um tempo porque precisa *se encontrar*. Principalmente na porra do Dia dos Namorados.

Ela endireitou as costas.

— E você sabe disso porque é um cara decente?

— Não foi isso que eu disse. Na verdade, sou justamente o oposto. Nunca nem tive namorada no Dia dos Namorados. Eu me livro delas antes para não alimentar expectativas de romance e luz de velas. Por isso posso afirmar com certeza que seu ex não precisa de um tempo para se encontrar. Pois um cretino reconhece outro.

Os olhos azuis de Annalise queimavam. Ela comprimiu os lábios e ficou vermelha de raiva. Se não tivesse certeza de que era o cretino que havia confessado ser, vê-la alterada daquele jeito fez meu pau ganhar vida, o que comprovava a tese.

Ela me encarou por dois minutos inteiros, depois ficou em pé e se aproximou da mesa de pebolim.

— Vem. Estou sentindo a necessidade de te dar uma surra.

Só conseguimos fazer algum progresso de verdade após quatro horas. Mas, depois que começamos, embalamos, e as coisas começaram a acontecer. Eu falava uma coisa, ela partia dessa sugestão e a desenvolvia, e isso me fazia ter outra ideia, e na última meia hora tínhamos pensado em um nome, esboçado uma ideia de logo e anotado uma dúzia de conceitos publicitários complementares.

Annalise bocejou.

Olhei para o relógio.

— É quase meia-noite. Chega por hoje? Já demos uma boa adiantada. Posso trabalhar no logo amanhã de manhã e desenhar alguma coisa no Mac. A gente pode discutir mais algumas ideias na quarta-feira e decidir quais queremos apresentar ao Jonas.

Ela se inclinou e calçou os sapatos.

— Ótimo. Estou acabada. E acho que sinto um começo de ressaca daquelas doses, se é que isso é possível.

Abaixada como estava, ela exibia uma boa porção do decote. O gesto típico do cavalheiro teria sido olhar para o outro lado. Mas sem dúvida eu sou um cretino. Além do mais... ela usava um sutiã de renda preta. Renda preta sobre pele clara é minha kriptonita, alguma coisa no contraste desperta na minha cabeça a fantasia da *cozinheira na cozinha, piranha na cama*.

O que me fazia pensar...
Aposto que ela fica incrível de chapéu de chef de cozinha e salto alto.
Definitivamente, eu precisava transar. Não era uma boa ideia alimentar fantasias com alguém do trabalho, muito menos uma mulher que eu planejava aniquilar. A notícia da fusão podia ter murchado minha eterna ereção, mas a Srta. O'Neil me tirava desse estado de dormência, pelo jeito. Não era a primeira vez que meu pinto acordava quando ela estava por perto.

Desviei o olhar bem na hora, meio segundo antes de ela olhar para mim.

Seu sorriso era autêntico.

— A noite foi produtiva. Reconheço, não estava muito segura de que conseguiríamos trabalhar juntos.

— É fácil trabalhar comigo.

Ela revirou os olhos, uma resposta comum à minha provocação, eu tinha notado. Mas dessa vez foi mais debochado que verdadeiro.

Pegamos tudo que tínhamos levado para a sala coletiva, e Annalise embrulhou as sobras de pizza no papel-alumínio que encontrou em uma gaveta.

— Pode me emprestar o marcador que estava usando para desenhar? Quero identificar isso aqui.

Tirei a caneta do bolso e entreguei a ela. Annalise escreveu com letras grandes e realçadas na frente do pacote: NÃO É DA MARINA.

— Ela vai pensar que fui eu.

Ela riu.

— Eu sei. Admiti que é fácil trabalhar com você. Mas não falei que não é um cretino. Eu vi você olhando dentro da minha blusa.

Fiquei paralisado, sem saber como reagir ao comentário, e fechei os olhos. O som dos saltos no assoalho me avisou que era seguro abri-los. Alguns passos antes de alcançar a porta, ela falou sem parar ou olhar para trás. Mas a voz era debochada.

— Boa noite, Bennett. E para de olhar para a minha bunda.

10

Annalise

Fazia mais de três meses que eu não ia à academia.

Andrew era uma criatura de hábitos e ia todos os dias pontualmente às seis da manhã. Eu tentava ir com ele três vezes por semana, pelo menos, quando estávamos juntos, embora preferisse me exercitar à noite. Mas, depois que começamos a dar um tempo, ficou desconfortável encontrá-lo ali. Acenávamos e dizíamos um "oi". Uma ou duas vezes, até conversamos. Mas o "tchau" no fim da conversa fazia meu coração doer tudo de novo. Parei de ir para preservar minha sanidade.

Até hoje.

Não sei o que deu em mim para escolher justamente esse dia para voltar à academia, sobretudo porque era quase uma da manhã quando cheguei em casa na noite passada, depois de trabalhar até tarde. Mas cheguei às cinco e cinquenta, porque queria estar na esteira quando Andrew entrasse... *se* ele entrasse. Fazia mais de dois meses que não o via, desde o casamento de um amigo em comum da faculdade, e quase três semanas que não trocávamos nem mensagens pelo celular.

Escolhi uma esteira no canto, de onde podia ver a saída do vestiário e a porta de entrada, pus os fones de ouvido e liguei o aplicativo de música do iPhone no aleatório. Os primeiros cinco minutos foram difíceis. Evitar completamente qualquer atividade física talvez não tivesse sido uma boa ideia, afinal. Eu bufava e ofegava como alguém que fumava dois maços de cigarro por dia, até que a adrenalina entrou em cena e eu entrei no ritmo.

Mas entrar no ritmo não me impedia de olhar para a porta como se esperasse ver Ryan Reynolds entrar a qualquer segundo.

Às seis e dez, senti os ombros começarem a relaxar. Andrew nunca se atrasava. Diferente de mim, era obsessivo com tempo e horários. Provavelmente, não viria hoje. Talvez estivesse viajando, ou podia até ter mudado de academia, pelo que eu sabia. Mas a opção da mudança era pouco provável. Andrew não gostava de mudança. Comia a mesma torrada integral com duas colheres de sopa de pasta de amendoim orgânica às cinco e quinze todas as manhãs e chegava à academia às seis. Às sete, sentava na frente do computador e começava a escrever a cota do dia.

Com a ansiedade de esperar sua chegada se dissipando, aumentei a velocidade para nove quilômetros por hora e decidi não parar até correr uns cinco quilômetros. Era melhor que ele não tivesse aparecido e me encontrado, já que, ultimamente, eu me sentia muito estranha.

Depois de correr cinco quilômetros, fiz uma caminhada de dez minutos para desacelerar e desliguei a máquina. Não tinha levado roupa para tomar banho, mas precisava ir pegar minha bolsa no vestiário e passar no banheiro antes de ir para casa me arrumar para trabalhar. Eu estava na metade do caminho para o vestiário quando a porta da academia se abriu e duas pessoas entraram. Andrew era a segunda pessoa. Meu coração disparou, bateu mais rápido do que tinha batido em cima da esteira. E isso foi *antes* de a mulher que andava na frente dele virar para trás e rir de alguma coisa que ele disse.

Eles chegaram juntos.

Fiquei parada no lugar por uns dois segundos, antes de Andrew levantar a cabeça e me ver. Eu devia parecer um veado hipnotizado pelos faróis do caminhão que ia me atropelar. Ele falou alguma coisa para a mulher, e ela olhou para mim, franziu a testa e seguiu para a fileira de elípticos.

Andrew deu alguns passos hesitantes na minha direção.

— Oi. Como vai? Não esperava te ver aqui.

Óbvio.

Assenti e engoli o gosto salgado preso na garganta.

— Está atrasado.

— Mudei a rotina. Agora escrevo mais tarde. Até a noite, de vez em quando.

Forcei um sorriso.

— Que bom.

— Ouvi falar sobre a Wren. Como vão as coisas com a fusão?

— Difíceis.

A conversa corriqueira estava me matando. Olhei para trás e vi que a mulher que tinha entrado com ele nos observava. Ela desviou o olhar imediatamente. Meu orgulho queria que eu não mencionasse a presença dela e saísse dali de cabeça erguida.

Mas não consegui me conter.

— Parceira nova de malhação?

— Não chegamos juntos, se é o que está pensando.

Eu não conseguia mais controlar as emoções. Meu lábio começou a tremer, por isso o mordi. O gosto metálico explodiu na minha boca quando mordi até fazer sangrar.

— Tenho que ir trabalhar. Foi bom te ver. — E me afastei antes que ele pudesse dizer alguma coisa. Andrew nem tentou me segurar.

―

Dizer que eu estava distraída naquela manhã era pouco. Eu havia passado três horas respondendo a meia dúzia de e-mails e olhando para um texto que precisava estar aprovado ao meio-dia, mas ainda não tinha conseguido passar das primeiras duas frases. Também não devia ter ouvido Bennett entrar na minha sala ou começar a falar.

— Terra para Texas.

Levantei a cabeça.

Ele acenou com as duas mãos.

— Está aí?

Pisquei algumas vezes e balancei a cabeça.

— Desculpa. Estava pensando em uma campanha.

Bennett me olhou como se soubesse que eu mentia, mas não falou nada, o que era surpreendente.

— Venha comigo. — Ele acenou com a cabeça na direção da porta da sala.

— Para onde?

— Só venha. Quero te mostrar uma coisa.

Hoje eu não tinha disposição para brigar. Por isso, suspirei e levantei. Segui Bennett até uma saleta no fim do corredor, onde ficava o arquivo com as contas encerradas. Ele abriu uma gaveta do arquivo e pegou uma pasta qualquer.

— Dá uma olhada na Marina.

Olhei para a pasta. A página de cima estava de cabeça para baixo.

— Hein?

Ele olhou discretamente na direção da nossa secretária, cuja mesa podíamos ver do outro lado do corredor.

Olhei para lá e arregalei os olhos.

— Aquilo é...

Ele virou uma página de cabeça para baixo na pasta e sorriu.

— É. Acho que é. Passei por lá e dei uma olhada na lata de lixo: duas bolinhas de papel-alumínio. E nossas sobras desapareceram. Fui procurar a pizza para comer no almoço e, quando me viu passar, ela sorriu como uma transtornada.

Eu ri, coisa que não esperava fazer tão cedo, depois do começo da manhã.

— Sabe o que eu acho?

— O quê?

Fechei a pasta que ele fingia ler e a joguei de volta na gaveta do arquivo.

— Acho que vocês dois são malucos. — Bati a gaveta.

Ele me seguiu de volta à minha sala.

— Quando eu comi a comida dela, foi realmente por acidente.

— Sei. A intenção era roubar a comida de outra pessoa.

— Exato.

Sentei atrás da minha mesa. Bennett se acomodou na cadeira de visitante. Aparentemente, não ia embora.

— Trouxe almoço?

— Não. Esqueci na geladeira de casa, na verdade.

Ele pegou um quadrinho em cima da minha mesa e o examinou. Era uma foto emoldurada, eu e minha mãe no dia em que ela se casou com Matteo. *Andrew* tinha tirado aquela foto. Bennett sorriu e a pôs de volta em cima da mesa.

— Minha namorada estava linda.

Balancei a cabeça. *Engraçadinho.*

— Eu tinha marcado um almoço com um cliente, mas foi cancelado. Quer pedir comida, e eu te mostro os conceitos do novo logo que desenhei hoje de manhã? Estou com vontade de comer comida grega.

Caramba, ele já desenhou os novos logos. Eu não podia me distrair.

— É claro. Vou querer um *gyro* com molho à parte.

— Ótimo. — Ele se levantou. — E eu vou querer falafel com uma porção de *patates tiganites*, aquelas batatinhas fritas.

— Por que está me falando o que vai comer?

Ele pôs as mãos nos bolsos.

— Para você poder pedir. O nome do restaurante é Santorini Palace. Fica na Main Street.

— Eu? Por que *eu* vou pedir? Você me convidou para pedir comida com você.

Ele tirou a carteira do bolso e pegou duas notas de vinte dólares.

— Eu pago. Mas você tem que pedir.

— Pedir está *abaixo* do seu nível, ou alguma coisa assim?

Ele se dirigiu à porta.

— Há alguns meses, saí com a mulher que anota os pedidos. O restaurante é da família dela.

— E daí?

— Não quero que ela cuspa na minha comida.

Balancei a cabeça.

— Você é inacreditável.

―

— O amarelo e preto ficou muito bom.

Tínhamos acabado de almoçar, e Bennett estava me mostrando as quatro versões diferentes do logo que ele havia desenvolvido naquela manhã com base nos esboços que fizemos na noite anterior. Ele era um artista talentoso, realmente. Apontei para o último.

— Gosto mais desse. A fonte é mais nítida.

— Fechado. Vamos levar esse para a reunião com o Jonas na sexta-feira. Fez algum progresso com o lema e as ideias de anúncio?

— Eu... minha manhã foi meio ruim.

— Prendeu a cabeça no limpador de para-brisa de outro bonitão?

Sorri desanimada.

— Quem me dera. Eu só... tive um começo de dia complicado. — No mesmo instante, meu celular começou a vibrar. *Andrew* surgiu na tela. Fiquei olhando para o aparelho.

Depois do segundo toque, Bennett olhou para mim.

— Não vai atender? É o *Andy* ligando.

— Não.

Pensei que havia escondido minha tristeza, mas, quando o celular parou de tocar, Bennett disse:

— Quer conversar sobre isso?

Meus olhos buscaram os dele. Sua preocupação parecia autêntica.

— Não. Mas obrigada.

Ele assentiu e me deu um minuto enquanto recolhia as embalagens vazias de comida. Quando sentou novamente, virou a folha de papel onde tinha trazido os logos e começou a desenhar alguma coisa.

— Tenho uma ideia para um anúncio.

Olhei para o papel durante todo o tempo que ele passou desenhando, perdida em pensamentos.

— O que acha?

Suspirei.

— Encontrei o Andrew na academia hoje de manhã, ele estava com outra mulher.

Bennett amassou a folha de papel com o desenho. Depois se encostou na cadeira, estendeu as pernas compridas e cruzou os braços.

— Encontrou por acaso?

Pensei em dizer que sim, mas decidi admitir que era uma fracassada. Abaixei a cabeça e a balancei.

— Quem era a mulher?

— Não sei. Ele não disse.

— O que ele disse?

— Pouca coisa. Ficou surpreso por me ver, isso é certo. Eu não ia à academia fazia um tempo, desde que ficou esquisito encontrar com ele por lá.

— E tem certeza de que eles estão juntos?

Dei de ombros.

— Ele disse que não chegaram juntos. Acho que viu na minha cara o que eu estava pensando sobre a situação. Nós dois chegávamos assim à academia depois de passarmos a noite na minha casa.

— Você mesma disse que os dois podiam sair com outras pessoas.

— Dizer e *ver* são duas coisas diferentes.

Meu celular começou a vibrar de novo. Nós dois olhamos para o nome de Andrew aceso na tela. Antes que eu pudesse impedir, Bennett pegou o telefone e passou o dedo na direção de "atender".

— Alô?

Meus olhos quase saltaram das órbitas quando o encarei com uma ameaça de morte silenciosa.

— Ela... — Uma pausa de alguns batimentos cardíacos. Pelo menos, acho que foi isso que demorou; meu coração tinha parado de bater. — ... está ocupada no momento.

Ele ouviu e balançou a cabeça.

— Aqui é o Bennett, grande amigo da Annalise. E você é quem?

Silêncio.

— *Arthur*. Entendi. Eu aviso que você ligou.

Pausa.

— Ah. *Andrew*. Tudo bem, Andy. Se cuida.

Bennett encerrou a chamada e jogou o aparelho em cima da mesa.

— Que diabo acabou de fazer?

— Dei ao babaca alguma coisa em que pensar.

— É muito atrevimento atender meu telefone.

Ele abaixou a cabeça para ficarmos no mesmo nível e me encarou.

— Alguém precisa ter coragem com esse cretino.

Depois ele se levantou e saiu da minha sala.

11

Bennett

As mulheres são muito sensíveis.

Reli o e-mail dos Recursos Humanos pela terceira vez.

Bennett,

Como sabe, a recente fusão tem deixado muitos funcionários aflitos em relação ao futuro de seus empregos aqui na Foster, Burnett e Wren. Por isso, colocações da supervisão podem ser analisadas pelos funcionários de um jeito como não acontecia antes. Dessa forma, pedimos que você, bem como todos os gerentes de nível sênior, atente para a sensibilidade das respostas que dá aos seus funcionários. Evite críticas, tais como dizer a um subordinado que ele "cria muito problema por tudo" ou sugerir que "chupe essa manga". Embora nenhuma queixa formal tenha sido apresentada, esse tipo de comentário pode ser considerado assédio e produzir um ambiente de trabalho difícil.

*Obrigada,
Mary Harmon*

Eu sabia exatamente quem havia reclamado. *Finley Harper*. O nome já não sugere que é uma *pau no cu*? Isso tudo era culpa de Annalise. Finley era um transplante da Wren, é claro. Ninguém da minha equipe jamais tinha procurado o RH. Caramba, na semana passada falei para o Jim Falcon que eu não ia ligar se ele tivesse que chupar o pau do cliente, mas que ele seria demitido se o CEO da Monroe Paint não saísse da sala de reuniões sorrindo como o idiota da porra que era, quando nossa reunião acabasse.

Balancei a cabeça. Annalise e sua bendita codificação por cores e seu espírito de equipe. Provavelmente, ela chora junto com as pessoas que tem que demitir. Aliás, onde ela estava? Eu não a via desde ontem na hora do almoço, quando atendi a ligação do arremedo mal-acabado de ex.

Talvez, de agora em diante, eu devesse começar a dizer e fazer o oposto de tudo que pensava perto dessa gente da Wren. Na próxima vez que Finley passar meia hora reclamando de que um cliente não gosta dos *designs* feitos de acordo com as exatas especificações que ele deu, em vez de falar para ela chupar essa manga e voltar ao trabalho, vou perguntar como ela se *sente* por ter um cliente infeliz com seu trabalho. Talvez enquanto tomamos um chá.

E Annalise... quando ela me perguntar o que acho sobre seu suposto *tempo*, em vez de ser honesto e responder que o babaca do ex quer enfiar o pau em uma boca que não é a dela, vou explicar que é normal os homens desejarem um período de separação de vez em quando, e que aposto muito dinheiro e uns donuts que ele vai voltar mais feliz e bem-ajustado por causa da compreensão dela.

Porra, acorda, pessoal.

Comecei a redigir uma resposta para a Mary do RH, mas pensei melhor. Em vez disso, fui procurar a Srta. Luz do Sol, que ainda não tinha mandado o texto para a nossa reunião com o Jonas amanhã.

A porta da sala de Annalise estava aberta, mas ela mantinha a cara enfiada na tela do computador. Bati duas vezes para chamar sua atenção, depois entrei.

— Antes que eu diga alguma coisa, está gravando a conversa para mandar para o Recursos Humanos? Se estiver, vou voltar ao meu escritório e vestir minha calcinha de renda cor-de-rosa.

Ela levantou a cabeça, e tive a sensação de ser atingido no meio do peito por uma marreta.

Chorando.

Annalise estava chorando. Ou esteve recentemente. Sem perceber, passei a mão do lado esquerdo do peito como se sentisse uma dor surda.

O rosto dela estava vermelho e inchado, manchado de preto do rímel borrado.

Recuei alguns passos em direção à porta e, por uma fração de segundo, pensei em não parar. Por que motivo ela podia ter chorado? Havia duas possibilidades: trabalho ou o ex. Eu era a pessoa menos competente para aconselhar alguém sobre relacionamentos. E trabalho? Essa mulher era minha concorrente, caramba. Ajudá-la era me ajudar a perder a porra do emprego.

Mas, em vez de sair, me peguei fechando a porta comigo ali dentro.

— Tudo bem? — Minha voz era hesitante.

As mulheres eram sempre imprevisíveis, mas uma mulher chorando tinha que ser tratada como um puma ferido deitado no terreno que você quer atravessar. Ela podia continuar deitada e com dor, lambendo em silêncio as feridas causadas por outra pessoa, ou, a qualquer momento, podia decidir atacar um espectador inocente e transformá-lo em almoço.

Basicamente, eu tinha pavor de uma mulher em lágrimas.

Annalise endireitou as costas na cadeira e começou a ajeitar os papéis em cima da mesa.

— Sim. Estou terminando o texto para a reunião da Vênus com o Jonas amanhã. Desculpe por não ter falado com você antes. É que estive... ocupada.

Ela abriu a porta, me dando a oportunidade de escapar de qualquer discussão pessoal, e novamente eu perdi a chance de fugir. Qual era o problema comigo? Ela me oferecia a liberdade e ainda punha um dinheiro em cima, e eu preferia usar a chave para me trancar na cela.

Sentei em uma cadeira de visitante.

— Quer conversar?

Que porra?

Isso tinha saído da minha boca?

De novo?

Eu sabia que não devia ter assistido a *Diário de uma paixão* algumas semanas atrás, mas estava com uma ressaca tão grande que não quis levantar para procurar o controle remoto e mudar de canal.

Annalise olhou para mim mais uma vez. Desta vez, nossos olhares se encontraram. Vi quando ela tentou fingir que não havia nada errado e... seu lábio inferior começou a tremer.

— Eu... falei com o Andrew agora há pouco.

O traste. Ótimo. Faz todo sentido ele magoar a mulher por telefone enquanto ela estava trabalhando. Um cara que usa a expressão *a gente devia dar um tempo* não tem nem bolas, para começar.

Eu não sabia o que dizer, por isso falei o mínimo possível, assim diminuía a probabilidade de falar bobagem.

— Sinto muito.

Ela fungou.

— Tentei não ligar para ele. De verdade. Ele me mandou algumas mensagens, depois que você atendeu meu celular ontem, dizendo que a gente precisava conversar. Eu tentei, mas ver aquelas mensagens e não responder estava me deixando maluca. — Ela riu entre as lágrimas. — Mais maluca do que fiquei na semana passada com todos os ícones dos aplicativos nas pastas erradas.

Sorri.

— Não precisa agradecer. Aposto que acrescentei uns três anos à sua expectativa de vida por te ajudar a superar os demônios do controle organizacional.

Annalise abriu a gaveta e pegou um lenço de papel. Enquanto limpava os olhos, disse:

— Quantos anos tirei dessa expectativa quatro dias depois, quando arrumei tudo de novo?

Assenti.

— Vamos dar um jeito nisso. Na semana que vem, você vai me dar sua lista de tarefas, e vamos tentar passar cinco dias sem sinalizar nada.

— Como sabe que tenho uma lista de tarefas?

Olhei para ela com cara de *fala sério, Capitã Óbvia*.

Ela suspirou.

— Aposto que Andrew também sabia que eu ia ligar de volta.

Eu também não tinha dúvida disso. O cara era um traste porque sabia que podia aprontar, e ela ia continuar esperando.

— Talvez eu seja a última pessoa que devia te dar conselhos sobre relacionamentos, mas conheço os homens. E um cara que termina tudo por telefone é um babaca que não merece suas lágrimas.

— Ah. Andrew não terminou.

— Não? Por que está chorando, então?

— Porque ele me pediu para jantar com ele amanhã, depois do trabalho.

Franzi a testa.

— Não entendi. Por que isso é ruim?

— Porque Andrew é um cara legal. Ele não terminaria tudo por telefone. — Seus olhos começaram a se encher de lágrimas outra vez. — Ele me pediu para ir encontrá-lo depois do trabalho no Royal Excelsior. Tenho certeza de que vai me levar para jantar em um lugar caro, antes de terminar tudo pessoalmente.

— No Royal Excelsior? Não é o restaurante do Royal Hotel, no centro da cidade? Tenho um cliente a alguns quarteirões de lá.

Ela confirmou balançando a cabeça e limpou o nariz.

Muito bem. Sou maduro o bastante para admitir quando estou errado. E era evidente que eu estava errado quando presumi que o ex dela era babaca o bastante para terminar o relacionamento por telefone. Não tinha entendido que o cara era um babaca *gigantesco* e ia transar com ela antes de terminar tudo.

— Não devia ir.

Annalise ofereceu um sorriso triste.

— Obrigada. Mas preciso ir.

Tentei decidir o que fazer. Abria o jogo com ela, explicava que o cara não queria acabar com tudo, queria dar uma? Bom, se ele fosse esperto, e eu tinha certeza de que era, considerando que tinha conseguido manter em banho-maria por meses essa linda mulher sentada na minha frente, provavelmente a faria pensar que a transa era ideia dela.

Ou não me metia nisso? Afinal, ela era adulta, capaz de tomar as próprias decisões. E também era minha concorrente.

Mas parece tão vulnerável.

— Escute. Já falei o que eu penso sobre o cara ter pedido um tempo. Então, tenho certeza de que não quer ouvir o que tenho para dizer, mas... tome cuidado.

— Cuidado com o quê?

— Com os homens. Em geral. A gente pode parecer legal e, na verdade, ser muito babaca.

Ela parecia confusa.

— Por que não fala logo o que está tentando dizer, Bennett?

— Não vai ficar brava se eu for honesto?

Ela me olhou com os olhos meio fechados. *Sim. Ela vai ficar brava se eu for honesto. Mas agora já abri a boca e já me ferrei, então dane-se.*

— Só estou dizendo... para não deixar o cara se aproveitar de você. Ele te convidou para jantar em um hotel por algum motivo. A menos que seja para dizer que cometeu um grande erro e quer você de volta, não vá para a cama com ele. Ouça com cuidado as palavras que ele escolher. Dizer que está com saudade não é compromisso e pode ser só um truque, sabe, para baixar sua guarda e levantar sua saia.

Annalise me encarou. Seu rosto estava inchado de tanto chorar, e havia pintinhas brancas surgindo nas áreas pálidas. *Ela está furiosa.*

— Você não sabe o que está falando.

Levantei as mãos num gesto de rendição.

— Só estou cuidando de você.

— Faça um favor para mim, não cuide. — Annalise ficou em pé. — Eu mando o texto para você em uma ou duas horas. Precisa de mais alguma coisa?

Eu sabia interpretar uma deixa. Levantei-me da cadeira e abotoei o paletó.

— Na verdade, sim. Será que pode falar com a Finley para deixar de ser pau no cu e ir falar comigo se tiver algum problema, em vez de procurar os Recursos Humanos? Agora somos uma equipe, estamos todos do mesmo lado.

Ela comprimiu os lábios.

— Ok.

Andei até a porta e segurei a maçaneta, antes de virar para trás. Eu nunca sabia a hora de parar.

— E mais uma coisa: prefiro que mande o texto em uma hora, não duas.

12

Bennett

Eu precisava encontrar o cliente.

Era o que eu repetia para mim mesmo, pelo menos. Fazia seis meses que não ia pessoalmente à Green Homes, e essa era uma empresa sólida. Uma visita rápida a caminho de casa hoje à noite não era nada de extraordinário. O fato de o escritório ficar no centro da cidade, a dois quarteirões do Royal Hotel, era só uma coincidência.

E os estacionamentos estavam sempre cheios naquela área. Portanto, não era incomum eu ter estacionado em um deles a três quarteirões da empresa e passar pelo Royal depois da reunião.

Às seis da tarde.

Tinha sido um dia de agenda cheia.

Eu não acreditava muito em coincidência. Era mais de ação, de fazer as coisas acontecerem. Mas o fato de estar na frente do Royal Hotel... puro acaso.

Casualidade.

Sorte.

Tanto faz.

Abrir a porta do saguão? Não, isso não era coincidência. Essa merda era curiosidade mórbida.

Olhei por todo o saguão, posicionado intencionalmente atrás de uma coluna larga de mármore para poder ver tudo sem ser observado. Estava bem tranquilo, para um começo de noite. À esquerda ficava a recepção. Um hóspede era atendido, enquanto outros funcionários trabalhavam na área atrás do balcão. À direita havia um hall de elevadores vazio. Bem na frente, do outro lado de uma grande fonte circular, ficava o bar do *lobby*. Tinha umas dez pessoas sentadas. Procurei o rosto dela.

Nada.

Annalise havia saído do escritório às quatro e meia da tarde, devia estar aqui agora. Eu torcia para que estivesse no restaurante, pedindo o que tinha de mais caro no cardápio, cortesia do embuste, em vez de ter sido levada para um quarto lá em cima.

O relacionamento ruim de Annalise não era da minha conta. Eu devia ter me virado e ido embora. Não era problema meu.

Coincidência.

Curiosidade mórbida.

Essas foram as razões que me levaram a entrar no saguão. E o motivo para me dirigir ao bar, em vez de sair dali?

Estava com sede. Por que não podia beber alguma coisa?

O bar era em forma de L. Sentei no canto mais afastado da entrada, perto das garrafas, onde garrafas de bebida e o elegante caixa de antiquário me escondiam da maioria das pessoas que passassem pelo saguão. Dali eu conseguia ver claramente as portas do restaurante. O bartender pôs um guardanapo na minha frente.

— O que vai querer?

— Uma cerveja. Ou melhor, um chope.

— Ok.

Quando voltou, ele perguntou se eu gostaria de ver o cardápio. Não quis, ele assentiu e começou a se afastar, mas eu o chamei.

— Por acaso viu uma loira? — Apontei com as duas mãos para a minha cabeça. — Muito cabelo ondulado e loiro. Pele de mármore. Grandes olhos azuis. Se estava com um homem, talvez parecesse deslocada, perturbada.

O bartender assentiu.

— Ele vestia um suéter Mister Rogers. Ela fica bem alta naquele salto alto.

— Viu para onde eles foram?
Ele hesitou.
— Você é o marido ou alguma coisa assim?
— Não. Só um amigo.
— Não vai arrumar encrenca, vai?
Balancei a cabeça.
— De jeito nenhum.
Ele levantou o queixo.
— Foram para o restaurante. Fecharam a conta aqui há uns vinte minutos.
Respirei fundo. Claro, estava aliviado. Mas não dava a mínima para se Annalise ia para a cama com o embuste ou não, não era por isso. Era porque não precisava de gente chorando no escritório. Agora tinha que trabalhar com ela... de um jeito bem próximo.
Fiquei sentado no bar bebendo minha cerveja por quase uma hora. A porta do restaurante abria e fechava, e a adrenalina inicial da emboscada começou a perder força. Pensei em ir embora.
Até que a porta se abriu e vi a mulher saindo de lá.
— Merda. — Olhei para o meu prato vazio de amendoim e tentei evitar o contato visual. Depois de trinta segundos, arrisquei uma olhada. Ela não estava mais na porta do restaurante. Suspirei aliviado, nervoso. Mas o alívio só durou um suspiro. Porque, quando inspirei de novo, vi Annalise em um canto do meu campo de visão, andando diretamente para mim.
E ela não parecia muito feliz.
Ela pôs as mãos na cintura.
— O que pensa que está fazendo?
Tentei agir de um jeito casual, peguei a caneca vazia e a levei à boca.
— Oi, Texas. O que está fazendo aqui?
Ela fechou a cara.
— Nem vem com essa, Fox.
— Que foi?
— Por que está me seguindo?
Fingi que estava ofendido e levei a mão ao peito.
— Seguindo você? Vim encontrar um amigo. Tive uma reunião com um cliente a alguns quarteirões daqui.

— Ah, é? E cadê seu amigo?
Olhei para o relógio.
— Está... atrasado.
— Que horas combinou encontrá-lo?
— Hum. Às seis.
— Quem veio encontrar?
— Quê?
— Você ouviu. Como é o nome do seu amigo?

Droga. Isso era um interrogatório. As perguntas rápidas me atordoavam. Falei o primeiro nome que veio à minha cabeça.

— Jim. Jim Falcon. É. Hum... acabei de ter uma reunião com um cliente, e combinamos uns drinques para discutir essa reunião.

Ela acrescentou um olhar ameaçador à cara fechada.

— Mentira. Está me seguindo.

— Saí do escritório às três da tarde para ir visitar um cliente — menti, porque tinha deixado a porta da sala fechada e sabia que ela não podia ter certeza de que eu estava lá quando passou a caminho da saída. — A que horas você saiu?

— Às quatro e meia.

— Então, como eu podia ter te seguido? Acho que é *você* quem está *me* seguindo.

— Você é louco? Sério, acho que você precisa de um psiquiatra, Bennett. Estou te observando pela porta do restaurante há meia hora. Você olha para lá cada vez que ela é aberta.

Levantei as mãos como se estivesse irritado.

— A porta está na minha linha de visão.

— Vá para casa, Bennett.

— Estou esperando meu amigo.

— Não sei o que pensa que está fazendo, mas sou adulta e capaz de cuidar de mim. Não preciso da sua proteção. Se eu quiser *trepar* com o Andrew, independentemente de ele querer reatar comigo ou não, a decisão é *minha*. Não sua. Talvez deva dedicar esse tempo a pensar sobre por que não tem um relacionamento, em vez de se preocupar com o meu.

Antes que eu pudesse dizer mais alguma coisa, Annalise virou e voltou ao restaurante. Fiquei ali sentado por alguns minutos organizando os pensamentos.

Que porcaria estou fazendo aqui? Perdi a droga do juízo.

O bartender se aproximou e apoiou um cotovelo no balcão.

— Ela vai voltar. Elas só ficam bravas desse jeito quando rola algo.

Ele viu minha expressão confusa e riu.

— Quer mais alguma coisa?

— Tem uma bunda aí disponível? Porque a minha acabou de levar vários chutes.

Ele sorriu.

— A cerveja é por minha conta. Espero que sua noite melhore.

— É. Eu também. Obrigado.

Andei sem pressa até o estacionamento, a três quarteirões do hotel, e mandei uma mensagem de texto para Jim Falcon assim que entrei no carro. Antes que esquecesse.

Bennett: Se Annalise perguntar, você combinou comigo de beber alguma coisa no bar do Royal Hotel hoje, às seis da tarde.

Ele respondeu alguns minutos depois:

Jim: Não ganho o suficiente para pagar onze dólares no chope da casa.

Bennett: Ela não sabe disso, idiota. Só confirma a versão, se ela perguntar.

Jim: Não, quis dizer que queria mesmo conhecer esse lugar, mas é caro demais para o meu orçamento. Então, vai ser por sua conta. Três drinques no Royal na próxima vez que a gente sair. Você paga.

Balancei a cabeça.

Bennett: Ok. Belo amigo você é, vai me fazer pagar para não me entregar.

Jim: Sua sorte é que esse encontro de mentira não era para jantar. Eles têm um prato de carnes e frutos do mar que custa setenta e cinco paus.

Joguei o celular em cima do painel e liguei o carro. Tinha estacionado no segundo andar da garagem, e a fila para pagar e sair era longa. Enquanto esperava, senti uma urgência repentina de chegar logo em casa. E aí, é claro, todo mundo na minha frente pagou com cartão de crédito, e cheguei ao farol na esquina do estacionamento e tive que parar e dar passagem para os pedestres a cada curva. A rua para voltar à avenida era de mão única, o que significa que tive que passar na frente do hotel de novo.

Cometi o erro de olhar para a porta quando passei e vi um flash loiro. Mas desta vez Annalise não me viu. Estava de cabeça baixa e andava depressa, praticamente corria para fora do hotel. Preso no trânsito, vi pelo retrovisor quando acelerou ainda mais o passo e passou por uma fileira de carros estacionados, até parar e se abaixar para abrir a porta do dela. Ela abriu a porta e entrou. Depois, apoiou a cabeça nas mãos.

Merda. Estava chorando.

A buzina do carro de trás me assustou, e eu deixei de olhar para ela pelo retrovisor e vi os braços do motorista gesticulando. A luz do semáforo agora era verde, e todos os veículos que estavam na minha frente já tinham andado. Mostrei o dedo do meio para o babaca, mesmo estando errado, e pisei no acelerador.

Saia daqui, Bennett.
Você não precisa dessa merda.
Ela falou na sua cara para ir cuidar da sua vida.
Mas...

Acabei encostando o carro.

Irritado comigo, desengatei a marcha e bati com as duas mãos no volante algumas vezes.

— Mas que idiota. Vai para casa, porra!

Naturalmente, não segui meu conselho. Porque, pelo jeito, adorava uma punição, quando vinha dessa mulher. Saí do carro, bati a porta e comecei a andar pela calçada em direção ao carro dela.

Talvez Annalise tivesse ido embora.

Talvez eu tivesse imaginado que ela estava chorando, e ela estava rindo.

É claro, não tive toda essa sorte.

Annalise nem percebeu quando me aproximei. Não tinha ligado o carro e estava ocupada enxugando as lágrimas com um lenço. Fui para o lado do passageiro, me abaixei e bati de leve na janela.

Ela pulou de susto.

Depois levantou a cabeça, me viu e começou a chorar ainda mais.

Merda.

É, às vezes eu produzo esse efeito nas mulheres.

Joguei a cabeça para trás e olhei para o céu, me censurando mentalmente por alguns segundos, depois respirei fundo, abri a porta do carro e entrei.

— Veio jogar na minha cara que estava certo? — ela choramingou.

— Desta vez, não. — Dei uma cotovelada nela de leve. — Tem tempo de sobra para isso no escritório.

Ela riu em meio às lágrimas.

— Meu Deus, você é um cretino.

Eu não podia argumentar contra a verdade.

— Tudo bem?

Annalise inspirou profundamente e soltou o ar.

— Ah. Vai ficar.

— Quer conversar? — *Por favor, diz que não.*

— Acho que não. — *Sim!* — Ele disse que estava com saudade e afagou meu braço.

Tudo bem, ela não sabe direito o que significa "acho que não".

Suspirei por dentro, mas por fora só assenti para ela continuar, se quisesse.

— Perguntei se isso significava que ele queria voltar. Ele respondeu que não estava preparado. E eu lembrei do que você falou. "Dizer que está com saudade não é compromisso e pode ser só um truque, sabe, para baixar sua guarda e levantar sua saia."

Sou poético, não sou?

— Sinto muito.

Ela olhou para baixo por alguns minutos. Fiquei calado, tentando dar a ela liberdade para pensar. Não tinha a menor ideia do que dizer, além de *sinto muito* e *eu avisei*, e alguma coisa me dizia que a segunda opção não era uma boa ideia.

Depois de um tempo, ela olhou para mim.

— Por que está aqui?

— Estacionei em uma garagem a poucos quarteirões daqui. Você saiu quando eu estava passando, e vi que estava nervosa.

Annalise balançou a cabeça.

— Não. Perguntei por que veio esta noite... ao hotel.

Abri a boca para responder, e ela me interrompeu, balançando um dedo enquanto falava.

— E nem venha de novo com a história de que ia encontrar um amigo. Não me subestime.

Pensei em insistir na mentira, mas decidi ser honesto. O problema era que a verdade não fazia sentido. Nem para mim.

— Não faço ideia.

Ela estudou meu rosto, depois assentiu como se entendesse.

Pelo menos um de nós entendia.

— Está com fome? — ela perguntou. — Não cheguei nem na entrada. Só comi a salada do aperitivo antes de sair. E não quero ir para casa, ainda não.

— Eu estou sempre com fome.

Annalise olhou para o hotel e para mim de novo.

— Não quero comer lá.

— O que quer comer?

— Italiana. Chinesa. Sushi. Hambúrguer. Comida de boteco. — Ela deu de ombros. — Não sou exigente.

— Muito bem. Conheço o lugar perfeito. Fica a menos de dois quilômetros daqui. Você dirige e me deixa no meu carro depois que a gente comer, pode ser?

— Não — ela respondeu depressa.

— Por que não?

— Não gosto de dirigir com mais gente no carro.

— Como assim, não gosta de dirigir com mais gente no carro?

— É isso. Gosto de dirigir sozinha.

— Por quê?

— Quer saber? Deixa para lá. Não estou mais com fome.

Mas que porra é essa? Passei a mão nos cabelos.

— Tudo bem. Eu vou com meu carro. Sabe onde fica Meade Street?

— Sei.

— O nome do lugar é Dinner and a Wink.

— Jantar e uma Piscada? Que nome estranho.

Sorri.

— O lugar é estranho. Você vai se sentir à vontade.

13

Annalise

— Isso é muito bom.

Eu estava preparada para o pior quando entramos. Olhando de fora, o lugar era um buraco. A decoração no interior não era muito melhor. Iluminação ruim, mobília ultrapassada e um cheiro leve de cerveja azeda se espalhava pelo ambiente, cortesia de um ventilador atrás do balcão. Mas todas as mesas e todas as banquetas junto do balcão pareciam estar ocupadas por casais. E as pessoas eram muito felizes e simpáticas. Olhei em volta, e uma mulher sentada ao lado de um homem sorriu e piscou para mim. Era a segunda vez que isso acontecia nos trinta minutos desde que chegamos.

— Como encontrou este lugar? Fica fora da área de maior circulação e é horrível por fora.

— Ah. — Ele levou a cerveja à boca. — Que bom que perguntou. Encontrei este lugar por acidente. Eu namorava uma garota que morava a alguns quarteirões daqui e parei para tomar uma cerveja depois de terminar com ela. Ela não reagiu muito bem. O lugar é especial.

Olhei em volta de novo, e mais algumas pessoas sorriram para mim.

— A comida é muito boa, e todo mundo é bem simpático.

O sorriso de Bennett ficou mais largo.

— É porque é uma casa frequentada por gente do *swing*.

Tossi enquanto engolia e quase sufoquei com a comida.

— O que foi que disse?

— É frequentado pelo pessoal do *swing*. — Ele deu de ombros. — Eu também não sabia na primeira vez que vim aqui. Mas todo mundo ficou feliz quando cheguei. Não se preocupe, ninguém vai te abordar. Se um casal se interessa, eles piscam. Se você piscar de volta, eles se aproximam para conversar.

Meus olhos estavam arregalados. Dois casais tinham piscado para mim, e eu poderia ter piscado de volta.

— Por que me trouxe aqui? — Dei mais uma olhada nas pessoas que estavam comendo. Algumas sorriram e, dessa vez, um cara piscou para mim. Virei a cabeça depressa. — Essas pessoas acham que somos um casal e que estamos procurando parceiros para... trocar.

Ele riu.

— Eu sei. Pensei que ia achar engraçado, depois do que me contou sobre ter levado um fora na faculdade do namorado que queria fazer *swing*.

— Tem alguma coisa errada com você. — Olhei em volta mais uma vez. De repente tive a sensação de que ocupávamos o centro do palco. E, aparentemente, éramos populares, porque vi mais duas piscadas.

— A comida é maravilhosa, e ninguém aborda ninguém, a menos que a piscada seja retribuída. É o lugar perfeito para vir quando quer ficar em paz e comer alguma coisa.

Acho que ele tinha razão. Apesar de ter pensado em me trazer aqui para se divertir com a história que eu tinha contado.

— E aí, por que não dirige com mais gente no carro? — Bennett quis saber. — Fica nervosa ou alguma coisa assim?

Eu havia tomado um drinque antes do jantar, e estava de guarda meio baixa.

— Eu faço uma coisa que muita gente acha estranha, por isso prefiro evitar passageiros.

Bennett derrubou no prato a batata frita que tinha acabado de pegar e se encostou na cadeira.

— Mal posso esperar para ouvir.

— Eu não devia contar. Contei a história do namorado que queria fazer *swing*, e você me trouxe aqui. Seu senso de humor é meio transtornado. Nem imagino como vai usar isso contra mim.

Ele levantou os braços para apoiá-los na mesa e os afastou.

— Se não me contar, vou começar a piscar para as pessoas, e elas vão vir aqui. — Ele olhou para a direita e sorriu, um sorriso luminoso. Segui a direção de seu olhar e vi um casal que parecia ansioso pela piscada.

— Ai, meu Deus. Não faça isso.

Ele levou a cerveja à boca.

— Comece a falar.

Eu suspirei.

— Ok. Eu narro enquanto dirijo. Satisfeito?

Ele torceu o nariz.

— Narra. Como assim?

— Acabei de falar. Eu narro. Se vou parar em sinal de parada obrigatória, falo em voz alta, "parando em um sinal de parada obrigatória". Quando vejo uma luz amarela, posso dizer: "reduzindo a velocidade". "O farol ficou amarelo".

Ele me olhava como se eu fosse doida.

— Por que faz isso?

— Sofri um acidente logo que comecei a dirigir, e fiquei com medo de voltar ao volante. Descobri que narrar minhas atitudes me ajudava a ficar mais calma quando eu dirigia. Acabou virando mania. Por isso não dou carona para ninguém, exceto minha mãe e Madison, minha melhor amiga. Elas estão acostumadas, nem percebem mais o que estou fazendo e continuam falando.

— Você vai me levar para casa, *definitivamente*. Eu venho buscar meu carro de Uber amanhã cedo, antes de ir trabalhar.

— Quê? Não!

Ele virou a cabeça para o lado direito, mas manteve os olhos cravados em mim.

— Vou piscar.

— Pare. Não faça isso. — Eu não conseguia nem fingir que estava muito brava, porque a situação toda era absurda.

Bennett deixou a cerveja em cima da mesa e pegou uma batata frita.

— Pegando uma batata frita.

E levou a batata à boca.

— Pondo a batata na boca.

Soltei uma risada.

— Caramba, você é muito idiota.

Ele balançou a batata para mim.

— Está sorrindo, não está?

Suspirei.

— É, acho que sim. Obrigada.

— Por nada, Texas. Estou aqui para te divertir nos próximos meses. — E piscou. — Antes de você ir embora para Dallas.

Um minuto depois, um casal se aproximou da nossa mesa. Levamos um minuto para entender o que estava acontecendo. Bennett tinha piscado para mim, e o casal interpretou o gesto como um convite.

— Já roubou alguma coisa?

Bennett fez a pergunta exatamente quando a garçonete se aproximou para perguntar se queríamos fazer nosso pedido. Ele optou por outra cerveja, e eu pedi uma água com gelo. Era a quarta ou quinta cerveja que ele bebia, eu havia perdido a conta. Desde que decidiu que o carro passaria a noite estacionado lá fora, e eu o levaria para casa, Bennett estava aproveitando para beber um pouco mais.

A garçonete continuou parada ao lado da mesa, olhando para mim, em vez de ir buscar o pedido. Achei que ela estava esperando que eu escolhesse mais alguma coisa, então sorri com educação.

— É só isso. A água.

Ela sorriu de volta.

— Ah, eu vou buscar a cerveja e a água em um minuto. Estou esperando para ouvir você responder à pergunta dele.

Bennett riu.

— Ela tem cara de que poderia ter sido ladra, não tem? Rosto inocente, mas com um brilho discreto nos olhos. Sem mencionar o cabelo rebelde.

— Uma vez, roubei uma caixa de camisinhas — a garçonete contou. — Não faz muito tempo. Eu estava na farmácia, e minha mãe entrou na fila atrás de mim. Eu ia comprar xampu e preservativo. Escondi as camisinhas no bolso e deixei minha mãe passar na minha frente, torcendo para conseguir passar o produto no caixa depois que ela fosse embora. Ela ficou me esperando. Tenho vinte e dois anos, mas somos católicos, e ela é muito religiosa. Havia duas opções: ou partia o coração dela, ou ia presa por furto. Decidi correr o risco.

Bennett riu. Caramba, o sorriso dele era muito sexy.

— Também já roubei uma caixa de camisinhas. Eu tinha catorze anos e nenhum dinheiro, e uma gostosa de dezessete me deu mole. Não fui pego roubando, mas perdi a virgindade. Valeu a pena correr o risco. — Ele olhou para mim e balançou as sobrancelhas. — Você roubou camisinhas, ou só lubrificante?

— Nunca roubei nada. — Senti o rosto esquentar, e Bennett apontou para mim.

— Puta merda. Você ficou vermelha. Está mentindo. É cleptomaníaca, não é?

Infelizmente para mim, durante a noite, Bennett acabou descobrindo meu ponto fraco. *Eu minto muito mal.* Cada vez que contava uma mentira, meu rosto ficava vermelho ou eu desviava o olhar e me mexia. Depois de beber mais algumas cervejas, ele inventou um jogo – o Texas Verdade. Ele fazia uma pergunta, e eu tentava mentir em algumas respostas, daí a pergunta sobre ter roubado alguma coisa. Até então, Bennett havia identificado todas as mentiras.

Olhei para a garçonete, que parecia se divertir.

— Eu tinha nove anos e queria muito, muito mesmo o CD novo do 'N Sync. Então, escondi o álbum dentro da calça quando minha mãe não estava olhando.

— Legaaaaal — Bennett reagiu.

A garçonete riu.

— Já volto com a cerveja.

Quando ela se afastou, ele, é claro, quis mais detalhes.

— Alguém descobriu?

— Não. Mas, quando cheguei ao carro, comecei a chorar de culpa. Contei para minha mãe, e ela me fez voltar à loja e entregar o CD ao gerente. Ele chamou a polícia, que me deu um sermão de uma hora, só para me assustar mais.

— Sabe de uma coisa? Depois de ouvir essa história, estou pensando seriamente em trocar seu apelido, desistir de Texas.

— Trocar para qual?

— Mão Leve. Mas já estou encrencado com o RH, acho que gritar "oi, Mão Leve" no corredor não ia cair muito bem para mim.

Franzi o nariz.

— Você é um porco.

A garçonete chegou com as bebidas, e ele bebeu um grande gole de cerveja.

— Quando foi a última vez que mentiu para valer?

Eu sabia a resposta, não precisava pensar. Mas não ia contar essa história ao Bennett de jeito nenhum.

— Faz muito tempo.

Senti o rosto esquentar.

Droga.

Ele viu e deu uma risada.

— Fala logo, Texas.

— Se eu falar, vai ter que jurar que nunca vai debochar de mim por isso, nem vai tocar nesse assunto de novo.

— Quem, eu? *Nunca.*

— Vai ter que me dar sua palavra.

Ele levantou três dedos como um escoteiro.

— Dou minha palavra.

Antes de começar a falar, eu já sabia que contar essa história para ele era má ideia, mas estava me divertindo e não queria encerrar a noite.

— Ok. Mas, quando eu terminar, vou querer uma história com a qual eu possa te torturar. Uma história constrangedora.

— Combinado. Agora fala, mentirosa.

Sorri e balancei a cabeça.

— Ok. Bom, eu moro em um prédio. São vinte e quatro apartamentos. Um idoso, o Sr. Thorpe, mora no apartamento na frente do meu, e ele tem duas gatas. E inscreve as duas em competições.

Bennet olhou para minha boca, depois para os meus olhos de novo. Ele pigarreou.

— Competição de gatos? Eu nem sabia que isso existia. Mas é bem estranho, se existe.

Eu concordava com ele. Mas não era esse o foco da minha história.

— Enfim. Eu tenho um gato. Não é de raça nem participa de competição nenhuma, é só um gato comum que me induziram a adotar. Mas essa é outra história. Às vezes, o Sr. Thorpe vai visitar o irmão em Seattle e passa um ou dois dias por lá, e aí ele me pede para cuidar da Frick e da Frack. Quando passa mais tempo fora, ele deixa as duas na casa de uma mulher que deixa todos os gatos soltos dentro do apartamento. Já usei os serviços dela também. Às vezes ela fica com uns, sei lá, trinta gatos lá, mas não tem cheiro ruim. Não sei como isso é possível.

— Sei. E falta muito para chegar na mentira? Não sou muito fã de gato e essa história está ficando chata. Fala logo sobre sua mentira.

— Deixe de ser impaciente. *Enfim...* as gatas do Sr. Thorpe são gatas domésticas, é claro, e só preciso ir lá dar comida para elas duas vezes por dia. Há seis meses, eu estava cuidando das gatas e, por acidente, deixei a porta do meu apartamento aberta quando fui alimentá-las. Quando dei por mim, Tom tinha me seguido e estava em cima de uma das gatas persas premiadas do Sr. Thorpe no banheiro do apartamento.

— Quem é Tom?

— Meu gato.

— Ele chama Tom por causa do Tom e Jerry?

— Não. Claro que não. Eu amo meu gato. Então, não contei para o Sr. Thorpe sobre o que havia acontecido, porque imaginei que as gatas dele fossem castradas, embora o meu não seja. Alguns meses mais tarde, uma das gatas teve oito filhotes.

Bennett arqueou as sobrancelhas.

— E você mentiu sobre isso?

— Fiquei sabendo durante a reunião trimestral de condomínio. Todos os vizinhos estavam lá, e o Sr. Thorpe fez um discurso sobre a irresponsabilidade de alguns donos de animais de estimação. Ele deduziu que a gata tinha ficado prenhe na casa da outra vizinha, a que tem a pensão para gatos, ou no parque de animais de estimação, onde as leva para socializar.

Vi que Bennett estava abrindo a boca para debochar da situação, mas o impedi.

— Sim, ele leva as gatas premiadas a um parque para socializar. *Na coleira*. Mas eu sou a pessoa horrível nessa história, e ainda me sinto culpada, então, não faça nenhuma piadinha sobre o Sr. Thorpe ou suas gatas idiotas.

— Entendi. Não vou debochar do Thorpe. Só do seu gato galinha e da mãe dele, que é uma mentirosa.

Bennett exibiu de novo aquele sorriso jovial, e eu senti um inesperado frio na barriga. Tentei ignorar.

— Resumindo, não assumi o crime do meu gato, mas pago pensão para os gatinhos. Não quero que pense que sou uma completa irresponsável.

Ele arqueou uma sobrancelha.

— Pensão?

— Uma vez por semana, deixo na porta do apartamento dele uma embalagem de ração cara, que ele dá aos gatinhos.

Bennett gargalhou.

— E você acha que *eu* sou o doido?

— Qual é? Sinto vergonha por isso. Não posso me isentar da responsabilidade financeira.

— Quem ele acha que deixa a comida?

— Não sei. Eu evito o homem, porque, se ele me fizer uma pergunta direta, meu rosto vai ficar vermelho quando eu mentir.

— Isso é horrível. Eu estaria ferrado se não conseguisse fazer cara de paisagem.

Bebi um pouco de água gelada.

— Sua vez. Quero uma história constrangedora.

Ele coçou a barba por fazer no queixo, que eu decidi que ficava muito bem nele.

— Deixa eu pensar. Não fico constrangido com muita facilidade. — Em seguida seu rosto se iluminou, e ele estalou os dedos. — Lembrei de uma. Meus pais achavam que eu era gay.

Eu ri.

— Bom começo. Continue...

— Eu devia ter uns dez ou onze anos quando descobri a masturbação. A internet ainda não era grande coisa, e o material era escasso. Eu costumava espiar as revistas da minha mãe. A *Cosmo* era minha favorita, mas não era a que ela mais comprava, então boa parte da minha coleção era bem deprimente – *Good Housekeeping, Woman's Day, Better Homes & Gardens*. Em uma semana das boas, uma delas poderia ter uma foto de uma mulher de biquíni em um artigo sobre evitar água no ouvido, ou alguma bobagem assim. Mas, às vezes, tudo que eu encontrava era uma foto de um sutiã confortável em uma matéria sobre evitar dores nas costas relacionadas à amamentação. Mesmo assim, eu escondia as revistas embaixo do meu colchão quando elas não estavam em uso. Um dia, minha mãe estava trocando os lençóis e as encontrou, e quis saber por que eu guardava as revistas ali. Falei que gostava de ler os artigos. Ela ficou desconfiada e perguntou qual tinha sido o último artigo que li. Só consegui pensar na matéria que acompanhava as fotos com as quais bati uma... "Como fazer os homens notarem você."

Cobri a boca e gargalhei.

— Meu Deus!

— Pois é. Naquela noite, meu pai recebeu a missão de ir falar comigo sobre sexo pela primeira vez. No fim, ele disse que me amaria de qualquer jeito, quem quer que eu fosse.

— Aahh... que fofo.

— É. Mas, nos anos seguintes, cada vez que eu recebia amigos, minha mãe ficava seguindo a gente pela casa. Eu tinha que deixar a porta do quarto aberta quando meus amigos estavam lá, e festa do pijama era coisa proibida. Foi horrível. Mas, quando eu tinha uns treze anos, percebi que isso também tinha um lado positivo.

— Qual?

— Quando levei Kendall Meyer na minha casa, fiquei com ela no quarto sem me preocupar com a possibilidade de alguém entrar de repente. Minha mãe tratava as garotas que iam me visitar como as mães dos garotos héteros tratam seus amigos homens. Eu podia fechar e trancar a porta, e ela não se incomodava nem ficava imaginando coisas.

Passamos horas compartilhando mais histórias constrangedoras. Ficamos no bar de *swing* até depois da meia-noite. No caminho para casa, como eu já esperava, Bennett debochou da minha narração. Fiquei surpresa por descobrir que morávamos a menos de um quilômetro e meio de distância.

— Olhando o espelho retrovisor. Estacionando na vaga — cochichei quando parei na frente do prédio dele. Alguns segundos depois: — Pondo o carro em ponto morto.

Quando olhei para Bennett, vi que sorria de um jeito engraçado.

— Que foi?

— Estava aqui pensando se tem *mais* alguma coisa que você narra.

— Não. Só quando dirijo.

Ele exibiu um sorrisinho malicioso.

— Passei o caminho todo imaginando você narrando sexo. *Tirando a calcinha. Abrindo as pernas. Tirando a cueca dele. Tentando segurar seu...*

— Já deu para ter uma ideia — interrompi. — Acho que, com toda essa imaginação, você vai dar uma olhada nos números novos da *Better Homes Gardens*.

Bennett segurou a maçaneta.

— Você nem imagina, Texas.

Ainda bem que estava escuro, porque desta vez meu rosto ficou vermelho por outro motivo, não porque eu tinha mentido.

Ele abriu a porta.

— Boa noite. Obrigado pela carona divertida para casa.

Eu tinha começado a noite de um jeito desgraçado, e estava terminando com um sorriso. Percebi que Bennett tinha feito isso por mim, e eu não havia agradecido. Abri a janela quando ele contornava o carro e subia na calçada.

— Bennett?

Ele olhou para trás.

— Oi, Texas?

— Obrigada por esta noite. Talvez você não seja tão cretino, afinal.

A luz da rua iluminava seu rosto o suficiente para eu ver a piscada.

— Não tenha tanta certeza disso.

Bennett virou para entrar no prédio, mas continuou falando alto para que eu pudesse ouvi-lo.

— Debruçada sobre a cama. O cabelo loiro enrolado em meu pulso. Puxando com força enquanto abre as pernas. — Depois de abrir a porta, ele parou por um segundo antes de entrar. — Bem melhor que a *Woman's Day*.

14

Bennett

Três noites seguidas.

E agora isso.

Que porra? Pisquei algumas vezes, tentando me livrar de mais uma fantasia. Quase deu certo, mas na sequência Jonas empurrou uma pilha de pastas em cima da mesa, procurando alguma coisa, e derrubou um grampeador do lado em que estávamos sentados. Annalise se inclinou para a frente para pegá-lo. Seu cabelo escorregou para o lado, deixando à mostra a pele pálida da nuca. Parecia tão macia e suave... meu cérebro se perguntou imediatamente se ela era *inteira* macia.

Alguns dias atrás, na noite em que Annalise me deixou em casa, me masturbei pensando nela antes de ir para a cama. E me convenci de que era normal. Tinha acabado de jantar e beber com uma mulher bonita – qualquer homem que não voltasse para casa imaginando que segurava todo aquele cabelo enquanto ela empinava a bunda de quatro realmente comprava a *Woman's Day* para ler os artigos.

Totalmente normal. Não significava nada. Então, por que não curtir? Uma noite de fantasia não faria mal nenhum. Vamos encarar, não seria a primeira vez que eu tinha fantasias com uma colega. Ninguém ia ficar sabendo. Nenhum prejuízo. Mas uma noite virou duas, e duas viraram três, e ontem, quando entrei na sala de descanso e encontrei Annalise abaixada para pegar alguma coisa na geladeira, comecei a ter uma ereção. *No trabalho.* No meio da porra do dia. Por causa da bunda perfeita de uma mulher que eu precisava esquecer, não transformar em objeto de fantasia até estragar um terno de dois mil dólares com um momento constrangedor típico da adolescência.

Por isso me afastei nas últimas quarenta e oito horas, ignorei a presença dela ontem e hoje de manhã. Tinha decidido não me permitir pensar nela, exceto em relação a sair vitorioso dessa apresentação de propostas. Infelizmente, meus olhos não entenderam a decisão. E isso me irritava. Cada vez que eu me pegava olhando na direção dela, me controlava canalizando a raiva pelo momentâneo erro de julgamento. O que significava que seria um cretino várias vezes durante a reunião de hoje. Mas, com certeza, não era minha culpa se a saia vermelha mostrava as pernas e insistia em atrair meu olhar. Ou se ela usava sapatos de salto alto e fino que realçavam os tornozelos e imploravam para furar a pele das minhas costas.

A merda era toda culpa dela.

Annalise mudou de posição na cadeira, cruzou e descruzou as pernas. Como era de esperar, meus olhos acompanharam todo o movimento.

Caramba. As pernas dela eram incríveis.

Fechei os olhos. *Não, não pode olhar, Fox.*

Contei até cinco mentalmente e abri os olhos de novo, e notei de imediato as sardas em seu joelho esquerdo. Senti um impulso insano de estender a mão e passar o polegar em cima delas.

Droga.
Controle-se.
Annalise se mexeu de novo, e sua saia subiu mais um centímetro. A saia *vermelha*.
Apropriada, porque essa mulher era o demônio.

Estávamos sentados a meio metro de distância um do outro na frente da mesa de Jonas há quinze minutos, ouvindo suas atualizações sobre várias questões relacionadas à fusão. De vez em quando, Annalise interferia, falava alguma coisa e olhava para mim, mas eu permanecia calado, olhando para a frente, focado no chefe, em vez de deixar meus olhos vagarem ainda mais.

— Isso nos leva à avaliação do conselho sobre vocês dois. Um dos membros, que também é um acionista majoritário, trouxe uma oportunidade com uma possível nova conta, um novo orçamento.

Eu me inclinei para a frente na cadeira.

— Ótimo. Eu posso cuidar disso.

Senti os olhos de Annalise queimando minha cabeça.

— Eu também — ela anunciou irritada.

— Não precisam discutir. Vocês dois vão cuidar disso. O conselho decidiu que esse orçamento vai fazer parte da avaliação de vocês, entre outras contas. Cada um vai ter que criar a própria campanha. Mas precisam saber que estamos entrando nesse jogo com algum atraso. Duas outras agências já estão trabalhando nessa conta, e teremos que produzir tudo dentro de um cronograma apertado. Temos que entregar o orçamento em menos de três semanas.

— Nenhum problema — respondi. — Eu trabalho melhor sob pressão.

Com a visão periférica, percebi que Annalise revirava os olhos.

— Qual é a conta?

— Star Studios. É uma nova divisão da Foxton Entertainment, o estúdio de cinema. Essa divisão vai se concentrar em sucessos de bilheteria estrangeiros e no remake desses filmes aqui.

Eu nunca tinha trabalhado na conta de um estúdio ou filme, mas sabia, depois de estudar a lista de contas de Annalise, que ela havia trabalhado em algumas. Os estúdios eram alguns de seus maiores clientes. Definitivamente, ela conhecia esse mercado – uma vantagem injusta em uma situação que poderia, em última análise, decidir em que estado eu ia morar.

— Nunca trabalhei com um estúdio de cinema. Mas esse era o nicho da Wren. — Levantei o queixo na direção de Annalise. — Metade das contas dela tem relação com o cinema. Não acho que seja justo o conselho usar um orçamento como esse para avaliar nosso trabalho. Não tenho experiência de mercado nesse campo.

Jonas franziu a testa. Ele sabia que eu tinha razão.

— Infelizmente, não podemos nos permitir o luxo de escolher entre muitas contas grandes. Além do mais, a maioria das contas de Annalise relacionadas ao cinema é de filmes individuais, e essa campanha é para uma nova produtora, eles querem estratégia de *branding* e marketing. Esses são seus pontos fortes, Bennett.

Olhei para Annalise, e ela sorriu para mim como se dissesse: "Eu vou ganhar essa, porque você não sabe merda nenhuma". Aquilo me deixou furioso, mas não por ela ter uma vantagem injusta. Fiquei furioso porque meu primeiro pensamento foi: *ei, olha só, hoje ela mudou o batom*, quando deveria ter sido, *você não perde por esperar.*

Mais irritado que nunca comigo mesmo, ataquei:

— Conhece alguém no estúdio? A área é pequena. Só quero ter certeza de que não dormiu com ninguém que toma as decisões por lá.

Annalise arregalou os olhos, depois os estreitou irritada.

— Eu nunca dormi com um cliente. E seu comentário é ofensivo. Agora entendo por que o RH gastou o carpete entre a sala deles e a sua.

Jonas suspirou.

— Isso foi desnecessário, Bennett.

Talvez, mas isso tudo é uma palhaçada completa.

— Quero trabalhar com a minha equipe, nada de compartilhar para algum funcionário da Wren vazar minhas ideias para ela.

— Não existem mais funcionários da Foster Burnett ou da Wren. Somos uma só equipe. Já é ruim o suficiente vocês dois terem que se envolver nessa disputa direta. As duas equipes estão aprendendo a trabalhar juntas. Se as separarmos para esse projeto, vamos causar uma divisão. Vocês dois vão ter que usar os recursos da equipe como um todo.

Eu sentia meu sangue ferver. Annalise, por outro lado, estava radiante.

— De acordo — ela disse. — Temos que manter a equipe unida, não provocar divisões.

Jonas abriu uma pasta e levantou os óculos para ler a primeira folha lá dentro.

— Vai haver uma reunião em Los Angeles depois de amanhã. O estúdio convidou a gente para uma visita e para conhecer um pouco dos bastidores. Vocês vão se reunir com o vice-presidente de produção e alguns talentos da área de criação. Gilbert Atwood, o conselheiro que trouxe esse orçamento, tem planos de ir encontrar vocês e algumas pessoas do estúdio para um jantar. Então, a noite vai acabar tarde, provavelmente, e vocês devem se programar para dormir por lá. Vou pedir para a Jeanie mandar o endereço e as informações de contato para vocês dois, para que assim possam se organizar.

Consegui resmungar um *obrigado* sem nenhuma sinceridade no fim da reunião com Jonas. Não estava com disposição para falar com ninguém, por isso voltei à minha sala e fechei a porta. Dois minutos mais tarde, a porta foi aberta de repente e fechada com um estrondo.

— Qual é o seu problema?

Fiquei aborrecido por ela ter entrado desse jeito, mas meu coração começou a bater mais depressa. Isso só acontecia em duas ocasiões: quando eu me preparava para uma briga com agressão física, o que tinha conseguido evitar nos últimos dez anos, ou quando estava prestes a penetrar uma mulher.

— Claro. Pode entrar. Não precisa nem bater.

— Bater seria educado, e é evidente que desistimos disso.

Apoiei as mãos fechadas na mesa e inclinei o corpo para a frente.

— Qual é o problema, Annalise? Concorrentes não precisam ser educados. O jogador de futebol não tira a chuteira antes de pisar no cara que está entre ele e o gol. É da natureza do jogo.

Ela deu alguns passos na minha direção e pôs as mãos na cintura.

— O que aconteceu entre o bar, há algumas noites, e hoje? Perdi alguma coisa? — Embora sua posição fosse firme, a voz tendia para o vulnerável. — Fiz alguma coisa que te aborreceu?

Eu me senti como o cretino que era e abaixei a cabeça. Quando ergui os olhos antes de falar de novo, eles passearam pelo corpo da mulher ali na minha frente. E, nesse passeio, eles notaram uma coisa. Os mamilos de Annalise estavam rígidos, tentando furar a camisa de seda preta. Pareciam dois grandes e redondos diamantes seduzindo um homem pobre, *vem me pegar, sou sua riqueza, estou esperando.*

Engoli em seco. *O que ela havia acabado de me perguntar?* Olhei nos olhos dela e percebi que Annalise tinha acabado de assistir à cena inteira, o que tinha desviado minha atenção e enchido minha boca de saliva. E parecia ainda mais confusa, o que era compreensível. Primeiro eu a acusava de dormir com clientes, depois babava como se *eu* quisesse dormir com ela.

Não era só ela que estava confusa. Eu não tinha a menor ideia de que merda estava fazendo.

Ficamos nos encarando por um momento. Depois, acabei me controlando, lembrei qual tinha sido a pergunta dela e pigarreei.

— Não é nada pessoal, Texas. Só acho melhor se não... se não formos... amigos. Não existe a menor possibilidade de eu me mudar, e a última coisa que quero é me distrair por me sentir mal por acabar com você.

Annalise levantou o queixo.

— Tudo bem. Mas você tem que ser educado, pelo menos. Eu não merecia aquele comentário sobre dormir com clientes, principalmente na frente do Jonas.

— Entendido. Desculpa.

— E se não quer ser meu amigo, tem que parar de me seguir pelos hotéis.

Eu gostava mais da versão atrevida do que da vulnerável. Foi preciso um grande esforço para não sorrir.

— Anotado.

Ela assentiu e virou para sair. Meus olhos desceram imediatamente para aquela bunda. Uma vez cretino, sempre cretino. Antes que pudesse erguer o olhar, Annalise virou para dizer mais alguma coisa e me pegou. Desta vez foi ela quem tentou esconder o sorriso.

— Um "não amigo" não fica secando a "não amiga".

Ela se virou e, já saindo da sala, concluiu:

— Por mais que ela tenha bunda e peitos incríveis.

15

Annalise

— E o gostosão do trabalho? — Madison perguntou antes de comer um pedaço do bife Wellington que tinha pedido.

Ela torceu o nariz enquanto mastigava. Não gostou. Fiquei com pena do dono do restaurante. Foi o terceiro contratempo, e estávamos só começando o prato principal. Primeiro, o garçom trouxe os aperitivos errados. Depois, quando Madison pediu a carta de vinhos e recomendações, ele sugeriu as opções mais caras. A crítica seria dolorosa.

— Gostosão? Bom, ele é um babaca. Depois é fofo, mas tenta fingir que não é. Depois é muito babaca de novo. Não quero falar sobre ele.

Madison deu de ombros.

— Tudo bem. Como vai todo o resto no trabalho, então? Gosta das pessoas no escritório novo?

Deixei o garfo no prato.

— Eu não entendo. Um dia ele se esforça muito para me ajudar, no outro é grosseiro e me ignora.

Ela pegou a taça de vinho.

— Estamos falando sobre o gostosão?

— Sim, o Bennett.

Ela fez uma careta e aproximou a taça dos lábios.

— Pensei que não quisesse falar sobre ele.

— Não quero. É que... ele é muito irritante.

— E esquenta e esfria com você.

— Ferve e gela, essa é a ideia. Na semana passada, fui jantar com o Andrew. Bennett me seguiu até o hotel porque, de algum jeito, sabia que aquilo não ia acabar bem. E não acabou. Bennett e eu fomos comer em outro lugar e ficamos conversando até meia-noite. Na manhã seguinte, encontrei com ele na sala de descanso dos funcionários e ele me tratou de um jeito distante, como se a noite anterior não tivesse acontecido.

Madison deixou a taça sobre a mesa.

— Espere aí. Você foi jantar com o *Andrew*. Não recebi nenhuma ligação à meia-noite, nem uma visita no começo da manhã seguinte.

E agora já comemos o aperitivo, já bebemos, e isso ainda não havia sido mencionado?

Suspirei.

— É. É uma longa história.

Ela empurrou o purê de batatas com o garfo.

— Minha comida foi servida fria, mesmo. Vamos começar do começo.

Contei que Andrew me convidou para jantar, afagou meu braço no restaurante do hotel enquanto dizia ter sentido saudade, mas recuou o mais depressa que pôde quando perguntei à queima-roupa se ele estava dizendo que queria reatar o namoro comigo. Também contei sobre o que Bennett achava que Andrew queria comigo, como ele me preveniu sobre isso antes do encontro e como apareceu do nada para reparar os danos causados.

Madison batia com a unha nos lábios.

— Basicamente, está dizendo que Bennett é um cafajeste, por isso consegue prever o que outros cafajestes estão querendo?

— Acho que sim. Mas o que não encaixa é que, se ele é tão cafajeste assim, por que tentou me avisar sobre Andrew e ainda apareceu lá para me amparar, quando tudo que ele previu aconteceu? Um cafajeste não se importaria com o que ia acontecer comigo, antes ou depois. Ele teria esperado o dia seguinte para me falar *"eu avisei"* no escritório, em vez de me deixar desabafar naquela noite.

O garçom se aproximou e perguntou como estava a refeição. Normalmente, Madison devolveria o prato para ver como o restaurante lidava com isso, e daria outra chance ao lugar se eles agissem com profissionalismo. Em vez disso, ela forçou um sorriso para o garçom, disse que a comida estava boa e pediu outra garrafa de vinho. Eu tive a sensação de que nossa conversa a distraía de sua avaliação.

— Pelo jeito, Bennett sofre da síndrome da Fera — ela comentou.

— Síndrome da Fera?

— Todo homem se encaixa em um ou outro personagem da Disney. Sabe aquele cara com quem saí há alguns meses, o que tinha *três* consoles de videogame e saía com os amigos cinco noites por semana? Síndrome de Peter Pan. Lembra que no ano passado namorei um cara que falou que era vice-presidente financeiro de uma empresa de tecnologia, mas acabei descobrindo que ele trabalhava no serviço de atendimento ao cliente, anotando pedidos? Síndrome de Pinóquio. O francês bonitão que queria transar no banheiro, na frente do espelho, para poder *se* ver? Gaston, o vilão de *A Bela e a Fera*.

Dei uma risada.

— Você é doida. Mas quero saber. Qual é a síndrome da Fera? Porque Bennett é bonito, mas não é feroz.

— Síndrome da Fera é quando um homem ruge constantemente para te assustar e fazer desistir dele. Talvez tenha sido menos que magnânimo no passado e acha que isso o define, determina como ele tem que ser para sempre. Por isso ele tenta impedir que as pessoas se aproximem. Mas ele não é o vilão que pensa ser, não realmente, e de vez em quando aparece um pedacinho do príncipe escondido sob a aparência. E aí ele ruge mais alto.

— Então... tipo, ele brincava com as mulheres, e agora acha que tem que ser sempre assim, em vez de ser um cara legal?

Madison deu de ombros.

— Talvez. Ou ele foi cruel com uma pedinte idosa. Não sei qual é o motivo, mas parece que ele tem medo de ser magoado se mostrar muito esse lado do príncipe oculto.

— Não sei. Mas sei que é hora de superar o Andrew.

— Concordo completamente. Ele te enrola há anos, passou três anos dizendo que vocês não podiam morar juntos porque ele não podia se distrair enquanto escrevia aquele livro idiota. Depois, quando terminou o livro, era porque estava deprimido com o fracasso de vendas do livro. Sabe de uma coisa? A vida é uma merda. Todo mundo tem decepções. E sabe o que as pessoas fazem? Bebem durante uma semana, depois sacodem a poeira, voltam ao trabalho e se esforçam mais, não dão um pé na bunda da pessoa que amam.

— Você está certa. Eu sempre vou amar o Andrew. Mas as coisas mudaram, não são mais como eram na faculdade e depois da formatura. Ele não é mais a mesma pessoa feliz e espontânea que costumava ser, e faz tempo que não é. Acho que estava esperando que, num passe de mágica, ele voltasse a ser o cara que aparecia na minha casa com uma garrafa de vinho e me surpreendia com um fim de semana em uma pousada.

Madison cobriu minha mão com a dela.

— Sinto muito, amiga. Mas, vendo as coisas pelo lado positivo, talvez o próximo cara curta mais um oral.

Suspirei. Na noite seguinte à conversa em que Andrew me disse que precisava de um tempo, fiquei bêbada demais e acabei desabafando sobre algumas coisas íntimas, por exemplo, como Andrew só caía de boca em mim no meu aniversário. Quando tentei conversar sobre o assunto, ele explicou que só precisava entrar no clima. Pelo jeito, o clima era bem raro.

— Acho que vou colocar essa informação no meu perfil do match.com. Procuro homem bem-educado, bonito, financeiramente estável, que não tenha medo de compromisso nem de contato próximo e direto com minha vagina.

O garçom chegou e abriu a segunda garrafa de vinho. Ele serviu a bebida em duas taças, e Madison nem esperou o homem se afastar para levantar a dela e propor um brinde:

— À cunilíngua.

Bati a taça na dela. Talvez fossem os assuntos que estávamos discutindo, mas me peguei pensando... *Aposto que Bennett ficaria orgulhoso de satisfazer uma mulher, não deixaria para cair de boca nela uma vez por ano.*

Intencionalmente, reservei um voo diferente daquele em que viajaria meu concorrente. Nossa assistente perguntou se eu queria viajar com ele e, embora eu preferisse o horário do voo das sete da manhã, que ele já havia reservado, escolhi decolar às oito e meia para Los Angeles. Nossa reunião estava marcada para a uma da tarde, e o voo tinha só uma hora e meia de duração, mas eu gostava de me adiantar. Agora estava olhando para o quadro luminoso e me arrependendo de ter tomado uma decisão profissional baseada em fatores que nada tinham a ver com trabalho. Meu voo tinha sido adiado para as onze horas, e eu mal teria o tempo necessário para chegar à reunião na hora marcada. Enquanto isso, Bennett devia estar pousando agora. *Droga.*

Fui matar o tempo na Hudson News e dei uma olhada nos últimos *best-sellers*, já que teria algumas horas a mais para passar ali sentada.

Escolhi um livro popular para o público feminino sobre aprender a ser quem você é e me dirigi à área próxima ao portão para ler. Mas, quando cheguei lá, quase todas as cadeiras da área de embarque estavam ocupadas. Deduzi que o embarque do voo anterior ao meu ainda não tinha começado. Quando olhei para o quadro sobre o balcão de check-in, percebi que era exatamente isso, e o voo anterior era o que deveria ter decolado às sete para L.A. O voo de Bennett.

Olhei em volta, mas não o vi.

— Procurando alguém? — uma voz baixa soou atrás de mim, e um hálito quente roçou minha nuca.

Dei um pulo para a frente, derrubei a sacola com o livro e quase tropecei na minha bagagem de mão. Mas uma mão grande segurou meu quadril e me impediu de cair.

— Calma. Não quis te assustar.

Minha mão cobriu a região do peito onde o coração batia acelerado.

— Bennett. Caramba! Não chegue perto de alguém desse jeito, se esgueirando.

— Desculpe. Não resisti.

Ajeitei a blusa e abaixei para pegar o livro, que tinha caído da sacola.

— Se me viu em pé aqui, não devia estar do outro lado do terminal?

Bennett passou os dedos pelo cabelo.

— Provavelmente. — E puxou o livro de capa dura da minha mão quando eu tentava guardá-lo na sacola plástica. — Mas, pelo jeito, é bom que eu esteja aqui. — Ele leu o título que comprei. — O que é isso? Autoajuda sobre masturbação?

Arranquei o livro da mão dele e guardei na sacola.

— Não. *Não é da sua conta.*

— Caramba, que azeda. Acho que precisa mesmo desse livro.

— É um livro sobre aceitar quem você é e não se preocupar com o que os outros pensam a seu respeito, se quer saber.

Ele sorriu.

— Que pena. O que eu pensei que fosse era muito mais interessante.

— O que aconteceu com seu voo? Sabe o motivo dos atrasos?

— Condições climáticas em Los Angeles. Ventos fortes, acho. Todos os voos foram adiados. A previsão inicial era de um atraso de quarenta minutos. Já foram mais de duas horas.

— Meu voo era o das oito e meia. Foi atrasado duas horas e meia. Acho melhor ir ver se me encaixam no seu voo.

Depois de esperar vinte minutos na fila, o melhor que consegui foi entrar na lista de espera. Quando voltei, Bennett estava encostado em um pilar olhando o celular.

— Entrei na lista de espera. Não sei se vou conseguir alguma coisa.

Ele piscou.

— Não se preocupe. Se não conseguir chegar lá, eu cuido de tudo por nós. Quando voltar, explico o que o cliente quer.

— Ah, ótima ideia. Vou me basear no que você trouxer para preparar um orçamento para um cliente que você não quer que seja meu.

— Talvez não tenha alternativa.

Olhei as horas no celular. Sete e pouco. A viagem de carro até Los Angeles levava cinco horas e meia. Se eu saísse agora, teria seis horas para ir até em casa e pegar a estrada.

— Vou de carro.

— O quê? São quase quinhentos quilômetros.

Peguei minha bagagem.

— Eu aguento. É melhor que ficar aqui sentada por mais duas horas só para ser informada de que não posso embarcar no voo anterior ao meu e perder a reunião.

Bennett olhava para mim como se eu tivesse duas cabeças.

— Vai levar uma hora só para voltar para casa agora, com o trânsito de começo da manhã.

Ele estava certo. Eu não podia ir buscar meu carro.

— É verdade. Vou alugar um aqui. Assim economizo tempo. Estou indo. Boa sorte com seu voo.

Virei e comecei a andar pelo terminal em direção à saída. Tinha pavor da ideia de passar metade do dia dirigindo na estrada, mas tinha ainda mais medo de ter que ir morar no Texas.

Felizmente, peguei o Air Tran para o centro de aluguel de automóveis quando as portas começavam a fechar. No centro, escolhi a agência que não tinha fila.

— Preciso alugar um carro para uma viagem só de ida a Los Angeles.

A mulher digitou no teclado.

— Que tamanho de carro está procurando?

— O que for mais barato.
— Tenho um econômico disponível. É um Chevy Spark.
— Serve.
— Na verdade — uma voz profunda e conhecida falou ao meu lado —, pode ser um carro maior, por favor?

Virei e vi Bennett ali parado.

Ele entregou a carteira de motorista à mulher atrás do balcão, acompanhada pelo sorriso encantador que era sua marca registrada.

— E pode ser no meu nome. Eu vou dirigir. Não vou suportar cinco horas e meia ouvindo a moça guiar.

A mulher olhou para ele, depois para mim, e perguntou:

— Quer que eu troque por um carro maior, senhora?

Olhei para Bennett:

— Cancelaram seu voo ou alguma coisa assim?

— Sim.

Pensei em dividir um carro com Bennett. Seis horas de grosseria ou indiferença eram piores do que dirigir sozinha.

Olhei para a funcionária da locadora.

— Não, prefiro o econômico. O Sr. Fox pode alugar um carro grande, se quiser.

— Sério? Eu pago a metade. Vai ficar mais barato que alugar o econômico sozinha.

— Não tem a ver com dinheiro. A empresa vai arcar com o custo. Só acho melhor viajarmos separados.

Ele parecia perplexo.

— Por quê?

Olhei para a funcionária, que levantou as sobrancelhas e deu de ombros, como se também quisesse saber por quê.

— Porque você tem sido um cretino comigo. Não quero lidar com isso na estrada e por tanto tempo. Prefiro ir sozinha.

Bennett ficou sério. Se eu não soubesse como ele era, poderia até pensar que minha explicação o deixou mal. Ficamos olhando um para o outro. Dava para ver as engrenagens girando na cabeça dele, produzindo uma resposta.

Os músculos da mandíbula se contraíram, e os olhos estudavam os meus.

— Tudo bem. Eu peço desculpas.

Fervura e gelo.

— E vai se comportar bem durante a viagem inteira?

Ele suspirou.

— Sim, Annalise. Da melhor maneira possível.

Olhei novamente para a funcionária.

— Pode ser um carro médio.

Pelo canto do olho, vi Bennett abrir a boca para dizer alguma coisa e cortei o mal pela raiz.

— É um meio-termo.

Ele balançou a cabeça.

— Certo.

E assim, do nada, eu estava prestes a pegar a estrada com a Fera.

16

Annalise

Não discuti sobre quem começaria a viagem ao volante – só porque eu realmente odeio dirigir. Mas usei a intenção de Bennett de assumir o comando do carro negociando o controle do rádio para o passageiro.

Estávamos na estrada fazia duas horas, e nossa conversa tinha sido limitada, basicamente sobre o trabalho. Ele parecia distante, embora eu não conseguisse decidir se estava distraído ou se preferia ficar quieto para se concentrar na direção do veículo. Achei melhor aceitar a conversa limitada, caso a explicação fosse a segunda opção.

— Tem uma parada a uns dois quilômetros — Bennett avisou.

— Vou parar para ir ao banheiro. Mas também tem um Starbucks se quiser café ou outra coisa.

— Ah, isso é ótimo. Não preciso ir ao banheiro, mas vou pegar um café, com certeza. Preciso de mais cafeína. Quer alguma coisa?

— Quero. Qualquer café torrado forte que eles tiverem, com creme e sem açúcar.

— Ok.

Quando paramos, Bennett foi ao banheiro, enquanto eu esperava na longa fila para comprar café e aproveitava para ver meus e-mails pelo celular. Mais cedo, escrevi para Marina e avisei sobre a mudança de planos. Sabia que algumas companhias aéreas cancelavam o voo de volta, se o passageiro não embarcasse na ida, por isso pedi a ela que entrasse em contato com a Delta e confirmasse nossas reservas de volta. A resposta dela foi interessante.

> *Oi, Annalise. Tudo certo. Como seu voo ainda não decolou, eles aceitaram a reserva só para a volta sem taxa de alteração, devido ao atraso. O número de reserva é o mesmo. Mas, como o voo do Bennett já decolou, o retorno dele foi automaticamente cancelado, e tive que fazer uma nova reserva só para a volta e pedir o reembolso pela desistência. O número de reserva dele mudou, agora é QJ5GRL.*
> *Espero que faça uma ótima viagem.*
> *Marina.*

Bennett disse que o voo dele havia sido cancelado. Talvez Marina estivesse enganada? Comecei a escrever uma resposta, mas alguma coisa me fez verificar as informações. Acessei o site da Delta e, na seção de status dos voos, digitei cidades de partida e chegada e hora aproximada da partida, sete horas. É claro, o voo de Bennett havia decolado quinze minutos atrás e o pouso estava previsto para pouco depois das onze. A página também relacionava os próximos voos, e rolei a tela para verificar o meu. O horário previsto para pouso agora havia sido alterado para depois da uma da tarde, quando nossa reunião deveria começar.

Eu tinha acertado ao escolher vir de carro. Mas por que Bennett veio comigo?

Não saber a resposta me incomodava. Durante a viagem, eu discutia internamente os motivos de Bennett para mentir sobre o cancelamento de seu voo. Só consegui pensar em dois. Ou ele teve medo de que o voo *pudesse* ser cancelado e eu chegasse sozinha à reunião... ou... ele não quis que eu viesse sozinha por saber como eu me sentia ao volante. A explicação lógica era que ele não queria que eu ficasse sozinha com o cliente. Deveria ser uma resposta curta e grossa, sem espaço para debate. Mas eu continuava lembrando o que Madison tinha dito no restaurante, no nosso último jantar.

Fera. Ele era um homem bom escondido atrás de um rugido?

Qualquer que fosse o motivo, eu poderia ter deixado para lá. Mas deixar para lá não era meu ponto forte. Não, eu tinha que entender o homem ao meu lado, mesmo que ele não quisesse.

Virei de lado para poder ver o rosto de Bennett enquanto falava:

— Marina respondeu ao meu e-mail sobre os voos de volta.

— Que bom. Alguma dificuldade?

— Não. Tudo certo. — Fiz uma pausa antes de acrescentar. — Mas ela falou uma coisa.

— Já sei. O almoço desapareceu, e ela chamou a polícia para me denunciar, mesmo eu não estando lá hoje.

Soltei uma risada.

— Não. Ela disse que teve que fazer uma nova reserva para você. Parece que sua volta foi cancelada automaticamente, porque você não embarcou no voo de ida, que já havia decolado.

Bennett olhou rápido para mim, e nossos olhares se encontraram. Ele olhou para a frente em seguida e não falou nada durante um minuto inteiro. Estava pensando no que dizer, era óbvio.

Depois de um tempo, ele falou:

— Tive que fazer a escolha mais segura. Não podia correr o risco de você chegar para a reunião com o cliente sem mim.

Eu devia estar maluca, e não conseguia nem identificar a razão, mas não acreditava nessa explicação. Por algum motivo, de repente tinha *certeza* de que Bennett estava mentindo. Ele estava ali comigo porque não queria me deixar dirigindo sozinha. Isso me confortava um pouco, embora não fosse *essa* a intenção dele. E despertava em mim a vontade de retribuir sendo gentil.

Respirei fundo e abri a guarda... *de novo.*

— Aquela noite me ajudou muito.

Ele olhou para mim pela segunda vez. Sua expressão era pensativa, como se estivesse curioso para ouvir o que eu tinha a dizer, mas também não considerasse uma boa ideia ter essa conversa.

— Ah, é?

Assenti.

— Estive pensando nisso. Tenho que agradecer, sério. Se não tivesse me falado com franqueza o que pensava sobre as intenções de Andrew antes de eu ir ao encontro, eu teria acordado na manhã seguinte em um quarto daquele hotel. Não só isso, mas, quando finalmente percebesse por mim mesma que ele não pretendia reatar o namoro nem estender o relacionamento por mais de uma noite de cada vez, teria sido como abrir uma ferida que já começava a cicatrizar.

— Eu só falei o que vi acontecer. Podia ter me enganado.

— Mas não se enganou. E estava lá quando precisei, me ajudou a colar os cacos quando eu poderia ter desmoronado, mesmo depois de eu ter mandado você desaparecer.

Estar no banco do passageiro enquanto Bennett dirigia tinha uma grande vantagem, de fato: eu podia estudar o rosto dele. Poder prestar atenção e ver como a mandíbula se contraía, a boca se movia e a testa enrugava numa reação confusa quando ele não sabia que resposta dar lançou uma luz sobre Bennett Fox. Ele pensou por um momento sobre como responder ao meu último comentário, antes de decidir só concordar com um movimento de cabeça.

— Então, agora que conhece minha triste história sobre relacionamentos, qual é a sua história? A única coisa que me contou é que nunca teve uma namorada no Dia dos Namorados. É justo que eu saiba alguma coisa sobre sua vida amorosa. Além do mais, vamos passar mais algumas horas neste carro, é melhor me contar logo e acabar com isso, porque vou arrancar essa história de você antes de chegarmos a Los Angeles. E, não se preocupe, podemos voltar a ser não amigos assim que descermos do carro.

Bennett continuou concentrado na estrada, mas forçou um sorriso.

— Não tenho nada para contar.

— Ah, fala sério, deve ter alguma coisa. Quando foi a última vez que saiu com alguém?

Ele balançou a cabeça.

Bennett *não* queria ter essa conversa. Mas minha necessidade de conversar sobre isso era mais forte que a resistência dele. O homem me deixava curiosa.

— Foi há uma semana? Um mês? Sete anos?

Ele suspirou.

— Não sei. Algumas semanas. Pouco antes de você danificar meu carro.

— Como ela se chamava?

— Jessica.

— Jessica de quê?

— Não sei. Alguma coisa com S, acho.

— Só saiu com ela uma vez, para não saber nem o sobrenome?

Um sorrisinho culpado desenhou covinhas em seu rosto bonito.

— Na verdade, saímos algumas vezes. Eu sou ruim com nomes, só isso.

— Sério? Como é meu sobrenome?

Ele respondeu sem hesitar nem por um segundo:

— Pé no saco.

Ignorei a provocação.

— Então, você saiu com Jessica S. algumas vezes. Por que terminaram?

Bennett deu de ombros.

— Nem começou direito. Só nos demos bem e... éramos compatíveis.

— Eram compatíveis, mas só durou alguns encontros. Por quê?

— Não falei que éramos compatíveis para alguma coisa duradoura.

Levei um minuto para entender.

— Ah, está falando de uma compatibilidade específica, tipo, no quarto?

— É isso aí.

— Era só um lance sexual. É isso?

— Saímos para jantar algumas vezes. Curtimos a companhia um do outro. Eu gosto de simplificar as coisas.

— É mesmo? Por quê?

— Gosto mais da minha vida sem complicações desnecessárias.

— Acha que as mulheres são complicações, então?

— A maioria é complicada.

Pensei nisso por um momento.

— E como isso funciona? Você conhece uma mulher e pergunta se ela está interessada em uma noite de sexo, mais nada?

Bennett riu.

— Não é tão simples assim.

Provoquei:

— Mas se não é tão simples, é complicado. E você não gosta de complicação.

Ele resmungou alguma coisa sobre eu ser um pé no saco e balançou a cabeça – coisa que fazia frequentemente quando eu falava.

— Não, é sério — insisti. — Quero saber. Como isso funciona? Você usa um aplicativo de encontros, ou alguma coisa assim?

Bennett olhou para mim e para a estrada algumas vezes. Como se percebesse que eu não tinha a menor intenção de desistir do assunto, suspirou.

— É menos improdutivo que isso. Se saio com uma mulher, em algum momento acabamos falando sobre o que nós dois estamos procurando em um relacionamento. Sou honesto e aviso que quero manter tudo casual. Mas não é difícil perceber o que uma mulher quer antes de chegar a esse ponto. Então, evito as que são... complicadas.

— Está dizendo que consegue determinar se uma mulher pode se interessar por um relacionamento puramente sexual só... o que, conversando com ela por alguns minutos?

— Normalmente, sim.

— Isso é ridículo.

Ele deu de ombros mais uma vez.

— Parece que funcionou para mim, até agora.

Olhei pela janela e pensei um pouco, depois fiz a pergunta seguinte enquanto olhava para ele pelo reflexo no vidro.

— E eu?

Bennett virou completamente a cabeça para olhar para mim.

— Você *o quê*?

— Já passou algum tempo comigo. Diga, eu estaria interessada em um relacionamento puramente sexual ou seria *muito complicada*?

Virei para olhar para ele e o vi coçar o queixo. Um sorriso largo se espalhou por seu rosto quando ele parou de fingir que pensava na resposta.

— Você é tão complicada quanto é possível ser, meu bem.

Abri a boca para argumentar, fechei, abri de novo.

— Não sou.

Ele olhou para mim como se me acusasse de estar mentindo.

— Não sou!

— Ficou dando um tempo com aquele idiota por sei lá, três, quatro meses? Com quantos homens saiu durante esses meses?

Comprimi os lábios.

— Pelo jeito, com *nenhum*, certo?

— Eu precisava de um tempo.

— De sexo?

— De homem. — Franzi a testa. — Andrew me magoou de verdade.

— Sinto muito. Mas isso só confirma meu ponto de vista. Você podia ter saído e transado, se quisesse, só pelo alívio físico. Mas associa sexo a relacionamento.

Acho que ele estava certo. Fiquei com um cara uma vez só no primeiro ano de faculdade e odiei como me senti no dia seguinte. Acho que sou complicada.

Agora era eu quem queria mudar de assunto.

— Nunca teve uma namorada? — perguntei.

— Defina namorada.

— Uma pessoa com quem você se relaciona em caráter exclusivo.

— É claro que sim. Já falei, não sou muito bom nessa coisa de dividir, quando estou saindo com alguém.

— Quanto tempo durou seu relacionamento mais longo?

— Não sei, alguns meses. Acho que seis.

— Já se apaixonou?

Bennett ficou tenso. A pergunta causava dor, era evidente.

Ele pigarreou.

— Você disse que me devia uma, lembra?

Assenti.

— Vamos mudar de assunto e falar de trabalho, e você não me deve mais nada.

17

Bennett

— Annalise? É muito bom te ver.

O homem que tinha acabado de entrar na sala para participar da reunião se aproximou dela e a abraçou. Vi a mão dele descer até bem perto da curva do começo da bunda quando os braços a enlaçaram, uma atitude que talvez não fosse considerada apropriada para uma relação de trabalho.

— Tobias? — Ela se soltou do abraço. — O que está fazendo aqui?

— Sou o novo vice-presidente de Criação da Star Studios. Saí da Century Films e comecei aqui há uma semana. Só vi seu nome na agenda de hoje esta manhã, ou teria entrado em contato com você antes.

— Uau — ela reagiu. — Bem, é bom ver um rosto conhecido. Tudo bem?

— Sim. Tenho me mantido ocupado com o trabalho. Enquanto isso, continuo me aperfeiçoando na produção de vinho. A primeira safra completa foi colhida na última semana na fazendinha que comprei no ano passado. Talvez tenha que telefonar para seus pais para pedir umas dicas.

— Que ótimo. Eles vão adorar ajudar. Você vai ter que organizar uma degustação quando as primeiras garrafas estiverem prontas.

Eu estava ao lado de Annalise, acompanhando toda a conversa. Embora o sommelier, ou sei lá qual é o nome de um produtor de vinhos, não desviasse o olhar da mulher diante dele, Annalise lembrou de repente que eu estava ali.

— Ah. Tobias, esse é Bennett Fox. Bennett e eu trabalhamos juntos na Foster, Burnett e Wren.

Apertei a mão do sujeito e dei uma olhada nela. Alto, aparência até que boa, sapatos engraxados, um bom aperto de mão.

— É um prazer, Ben.

Normalmente, eu corrigia quem abreviava meu nome e me chamava de Ben, mas nunca fazia isso com um cliente. Clientes podiam me chamar de *babaca*, tudo bem, desde que fechassem o contrato. Mas alguma coisa nessa intimidade imediata sempre me incomodava. Você não é meu amigo. Não te chamei de Toby nem te convidei para tomar uma cerveja. Acabamos de nos conhecer. É Ben-*nett*... a sílaba extra não vai te custar mais caro.

— Vamos nos sentar? Acho que estão todos aqui — ele disse.

Esperei todas as mulheres na sala se acomodarem, mas demorei demais, pelo jeito. Porque antes de eu conseguir sentar na cadeira ao lado de Annalise – sabe, para passar uma ideia de empresa unida – Tobias puxou a cadeira na minha frente para ele mesmo.

Como não queria causar uma cena, passei para a próxima cadeira disponível, que ficava do outro lado da mesa.

O vice-presidente de Produção começou a reunião com uma apresentação dos objetivos comerciais da empresa e seu público-alvo. Eu fazia anotações enquanto ele falava e, na maior parte do tempo, tentava prestar atenção. Mas, de vez em quando, olhava para Annalise. Enquanto ela fazia anotações, vi duas vezes Tobias cochichar em seu ouvido. A mesa de reuniões devia ter pouco mais de um metro de largura. Queria saber se conseguia alcançá-lo com o pé por baixo dela.

Após o término da apresentação formal, cada funcionário da Star acrescentou alguma coisa. Quando chegou a vez de Tobias falar, descobri que ele podia ter ficado quieto, porque suas colocações não acrescentavam nada de importante. Aparentemente, o cara só gostava de ouvir a própria voz pronunciando palavras de impacto e sem sentido. E aproveitava a desculpa para tocar Annalise.

— Então, eu sou o novato aqui na Star, é óbvio. E hoje a equipe fez um excelente trabalho apresentando não só quem somos, mas a marca que prevemos nos tornar no futuro. Uma coisa que posso acrescentar é que a sinergia é importante. Nosso logo, nossa mensagem de marketing, nossa equipe, nossos alinhamentos estratégicos, tudo isso serve de ingrediente para fazer muita massa de biscoito. Exclua a pitada de sal ou as gotas de chocolate, e o que você tem? Provavelmente, ainda um biscoito, mas não tão gostoso como poderia ter sido. Coesão é o nome do jogo, e a campanha que vai nos conquistar é aquela que se misturar bem com todo o resto e fizer a massa do melhor biscoito.

Hum hum hum. Biscoitos. Hum hum hum. Mais biscoitos. Era isso que eu ouvia.

Ele continuava falando sem parar, sem dizer nada de fato, até que finalmente concluiu com um aceno de cabeça para Annalise.

— Trabalhei com a Wren antes, por isso acredito que eles têm a capacidade de pensar grande e pensar fora da caixa para criar algo magnífico. — E tocou o braço dela. — Só precisamos dar a Annalise e sua equipe a lista correta de ingredientes, e ela vai criar o biscoito de gotas de chocolate mais gostoso que já comemos.

Annalise e *sua equipe*. Ótimo. Que cretino.

Depois da reunião, Tobias se ofereceu para nos levar para conhecer a área de produção. Ele estendeu a mão para ajudar Annalise a sentar no banco da frente do carrinho de golfe, em seguida se dirigiu ao assento do motorista. Fui relegado ao banco traseiro, virado para trás, e tive que me contorcer para acompanhar tudo que ele mostrava enquanto dirigia.

Depois de quatro horas de reuniões e da visita guiada pelo presidente do fã-clube da Annalise, nós três voltamos ao escritório dele para conversar. Àquela altura, os toques físicos tinham aumentado muito, e eu sentia meu rosto queimar.

— Então, o que mais eu posso fazer para te ajudar com a campanha? — Tobias olhava só para Annalise enquanto falava, embora estivéssemos os três sentados em torno da mesinha redonda.

— Seria ótimo se a gente pudesse desenhar umas ideias de logo para você avaliar em caráter informal, antes de avançarmos muito na apresentação para o grupo — ela sugeriu.

Tobias assentiu.

— Combinado. Pode mandar tudo que quiser, eu dou uma olhada. Melhor ainda, venha para cá, e eu organizo um almoço com os principais envolvidos. Talvez eles possam te dar uma impressão geral.

— Uau. Isso seria ótimo.

Senti necessidade de contribuir com alguma coisa. Ou lembrar que eu estava ali, talvez.

— Obrigado, Tobias. Isso seria ótimo.

Ele respondeu com um sorriso educado e devolveu a atenção à mulher ao lado dele. Mais uma vez, tocou seu braço.

— Tudo pela Anna.

Annalise me viu olhando para a mão dele e, rapidamente, moveu o braço.

Puta merda. Isso é cara de culpa. Ela transou com ele? Eu aqui pensando que o cara era só um babaca comum que tira vantagem da posição que ocupa. Mas tinha algo mais ali.

Os dois passaram um tempo falando sobre alguma coisa que fizeram juntos no último estúdio onde ele trabalhou. É claro, eu também não podia contribuir com essa conversa, e talvez fosse essa a intenção. Felizmente, a secretária de Tobias bateu na porta, interrompeu e lembrou que ele teria uma reunião virtual em breve.

— Veja se consegue adiar, Susan, por favor.

Eu queria sair dali. Fiquei em pé.

— Tudo bem. Já foi muito generoso com seu tempo. Não queremos abusar da hospitalidade. *Não é, Annalise?*

Ela franziu a testa.

— Hum... é claro. Você vai ao jantar hoje à noite?

— Não pretendia ir, mas vou ver se consigo reorganizar algumas coisas para aparecer por lá.

Forcei um sorriso falso. *Que se dane.*

— Ótimo.

Depois de Tobias conseguir mais um abraço, Annalise e eu andamos em silêncio para o estacionamento. Eu sentia um nó gigante na base da nuca. Abri a porta do carro para ela e nossos olhares se encontraram por um segundo. Meu rosto permanecia sério.

Se eu falasse agora, com certeza explodiria. Tínhamos algumas horas até o jantar esta noite, eu precisava de uma hora na academia para aliviar toda essa tensão. Talvez duas horas.

Annalise entrou no carro, e eu fechei a porta com algum sucesso na tentativa de não bater com força suficiente para arrancá-la das dobradiças.

No instante em que liguei o motor, engatei a marcha e comecei a sair do estacionamento, sem programar nenhum trajeto.

— Sabe chegar ao hotel? — Annalise perguntou.

— Não. Por que não descobre e me orienta, já que é a chefe?

Ela me olhou intrigada.

— O que queria que eu fizesse? Corrigisse o cliente no meio da apresentação? Sabe muito bem que não seria profissional.

— Também não é profissional incentivar o cliente a te apalpar.

— Que porra de palhaçada é essa?

Annalise não falava muito palavrão, por isso soube, antes mesmo de ver seu rosto vermelho, que ela estava furiosa. O que era bom. Agora estávamos na mesma *porra* de sintonia.

— Ele me trata com simpatia porque já trabalhamos juntos. E também é casado, não que eu tenha que te dar alguma explicação.

— Não pode ser tão ingênua. Acha mesmo que um detalhe pequeno como casamento faz diferença para alguns homens? — Fiz uma pausa, embora devesse ter encerrado a explosão por aí. — Ah, espera, você *pode* ser tão ingênua. Já achou que ir encontrar um ex em um hotel não era um convite para dar uma.

Se eu achava que ela estava vermelha de raiva antes, me enganei. O vermelho agora tinha se acentuado, era quase roxo. Quase como se ela prendesse a respiração. Por meio segundo, pensei em sair do carro e garantir minha segurança.

— Pare o carro — ela exigiu. — *Pare a porcaria do carro!*

Pisei no freio.

Annalise soltou o cinto de segurança e abriu a porta. Ainda estávamos no estacionamento, e pelo menos não havia mais ninguém ali para ver quando ela desceu, começou a andar gesticulando muito e gritou que eu era um cretino.

Talvez eu fosse. Na verdade, sabia que era. Mas isso não tornava mais aceitável o que tinha acontecido entre eles quase a tarde toda. Por isso a deixei em paz para viver sua explosão, enquanto eu fervia por dentro. Depois de uns quinze minutos, ela voltou ao carro, entrou e afivelou o cinto de segurança.

— Vamos para o hotel. Temos que fingir que nos damos bem hoje à noite, durante o jantar com o cliente. Mas não há motivo nenhum para ser legal agora.

Liguei o motor.

— Por mim, tudo bem.

Uma hora de academia não ajudou. Duas horas não serviram para nada, exceto deixar meus braços e panturrilhas doloridos.

Nem um cochilo de meia hora, um banho bem quente e uma sessão de massagem me ajudaram a relaxar. Cada músculo do meu corpo ainda estava tenso.

E, mesmo todo ferrado, eu *não* estava apreensivo com o jantar. Na verdade, estava ansioso por ele. Mal podia esperar para ver como Annalise agiria depois do meu comentário sobre o comportamento daquele cretino.

Às quinze para as oito, desci para o bar onde encontraríamos a equipe da Star Studios em quinze minutos. Estava feliz por termos combinado o jantar no restaurante do nosso hotel, assim eu não teria que dirigir e poderia tomar um ou dois drinques. Estava precisando.

O vice-presidente de Produção e o roteirista-chefe já estavam no bar. Eles me receberam com simpatia.

— O que vai beber, Bennett?

Olhei para os copos com um líquido âmbar.

— Um uísque.

O vice-presidente bateu nas minhas costas.

— Boa escolha. — Ele virou e pediu mais uma dose da marca que eles bebiam, mesmo ano, depois olhou para mim novamente. — Fale um pouco sobre você.

— É claro. Trabalho na Foster Burnett há dez anos, comecei como artista gráfico e fui progredindo até o cargo de diretor criativo. Passo muito tempo no escritório, tento jogar um pouco de golfe nos fins de semana e minha assistente me odeia, porque uma vez comi um sanduíche de manteiga de amendoim e geleia que encontrei na geladeira em um dia de prazo final, quando trabalhei até a meia-noite. O sanduíche era dela.

Eles riram. Era uma história engraçada, e imaginei que os dois pensavam que eu estava exagerando. Só não tinha graça o fato de ela *realmente* me odiar.

— Artista gráfico, é? Ainda desenha?

— Rabiscar umas coisas enquanto falo pelo telefone com minha mãe também conta?

As gargalhadas foram interrompidas por uma voz de mulher.

— Bennett está sendo modesto. Ele é um artista. Deviam ver o trabalho dele, em especial os cartuns. O homem tem uma imaginação incrível.

Virei e vi Annalise com um vestido azul que se ajustava perfeitamente ao corpo e deixava seus seios fantásticos, mas ainda era apropriado para uma ocasião profissional. Ela estava linda. Quase esqueci que estávamos em guerra, e que o comentário sobre meus desenhos era uma tentativa de provocação.

Bebi um gole do uísque.

— Falando em modéstia... quando chegar a vez de Annalise contar um pouco sobre ela, não a deixem esquecer de mencionar o *hobby* relacionado a carros. Ela sabe desmontar um carro como ninguém. No segundo dia no escritório novo, ela resolveu um problema com o limpador de para-brisa que eu nem sabia que tinha até um dia antes.

Annalise sustentou o sorriso largo, mas notei o olhar assassino que ela lançou em minha direção pelo canto do olho. Também mostrei os dentes, mas meu sorriso divertido não era falso. Eu gostava de provocá-la. Podia passar a noite inteira assim, trocando farpas fantasiadas de elogios. Em dois minutos, isso fez mais pelo alívio da minha tensão do que horas na academia e um banho quente.

Depois de mais algumas farpas, em que ela comentou sobre minha vida amorosa, ou a falta dela, dizendo que eu era muito dedicado ao trabalho, e eu revelei sobre sua ingenuidade dizendo que ela era mente aberta, meu pescoço relaxou pela primeira vez no dia.

Mas a dor voltou menos de cinco minutos depois, quando o amigão dela apareceu.

— Você veio — falei.

Vi os olhos dele analisando rapidamente Annalise, antes de ouvir sua resposta.

— Era importante demais para não dar um jeito de vir.

Sei. É claro.

Poucos minutos depois, o resto do grupo tinha se juntado a nós, inclusive o membro do conselho que era amigo do vice-presidente da Star e tinha arranjado para estarmos ali hoje e participarmos da disputa pela conta. Trocamos o bar pelo restaurante, e não me surpreendi ao ver que, de algum jeito, Annalise e Tobias estavam sentados lado a lado outra vez.

Apesar de eu ter tido a sorte de sentar ao lado do membro do conselho que em breve decidiria onde eu iria morar, não consegui me concentrar o suficiente para aproveitar a oportunidade de conversar com ele de maneira apropriada. Em vez disso, me peguei analisando cada gesto do casal aparentemente feliz sentado à minha frente.

O jeito como ela jogava a cabeça para trás e ria quando ele dizia alguma coisa engraçada.

O jeito como a boca se movia quando ela falava, e como a língua lambia as gotas da borda da taça de vinho cada vez que ela bebia um gole.

A maneira feminina como ela limpava os cantos da boca com o guardanapo de pano.

O jeito como o *babaca* continuava tocando seu braço e batendo o ombro no dela.

Quando a sobremesa chegou, eu começava a ter problemas para pensar em alguma coisa para dizer e me mantinha quieto, na maior parte do tempo. O bom humor do começo da noite havia desaparecido, e eu estava ansioso para tudo aquilo acabar.

Quando por fim acabou, todos nós ainda ficamos no saguão do hotel nos despedindo. Annalise acenou pela última vez quando toda a equipe da Star saiu do hotel, e então ficamos só nós dois. O sorriso que ela exibia se transformou imediatamente em uma expressão de raiva.

— Você é a pessoa menos profissional que eu já conheci!

— Eu? Que foi que eu fiz?

— Passou a noite toda olhando feio para mim e para o Tobias.

— Besteira! Eu não.

Ela ficou parada por um momento, estudando meu rosto.

— É sério, não é? Você realmente não percebe o que está fazendo.

— Não fiz merda nenhuma.

Essa mulher era maluca. Talvez eu tenha ficado quieto, menos sociável do que costumo ser, mas ela também estava sentada ali na minha frente à mesa.

— Você estava sentada na minha linha de visão. Para onde queria que eu olhasse?

— Ficou fazendo cara feia e me fulminando com os olhos como... como... você se comportou como um maldito namorado ciumento.

— Você pirou.

— É impossível trabalhar com você. — Ela se afastou antes que eu pudesse dizer mais alguma coisa e se dirigiu ao elevador.

Fiquei ali parado por um momento, tentando decidir de onde ela tirou que eu me comportava como um namorado ciumento. Minha adrenalina estava nas alturas, e eu sabia que não conseguiria dormir de jeito nenhum. Então, decidi voltar ao bar em busca de ajuda líquida para pegar no sono.

Você se comportou como um maldito namorado ciumento. As palavras dela continuavam girando na minha cabeça, nadando em uma quantidade abundante de uísque dez anos.

Depois de duas doses, eu me sentia mais calmo, definitivamente. Mas não conseguia superar tudo que havia acontecido durante a noite. As coisas tinham começado bem. O vestido azul, os peitos lindos. Eu estava bem centrado quando ela chegou, mesmo depois da discussão daquela tarde no carro. Ver Annalise falar, rir, ver o homem sentado ao lado dela se alongar e descansar um braço no encosto da cadeira dela quando os aperitivos foram servidos... Eu não conseguia ver a mão dele, mas imaginei o dedo deslizando pelas costas dela, como se ele acreditasse que ninguém ia notar.

Exceto eu. *Eu sabia.*

Sacudi os cubos de gelo no copo e bebi o que restava do uísque.

Aquela porra de dedo.

Queria quebrar aquele dedo.

Como o filho da mãe se atrevia a tocar nela?

O que passou em seguida pela minha cabeça quase completamente bêbada saiu do nada.

Mantenha as mãos longe da minha garota.

Que porra?

Como é que é?

Dei uma risada sozinho, tentando superar o pensamento ridículo. Era o álcool falando.

Só podia ser.

Certo?

Ou...

Meeerda.

Deixei a cabeça cair sobre o encosto da cadeira do bar e fiquei olhando para o teto por um minuto, perdido em pensamentos. Tudo começou a se encaixar em alta velocidade.

Fechei os olhos

Merda.

Hoje eu *estava* me comportando como um namorado ciumento.

Mas por quê?

A resposta devia ser óbvia, mesmo para alguém cabeça-dura como eu. Mas fiquei ali até o bar estar quase fechando e bebi mais duas doses para pensar mais nisso.

E, quando cheguei a uma conclusão, decidi fazer algo idiota...

18

Annalise

Tum tum.

Virei para o outro lado e cobri a cabeça com o cobertor.

Alguns minutos mais tarde, ouvi o barulho de novo.

Tum tum.

Joguei a coberta longe e suspirei. Que horas eram? E quem estava fazendo tanto barulho? Não parecia alguém batendo na porta.

Procurei o celular em cima da mesa de cabeceira tateando no escuro, peguei o aparelho e apertei o botão de ligar. Uma luz forte iluminou o quarto e atacou meus olhos sonolentos. Olhei para a tela. Duas horas e onze minutos.

Suspirei. Devia ser alguém andando pelo corredor, agora que o bar tinha fechado. Tentei virar de lado e dormir de novo, mas minha bexiga também tinha acordado. A caminho do banheiro, espiei pelo olho mágico para ver o que acontecia no corredor. Parecia estar vazio.

Mas, assim que voltei para a cama, começou de novo.

Tum tum.

Que diabo? Joguei o cobertor de lado, levantei da cama e fui espiar pelo olho mágico de novo. Nada. Mas, desta vez, enquanto eu estava na ponta dos pés olhando, o barulho se repetiu... e a porta vibrou. Dei um pulo para trás.

— Oi?

Uma voz baixa falou alguma coisa do outro lado da porta, mas não consegui ouvir as palavras. Olhei de novo pelo visor, mas olhei para *baixo* desta vez. *Cabelo*. Tinha alguém sentado na frente da porta. Meu coração disparou.

— Quem é?

Mais resmungos.

Abaixei e colei a orelha na porta.

— Quem é?

Ouvi o som específico de uma risada.

O que era isso?

Levantei e espiei pelo olho mágico, tentando olhar ainda mais para baixo. O cabelo também parecia o dele. Mas eu não tinha certeza. Verifiquei a corrente de segurança antes de abrir um pouco a fresta.

— Bennett? É você?

— Que porra é essa? — A voz dele soou clara pela fresta. Olhei para baixo e o vi todo torto na frente da porta. Ele a usava como apoio para se manter ereto, e caiu quando a abri.

Empurrei ele e a porta para soltar a corrente de segurança, depois a abri completamente.

Bennett acompanhou o movimento, seu peso empurrou a porta e ele caiu deitado no chão, a metade superior dentro do meu quarto, as pernas ficaram do lado de fora, no corredor. E ele ria de um jeito histérico.

— O que está fazendo? — perguntei. Então me ocorreu que ele podia estar passando mal, precisando de um médico. — Merda. — Abaixei em pânico. — Está se sentindo bem? Sente alguma dor?

O cheiro de álcool serviu de resposta na ausência das palavras.

Balancei a mão na frente do nariz.

— Você está bêbado.

Seu sorriso torto era sexy.

— E você está linda.

Não era exatamente o que eu esperava.

Passei pelo corpo caído no tapete e olhei para os dois lados do corredor. Não tinha mais ninguém ali.

Bennett apontou para mim com o rosto inteiro acompanhando aquele sorriso obsceno.

— Estou vendo embaixo do seu vestido.

Eu usava uma camiseta comprida que mal cobria as coxas. E ele *estava* olhando para cima, para a minha calcinha. Puxei a barra da camiseta e juntei as pernas.

— O que aconteceu? Achou que esse era o seu quarto ou alguma coisa assim? O seu fica duas portas para lá, ao lado do elevador. Lembra?

Ele levantou a mão, e os dedos tocaram minha coxa.

— Vai, deixa eu ver de novo. É de renda preta. Minha favorita.

Uma onda de calor se espalhou por minhas pernas quando senti os dedos dele em minha pele. Mas meu coração teve o bom senso de lembrar o que ele havia feito antes. Empurrei a mão dele. Bennett achou isso engraçado.

— Não gosta de mim, não é?

— No momento, não.

— Tudo bem. Eu gosto de você.

— Bennett, quer alguma coisa ou precisa de ajuda para voltar para o seu quarto?

— Vim pedir desculpa.

Isso quebrou um pouco o gelo. Mas ele estava bêbado, por isso eu não podia ter certeza de que ele sabia por que estava se desculpando.

— Por quê? — perguntei.

— Por ser um cretino. Por me comportar como um namorado ciumento.

Suspirei.

— O que deu em você esta noite?

Um sorriso bobo se espalhou por seu rosto.

— O menino Toby não devia ter tocado em você. Fiquei com raiva. Não devia ter descontado em você.

Minha guarda baixou mais um pouco.

— Tudo bem. Acho que, de certa forma, reconheço que foi um cavalheiro por querer me defender.

Ele também achou esse comentário engraçado.

— Cavalheiro. Essa é uma coisa de que nunca fui acusado.

Bennett estendeu a mão e tocou meu pé descalço. Com o dedo, traçava um oito várias vezes. Caramba, o toque era gostoso, mesmo naquele lugar.

Ele olhava para baixo, para a mão em movimento, quando continuou falando.

— Desculpa, Texas.

Por algum motivo idiota, ouvir meu apelido me amoleceu.

— Tudo bem, Bennett. Não se preocupe com isso. Só não pode acontecer de novo. Ok?

Ele parou de desenhar e cobriu o peito do meu pé com a mão aberta. O polegar estendido afagou meu tornozelo. Senti alguma coisa entre as pernas.

— Mas vai — ele sussurrou. — Vai acontecer de novo.

Meu cérebro tinha se distraído com a maneira como o toque singelo se espalhava por todo o meu corpo, por isso não prestei atenção ao que ele dizia.

— O que vai acontecer?

— Isso. Vai acontecer de novo. Não consigo evitar. Sabe por quê?

Eu não sabia e nem queria saber, desde que aquele polegar continuasse acariciando meu tornozelo.

— Hummm?

— Porque *fiquei* com ciúme.

Fiquei boquiaberta. Eu devia estar entendendo errado o que ele dizia.

— Ficou com ciúme do quê?

Ele olhou para mim do chão e nossos olhares se encontraram.

— Dele, de como tocava em você.

— Mas por quê?

— Porque *eu* queria estar tocando em você.

De repente me dei conta de que estava vestida apenas com uma camiseta.

— Preciso vestir uma calça. — A porta do quarto continuava aberta, com metade do corpo dele no corredor. — Pode puxar as pernas para dentro, assim consigo fechar a porta e vestir alguma coisa?

Ele conseguiu dobrar e erguer um pouco os joelhos, o suficiente para deixar a porta se fechar, mas não se levantou do chão. Também não soltou meu pé. O som da fechadura da porta ecoou alto, seguido pelo silêncio. Permaneci dolorosamente consciente de que estava seminua, Bennett tocava minha perna e nós dois estávamos sozinhos no meu quarto de hotel.

Puxei o pé da mão dele e corri até minha mala para pegar a calça de moletom que devia ter vestido antes de abrir a porta. Tirei a calça da mala e corri para o banheiro.

Jesus. Assustei-me ao olhar para o espelho. Descabelada, maquiagem borrada, olhos inchados e cansados, olheiras escuras... eu parecia uma sem-teto. O rímel escorria pelo rosto e, me inclinei para olhar de perto, aquilo na minha bochecha parecia ser baba seca.

Passei um tempo me ajeitando, sei lá quanto tempo. Prendi o cabelo em um rabo de cavalo, escovei os dentes, passei desodorante e vesti a calça. Depois tive uma longa conversa... comigo.

— Está tudo bem. Ele só bebeu demais. Não sabe o que está dizendo. — Respirei fundo. — Não vai acontecer nada. Você só vai ajudar o cara a se levantar e ir para o quarto dele.

Mas... se ele começar a esfregar meu pé de novo.

— Não. De jeito nenhum. Isso é loucura. Vai lá para fora agora. Há quanto tempo está escondida aqui dentro?

A pergunta melhor era: quanto tempo faz que você não fica com um homem?

— Para. Deixa de ser ridícula. Ele é seu concorrente, um homem de quem, na metade do tempo, você nem gosta.

Esta noite não precisa fazer parte dessa metade do tempo...

Apontei um dedo para o espelho.

— Chega.

Depois dei uma última olhada para o meu reflexo e endireitei a postura antes de tocar a maçaneta. *Vamos lá, não vai rolar nada.*

Literalmente.

Porque abri a porta do banheiro e encontrei...

Bennett roncando no chão.

―

Eu não conseguia voltar a dormir.

E, como tinha um voo logo cedo, faltavam poucas horas até eu ter que ir para o aeroporto. Mas poucas horas não seriam suficientes para rever tudo que Bennett havia dito e feito na noite passada.

Tentei acordá-lo depois que saí do banheiro, mas foi inútil. Ele havia caído em um sono profundo, sono de bêbado. Então, eu o cobri com o cobertor extra que peguei no armário, pus um travesseiro embaixo de sua cabeça e o deixei dormindo ali no chão.

Enquanto me arrumava hoje cedo, fechei o zíper da mala, usei o chuveiro, derrubei o desodorante no chão do banheiro, e nada fez Bennett se mexer. Eu tinha a sensação de que ele seria capaz de continuar ali até a tarde, e provavelmente precisava dessas horas de sono, mas perderia o voo. Por sorte, ele só embarcaria três horas depois de mim, ainda podia dormir mais um pouco.

Liguei para a recepção e pedi para me chamarem às nove, mas não sabia se o toque do telefone do outro lado do quarto o acordaria. Então, decidi programar o alarme do celular dele também. Mas precisava pegar o aparelho no bolso de Bennett.

Abaixada, examinei seu rosto para ter certeza de que ele ainda dormia profundamente. Bennett era um homem muito bonito, seu tom de pele tinha um bronzeado natural, mesmo bêbado, e eu sabia que, se estivessem abertos, seus olhos verdes contrastariam com a pele de um jeito quase chocante. E que homem tinha lábios tão carnudos e rosados? É claro, ao contrário de mim, ele dormia com elegância. Os lábios estavam entreabertos, mostrando um lampejo dos dentes brancos e perfeitos, enquanto eu estaria babando até formar uma poça no chão. A beleza dele era quase injusta.

Mas eu tinha que pegar um avião, e ele também. Por isso, não podia mais perder tempo admirando o homem. Precisava tentar pegar o celular de seu bolso e programar o alarme.

Mas...

Quando ameacei enfiar a mão no bolso de sua calça, notei uma saliência significativa à esquerda. *Ai, meu Deus.* Bennett tinha uma ereção enquanto dormia.

Uau. Isso aí... é de bom tamanho.

Talvez eu tenha ficado olhando para o volume por um ou dois minutos.

Talvez tenha ficado mais um minuto de olhos fechados, imaginando como seria sentir aquilo nas mãos, se abrisse o zíper da calça e o tocasse.

Posso ter me perguntado se ele saberia que abri o zíper.

Ou, se acordasse enquanto eu segurava aquilo tudo, o que faria.

Esse homem está me fazendo perder o juízo de verdade.

Balancei a cabeça e superei minha insanidade. Precisava programar a porcaria do alarme e cair na estrada.

Minha mão tremia quando entrou no bolso. A cada movimento que fazia, eu dava uma olhada no rosto dele para ter certeza de que não estava acordando. Bem devagar, fui puxando o celular.

Quando consegui tirar o aparelho do bolso, soltei o ar que nem percebi que estava prendendo. Minhas mãos ainda tremiam quando destravei a tela. Não havia pensado na possibilidade de uma senha, muita gente usava esse recurso. Mas pressionei o botão de ligar, e não apareceu nenhum teclado. O celular carregou a tela inicial com uma foto inesperada de um garotinho lindo. Não devia ter mais que dez ou onze anos, com cabelo castanho-claro meio despenteado e um sorriso largo. Ele vestia *short* e usava galochas amarelas, e estava em cima de uma pedra no meio de um rio, segurando um peixe enorme.

Olhei para a foto, depois para o homem que dormia ao meu lado. Bennett tinha um filho? Ele nunca tocou nesse assunto, mas disse que seu relacionamento mais longo não durou mais que seis meses, não que fosse necessário estar em um relacionamento. Mas acho que ele já teria falado alguma coisa sobre isso, a esta altura. Olhei para Bennett e para a foto mais algumas vezes. Não havia nenhuma semelhança entre eles.

Eu poderia ter imaginado que ele guardava algumas fotos íntimas de mulheres no celular, mas não que seu papel de parede fosse um menininho lindo. O homem era um enigma completo, de verdade.

Felizmente, enquanto olhava para o garoto, vi as horas no celular de Bennett.

Droga.

Precisava ir embora. Programei o alarme para tocar em duas horas e entrei na configuração do aparelho para aumentar o volume e garantir que o aparelho vibrasse ao mesmo tempo. Depois deixei o celular no chão, bem perto da orelha dele. Se isso não o acordasse, nada acordaria.

Levantei e peguei minha bagagem, dando uma última olhada no quarto para ver se não tinha esquecido nada. Em seguida, passei pelo homem adormecido e abri a porta do quarto. Ele ainda não havia se mexido.

Olhei pela última vez para o volume dentro de sua calça.

Bem, Bennett Fox, isso foi bem interessante, no mínimo. Mal posso esperar para ver quanto vai lembrar amanhã, no escritório.

19

Annalise

Eram oito da manhã, e eu já estava no escritório havia horas.

Ontem, no voo de volta, tinha redigido um resumo das informações que obtive na reunião da Star e mandado por e-mail para os três membros da equipe, dois da Wren e um da Foster Burnett, pedindo que lessem minhas anotações e se reunissem para uma sessão de *brainstorm* hoje de manhã, na primeira hora.

Quando cheguei ao escritório, às cinco horas, a porta da sala de Bennett estava fechada, mas a luz estava acesa. Depois de uma hora pondo os e-mails em dia, fui pegar café e notei que a porta da sala dele estava aberta e a luz, apagada. Imaginei que ele tinha feito o que sempre fazia: chegou ao escritório cedo, trabalhou um pouco e saiu para ir correr. Não tivemos nenhum contato desde que o deixei apagado no meu quarto de hotel ontem de manhã e, embora a curiosidade sobre como ele lidaria com o que havia acontecido estivesse me corroendo, hoje eu não tinha tempo a perder.

Justamente quando minha reunião estava começando, Bennett passou pela sala dos funcionários. Ele deu um passo para trás ao nos ver lá dentro. Estava de cabelo molhado e segurava um copo grande da Starbucks.

— O que está acontecendo aqui?

— Estamos começando a trabalhar no orçamento da Star Studios — respondi.

Os olhos dele estudaram as pessoas na sala, e pensei que ele questionaria o fato de eu ter escolhido pessoas para trabalhar comigo na campanha sem falar com ele antes. Mas, em vez disso, quando nossos olhares se encontraram, ele só acenou brevemente com a cabeça e seguiu seu caminho.

Eu e meus escolhidos para a equipe trabalhamos juntos durante o resto da manhã. Eu tinha uma dezena de conceitos soltos na cabeça antes de começarmos, e reduzimos essa lista a duas ideias, que depois expandimos, além de adicionarmos mais duas que apareceram durante a sessão. Nosso plano era cada um passar um tempo sozinho, revendo os quatro conceitos, e depois descobrir o que surgia quando nos reuníssemos de novo em alguns dias.

Quando estava voltando para minha sala, parei na de Bennett. Ele estava de cabeça baixa, desenhando alguma coisa.

— Conseguiu pegar o voo? — perguntei.

Ele se encostou na cadeira e jogou o lápis em cima da mesa.

— Consegui. Felizmente tive condições de programar o alarme, acho.

Hum... não, não teve.

Ele continuou:

— Não lembro muita coisa daquela noite depois que terminamos de jantar. Eu te acompanhei até o quarto e apaguei no chão, ou alguma coisa assim?

— Não lembra de ter ido bater na minha porta?

— Aparentemente não. — E franziu a testa. — Por que eu bati na sua porta?

— Para pedir desculpas pela maneira como se comportou no jantar.

— E dizer por que agiu daquele jeito.

— É raro eu tomar mais de uma ou duas doses de bebida destilada. Sou mais de cerveja. — Ele riu. — Espero que não tenha abusado de mim.

Senti a decepção. *Ele não se lembra.* Eu sabia que era bem possível que ele esquecesse a noite inteira, mas não esperava me sentir magoada por ele não lembrar as coisas que tinha dito.

Mas, é claro, era melhor assim.

— Você ficou confuso, errou de quarto e apagou enquanto eu fui vestir um suéter para te levar ao seu quarto.

Senti o rosto começar a esquentar por causa da mentira. *Merda.*

— Preciso ir. Falo com você mais tarde. — Saí apressada e fui me esconder atrás da porta fechada do meu escritório antes que ele notasse.

No fim da tarde, passei um tempo estudando a campanha da Vinícola Bianchi criada por Bennett. O material que ele havia redigido precisava de melhorias para refletir que a vinícola pertencia a uma família, não a um grande conglomerado corporativo, algo de que Matteo se orgulhava muito. Além disso, mudei algumas cores dos rótulos da nova linha rosé que minha mãe queria mais coloridos e troquei a proposta de anúncios de rádio no horário noturno por horários à tarde.

Tinha planos de parar na academia no caminho para casa hoje à noite, para evitar encontrar Andrew de manhã, por isso limpei minha mesa em um horário razoável e peguei as pastas para trabalhar na campanha da Star Studios mais tarde. Peguei a arte revisada e o texto da Bianchi para deixar na sala de Bennett a caminho da saída. Mas estava carregando coisas demais e, antes de chegar à porta da sala dele, algumas folhas no alto da pilha caíram. Abaixei para pegá-las e ouvi Bennett conversando com alguém lá dentro.

— Não estou bravo. Essa é só a minha cara desde que Annalise chegou.

Tivemos algumas discussões e trocas de xingamentos, mas era uma coisa nossa, entre nós, e eu sentia mais como um jogo de gato e rato, nada realmente ofensivo, nem mesmo quando trocávamos insultos. Mas saber que ele falava mal de mim para outras pessoas era pior do que se ele dissesse a mesma coisa na minha cara, por alguma razão.

— Eu acho que ela é bem legal — disse outra voz masculina. Acho que podia ser Jim Falcon. — E é inteligente também.

A resposta me fez sentir um pouco melhor.

— Pena que a tenha conhecido desse jeito, disputando uma vaga de emprego. Se tivessem se conhecido em um bar, aposto que teriam se dado muito bem.

— Ela não é meu tipo — Bennett declarou.

Ontem eu era bonita. Hoje não sou o tipo dele. Queria ficar brava, mas só me sentia magoada.

— É, acho que não. Inteligente, legal e bonita... que homem ia querer essa merda?

Valeu, Jim!

— Fala sério, Falcon. — A voz de Bennett sugeria irritação. — Se a tivesse conhecido em um bar, teria fugido depois dos primeiros três minutos com ela. Pode acreditar.

Nunca me envolvi em um confronto físico, mas de repente sabia como era levar um soco no estômago. Sentia uma dor vazia dentro de mim. Onde eu estava com a cabeça? Acreditar que as palavras de um bêbado eram uma confissão de sentimentos, não um discurso incoerente? Pior, passei a acreditar que por trás da Fera arrogante existia uma espécie de Príncipe Encantado incompreendido.

Às vezes uma fera é só uma fera, por mais camadas que se remova.

O som de passos me tirou do momento de autopiedade. Virei e comecei a andar para o outro lado. Jim tinha se aproximado da porta, por isso eu ainda conseguia ouvi-lo enquanto me afastava da sala.

— Faz tempo que não saímos. Vamos marcar um *happy hour* na sexta-feira. Encontraremos alguém feia, burra e desagradável para tirar você desse mau humor.

O relacionamento quente e frio que eu mantinha com Bennett havia ficado gelado no meio da semana. Mas dessa vez era eu quem instigava.

Jonas havia designado a segunda conta que o conselho usaria para nos avaliar, da Billings Media, e nós dois trabalhávamos nos primeiros esboços de nossas campanhas individuais para a Star. Quase no fim da nossa reunião semanal, informei a Jonas que tinha uma reunião marcada para a semana que vem com um dos vice-presidentes da Star. Eu sabia que isso deixaria Bennett furioso. Ele olhou feio para mim, mas não disse nada, e eu o ignorei e continuei falando com o chefe.

Quando Tobias se ofereceu para dar uma olhada nos primeiros esboços, presumi que Bennett e eu aceitaríamos a oferta. Mas isso foi quando eu ainda era uma idiota que achava que a disputa devia ser justa, de forma que a vitória fosse daquele que era de fato melhor.

Depois da palhaçada de Bennett em Los Angeles e de ouvir o que ele realmente sentia por mim, eu não tinha mais dúvidas de que o melhor venceria: *eu*.

Tinha acabado de voltar à minha sala para retornar algumas ligações, quando Bennett entrou sem bater na porta.

— A porta estava fechada porque estou ocupada.

Ele olhou em volta como se analisasse meu escritório organizado.

— Não parece.

Suspirei.

— Preciso fazer algumas ligações. O que você quer, Bennett?

— Vai almoçar em Los Angeles? Vamos ver se adivinho. Vão se encontrar em um hotel?

— Vai se ferrar.

Ele me encarou.

— Não, obrigado. Já falei que não gosto de dividir. Principalmente com o menino Toby.

Fiquei em pé.

— Veio à minha sala por algum outro motivo, além de tentar brigar?

— Seu amigo Tobias não atende às minhas ligações. Isso é coisa sua?

Tobias não tinha nem mencionado os telefonemas de Bennett.

— De jeito nenhum.

— Eu estava passando pela sala outro dia, quando Marina cuidava das reservas do seu voo. Foi assim que soube que tinha decidido ir visitar seu amigo. Aliás, belo trabalho em equipe. Quase caí na sua conversa de que *somos uma equipe*. Quando ouvi a proposta de pré-avaliação do nosso trabalho, pensei que fosse uma oferta à *empresa*... não uma oferta pessoal a Annalise.

Apoiei as mãos abertas sobre a mesa e forcei um sorriso melado.

— Eu também. Parece que nós dois descobrimos mais sobre o outro desde Los Angeles.

20

Bennett

Ora, ora, ora. A noite ficou muito mais interessante.

Bebi o resto da cerveja que estava segurando havia quase uma hora e acenei para o garçom.

— Já ouviu falar de um drinque chamado mau perdedor?

— Acho que sim. Vodca, mistura agridoce, grenadine, suco de laranja e açúcar na borda, não é?

— E uma ou duas cerejas ao marrasquino.

O bartender fez uma careta.

— Parece mais uma receita certa de ressaca.

— Sim. Por isso é perfeito. — Acenei para a outra ponta do balcão, onde Annalise tinha acabado de chegar com Marina, a presença mais inesperada. — Está vendo a loira sexy conversando com a ruiva com cara de doida?

Ele olhou para onde eu apontava.

— Sim.

— Pode preparar um desses e mandar para ela? Não esquece de dizer o nome do drinque e quem mandou.

— Se você diz...

— E vou querer outra cerveja, quando puder trazer.

O *happy hour* da empresa tinha atraído muita gente. Era a primeira vez que o pessoal da Wren e da Foster Burnett socializavam fora do escritório. Acho que foram umas trinta pessoas, pelo menos, metade delas do departamento de marketing, já que o Jim Falcon sempre organizava esse evento.

Fiquei de olho em Annalise enquanto o bartender preparava o drinque e ia entregá-lo na outra ponta do balcão. Ela sorriu e olhou para o copo chique com o líquido rosa, depois olhou na direção que o garçom apontava. Ao me ver, ficou imediatamente séria. Marina, é claro, juntou-se a ela para me fuzilar com o olhar. Pena eu não ter pensado nisso antes: teria sido mais engraçado se eu tivesse mandado um martíni de manteiga de amendoim e geleia para ela junto com o mau perdedor de Annalise. Mais divertido para mim, pelo menos.

De onde estava, Annalise levantou o copo com um sorriso gelado e inclinou a cabeça para mim em sinal de agradecimento.

Depois disso, passei uma hora e meia tentando interagir. Mas, quanto mais me pegava olhando na direção de Annalise, mais irritado ficava. Ela, por outro lado, não parecia distraída ou incomodada, acho que nem notou que eu seguia cada movimento seu com verdadeira obsessão.

Em um dado momento, um homem que não trabalhava na Foster, Burnett e Wren se aproximou dela e começou a puxar conversa. O cretino vestia um paletó de tweed marrom com reforços de couro nos cotovelos e mocassins gastos. Provavelmente era escritor, como o último traste que ela havia namorado, ou professor de alguma matéria inútil, como filosofia.

Olha, se você acha que estou com inveja, não estou. Inveja é quando você quer alguma coisa que outra pessoa conseguiu, e Annalise não conseguiu e *não vai* conseguir nada em cima de mim. Também não é ciúme, aí é quando alguém tem algo que é seu, e todo mundo sabe que nunca assumi nem vou assumir mulher nenhuma.

Sou protetor por natureza, só isso. E, embora a mulher tenha progredido na empresa até conquistar uma posição equivalente à minha, ela evidentemente não sabia merda nenhuma sobre os homens.

Em algum ponto entre inclinar a cabeça para trás dando risada e jogar o cabelo, ela pediu licença para interromper a conversa com o Sr. Tweed Marrom, que já devia durar meia hora, mais ou menos. Meus olhos a seguiram para o corredor que levava aos banheiros. Disse a mim mesmo para ficar onde estava, não ir até lá mexer com ela... mas...

Eu não era um bom ouvinte.

Levantei a mão para o bartender, pedi mais um mau perdedor e me dirigi ao banheiro feminino. Fiquei do lado de fora esperando Annalise sair. Ela deu dois passos depois de passar pela porta e quase me atropelou. Seus olhos se estreitaram de tal forma que era uma surpresa ela ainda conseguir enxergar.

— O que está fazendo, Bennett?

Mostrei o copo.

— Achei que ia gostar de mais um drinque.

— Não, obrigada. — Ela tentou passar por mim, mas dei um passo para o lado e a impedi.

— Saia da minha frente.

— Não.

Ela arregalou os olhos.

— Não?

Sorri. Pensando bem, acho que essa era a coisa mais cretina a se fazer, mesmo para mim.

— É isso aí. Não.

— Olha só. Não sei que jogo é esse que está fazendo, mas não quero brincar.

— Não é jogo nenhum. Só estou cuidando de você, garantindo que não beba o suficiente para acreditar nas bobagens que qualquer um diz. Já deu para perceber que não é muito capaz de julgar o caráter de um homem, nem quando está sóbria.

Ela ficou vermelha. Uma chama dançou nos olhos azuis, e tive a impressão de que ia começar a sair fumaça de seu nariz. Já tinha visto Annalise brava. Droga, irritá-la se tornou um dos meus passatempos favoritos nas últimas semanas... mas nunca a vi tão furiosa. Cheguei a dar um passo para trás.

E sabe o que ela fez?

Isso aí, adivinhou.

Ela deu um passo para a frente.

Admito que senti um pouco de medo.

Cutucando meu peito com o indicador, ela começou um sermão cadenciado.

— Você. — *Cutucada.*

— acha — *Cutucada.*

— que eu — *Cutucada.*

— não sei — *Cutucada.*

— julgar — *Cutucada.*

— caráter? — *Cutucada.*

Ela esperou minha resposta. Dei de ombros como um covarde.

— Ah, quer saber? Você tem toda razão. Deixei Andrew me enrolar por muito tempo. Mas, de algum jeito, quando descobri quem ele era, não doeu a metade do que doeu perceber quanto eu estava errada sobre você. Tinha certeza de que você era um babaca por fora e um cara legal por dentro. Pensei que, se cavasse mais fundo, passaria as camadas de terra e encontraria o ouro escondido. Mas me enganei. Cavei a terra, e sabe o que encontrei? *Mais terra.*

Lágrimas encheram seus olhos. Ameacei falar alguma coisa, dizer que eu só estava brincando, que queria irritá-la, mas ela me interrompeu e continuou falando.

— E não precisa se preocupar com essa coisa de acreditar nas mentiras de um bêbado. Já cometi esse erro uma vez. E você foi bem convincente. Dizer que me achava bonita e que sentiu ciúme ao ver outro homem me tocando... Na verdade, foi tão convincente que acreditei nas mentiras de um bêbado mesmo depois de você nem lembrar o que tinha dito. Isto é, até escutar Jim outro dia e perceber que fui uma tremenda idiota... *de novo.* Que vergonha. Mas aprendi a lição, pode acreditar.

Antes que eu pudesse dizer ou fazer alguma coisa, Annalise passou por mim e voltou ao bar. Abaixei a cabeça e me senti como se um elefante tivesse sentado no meu peito.

— Porra.
O que foi que eu fiz?

Na manhã seguinte chovia forte. Não era aquela chuva típica de abril, a que traz as flores de maio, era o tipo de chuva que cai de um céu escuro e vem acompanhada por trovões mais altos que o barulho das bolas em uma pista de boliche em noite de campeonato. Junte a isso o latejar dentro da minha cabeça, e a última coisa que eu queria era ir a uma exibição de caminhões gigantes à tarde.

Eu nem bebi tanto na noite passada. Caramba, ainda estava na terceira cerveja quando criei coragem e fui atrás de Annalise, depois de ela ter acabado comigo. Joguei a cerveja na parede externa do bar quando a encontrei, exatamente quando entrava no Uber para ir embora. Não me surpreendi quando ela não pediu para o motorista parar, embora eu gritasse seu nome.

Quando parei na casa de Lucas, nem me incomodei em pegar o guarda-chuva que sempre mantinha no carro, por isso estava ensopado, mesmo depois da rápida caminhada entre o carro e a porta da frente. Bati e torci para que, por algum milagre, hoje ele abrisse a porta, em vez da Fanny. A última coisa de que precisava para acompanhar a dor de cabeça latejante e dirigir em um dia de chuva para ir ver caminhões enormes em uma exposição barulhenta era encontrar aquela mulher.

A porta se abriu. Não tive sorte.

— Espero que tenha um guarda-chuva para quando sair do carro com o Lucas. Se ele se resfriar, não posso nem correr o risco de ficar doente.

Ela não estava preocupada com o resfriado do Lucas, mas com a possibilidade de pegar também. Eu não estava com disposição para isso.

— Vou dar um jeito de ele correr entre os pingos.

Ela comprimiu os lábios finos.

— Ele também está precisando de tênis novos.

Ignorei o comentário. Fazia muito tempo que eu tinha entendido que o cheque mensal que dava a ela não cobria nenhuma das necessidades do Lucas.

— Ele está pronto? Precisamos sair logo.

Ela bateu a porta na minha cara e gritou lá dentro:

— Lucas!

Eu preferia ficar na chuva a continuar falando com ela.

O rosto sorridente de Lucas quando ele abriu a porta me fez sorrir pela primeira vez desde a noite passada. Há mais ou menos um ano, ele tinha parado de correr para me abraçar. Então, inventei um aperto de mão secreto que era só nosso. Cumprimos a rotina de quinze segundos de tapas de mãos abertas, batidas de punhos e apertos.

— Comprou protetor de ouvido? — ele perguntou.

Eu havia parado em uma loja no caminho para cá. Pus a mão no bolso e peguei os dois pares.

Lucas franziu a testa.

— Quando vou ser grande o bastante para deixar de usar essas coisas?

— Grande o bastante? Eu ainda uso, não uso?

— Sim, mas porque é bobo, não porque é velho.

Sorri. Esse garoto conseguia me fazer esquecer um dia ruim.

— É mesmo?

Ele riu e assentiu.

— Bom, só por esse comentário, não vou te dar minha jaqueta para cobrir a cabeça e correr até o carro, como ia fazer.

Lucas balançou a cabeça de novo e sufocou o riso.

— Jaqueta na cabeça. Você é bobo, mesmo. — E correu para o carro.

Merda. Faltava menos de um quilômetro para chegar à arena quando percebi que havia esquecido os ingressos. Ficaram na primeira gaveta da minha mesa no escritório, junto com os passes de entrada antecipada que tinha comprado para Lucas e eu podermos ver os caminhões antes do início da exposição.

Felizmente, o escritório não ficava muito longe, e estávamos um pouco adiantados, já que, qualquer que fosse o programa, Fanny insistia no horário: eu tinha que ir buscar Lucas pontualmente ao meio-dia do sábado, semana sim, semana não.

Parei em local proibido na frente do prédio e olhei em volta. Não vi nenhum agente de trânsito por ali, e seriam só alguns minutos. Meu passe livre de estacionamento foi cancelado quando parei de telefonar para a agente de trânsito fofa com quem saí algumas vezes.

— Preciso correr lá em cima pra pegar os ingressos na gaveta no meu escritório.

— Legal! A gente nunca vem aqui. Ainda tem o Pac-Man naquela sala grande?

— Sim, mas hoje não temos tempo para jogar.

Lucas fez biquinho.

— Só uma partida. *Por favor?*

Eu era muito mole.

— Ok. Uma partida.

Havia algumas pessoas no escritório, embora fosse sábado. Fiquei aliviado ao constatar que Annalise não estava por lá. A porta da sala dela estava fechada e não havia luz passando pela fresta. Não queria outro confronto com ela na frente do Lucas. Deus sabe que me esforcei muito ao longo dos anos para impedir que ele visse o babaca que eu costumava ser nos outros seis dias da semana.

Abri a porta da sala e fui diretamente à gaveta da mesa, mas não achei os ingressos onde pensava tê-los deixado. Lembrava de tê-los trazido para cá com vários boletos que precisava pagar... podia jurar que os tinha guardado na primeira gaveta do lado direito. Depois de alguns minutos procurando em todas as gavetas da mesa, ficou claro que os ingressos não estavam lá. *Merda.* Esperava que estivessem em algum lugar no meu apartamento, e que eu não os tivesse jogado fora com a correspondência sem importância.

Olhei as horas no celular. Se saíssemos agora, já seria corrido. Mas a arena ficava na direção oposta do apartamento; não havia a menor possibilidade de chegarmos na hora se eu tivesse que passar em casa antes. Pior, eu nem sabia onde tinha deixado os ingressos, ou se estavam realmente lá.

Suspirei.

— Não sei onde eu pus os ingressos. Vou ter que ligar para a Ticketmaster para ver se eles mandam uma versão eletrônica ou se sugerem alguma solução.

— Posso ir jogar Pac-Man enquanto você faz isso?

— Pode, é claro. Boa ideia. Talvez demore um pouco, se eu tiver que esperar, e ainda tenho que procurar o número. Venha, vou te levar até a sala coletiva.

Enquanto andávamos pelo escritório, eu continuava tentando lembrar o que havia feito com os ingressos depois que abri o envelope na minha sala. Eu me lembrava de ter olhado para os passes de entrada antecipada com a fita para pendurar o crachá e ter pensado que Lucas ficaria eufórico para andar com aquilo no pescoço. Mas não lembrava de jeito nenhum o que havia feito depois de guardar tudo de novo no envelope, e era exatamente nisso que estava focado quando entrei na sala coletiva.

E descobri que alguém já estava lá.

Annalise levantou a cabeça. Ameaçou sorrir, mas me viu e fechou a cara. Encontrá-la ali de modo inesperado me pegou desprevenido, por isso parei três passos depois de passar pela porta, o que fez Lucas tropeçar em mim.

— Qual é? — ele resmungou.

— Desculpa, parceiro. É que... parece que tem alguém trabalhando aqui, é melhor não jogar para não fazer barulho.

Lucas saiu de trás de mim e olhou para Annalise. Ela olhou para ele, para mim, para ele de novo.

Sorrindo, falou para o meu companheirinho:

— Tudo bem. Pode jogar, não me incomoda.

Lucas não me deu tempo para opinar. Saiu correndo em direção à máquina de Pac-Man.

— Legal!

Annalise riu.

Quando ela olhou para mim de novo, nossos olhares se encontraram, mas seus pensamentos eram indecifráveis.

— Tem certeza de que não se incomoda? Preciso dar um telefonema. Acho que perdi os ingressos de que precisamos.

— Tudo bem.

Eu assenti, mas ela não viu, porque já estava de cabeça baixa, mergulhando no trabalho.

— Obrigado — eu disse. — Não vou demorar.

Na minha sala, procurei o número da empresa e liguei para a Ticketmaster usando o viva-voz. Enquanto ia seguindo as orientações e apertando milhões de botões, procurei mais uma vez os ingressos na minha mesa. Nada. É claro, não havia um comando para *perdi meus ingressos*, e eu tive que esperar até o fim pelo temido "outros assuntos, aperte o sete". Isso me levou, inevitavelmente, a mais alguns comandos irritantes para tentar identificar o problema específico.

Perdi a paciência e apertei zero meia dúzia de vezes, tentando ser atendido por uma pessoa, mas isso não serviu para nada, além de me mandar de novo ao início do carrossel de comandos.

Depois de uns vinte minutos, pelo menos, consegui falar com alguém que disse que os ingressos seriam reemitidos e, desde que eu tivesse o cartão de crédito que usei para fazer o pagamento e um documento de identificação com foto, poderia pegá-los no guichê específico na bilheteria da arena.

Desliguei e comecei logo a pensar em como Annalise provavelmente ficaria furiosa por eu estar demorando tanto, enquanto Lucas jogava Pac-Man. Ela ia acabar pensando que fiz de propósito para distraí-la, ou alguma coisa assim.

Para minha surpresa, ela não estava brava. Na verdade, estava sorrindo e rindo quando entrei na sala. Ela e Lucas estavam sentados frente a frente nos pufes, gritando coisas aleatórias um para o outro. Só quando dei mais alguns passos para o interior da sala notei que Annalise segurava um celular contra a testa. Ele a tinha convencido a jogar os joguinhos digitais de charada em que nunca conseguia ganhar de mim.

— É grande — disse Lucas.

— O sol! — Annalise gritou.

Lucas riu e balançou a cabeça.

— Marmelada.

— Fruta. Uma fruta grande. Melão. Melancia.

Lucas fez uma careta como se ela estivesse maluca.

— Scooby-Doo.

Annalise parecia confusa, e Lucas deu mais uma dica.

Ele apontou para mim.

— Bennett queria ser um quando era criança.

Até eu demorei alguns segundos para descobrir qual era a palavra que ela tentava adivinhar. Annalise nunca acertaria. Não com essas dicas.

O celular vibrou, indicando que o tempo tinha acabado, e ela abaixou o aparelho e o virou para ler a palavra sobre as quais Lucas tinha dado as dicas.

Seu rosto inteiro se contraiu.

— Um dogue alemão? O que marmelada tem a ver com cachorro?

Soltei uma risada e respondi por ele.

— Nada. Ele confundiu com *Marmaduke*.

— Aquele cachorro do cinema?

— Isso.

— Mas ele disse que você queria ser um quando crescesse.

Dei de ombros.

— Queria.

Annalise riu.

— Queria ser um dogue alemão?

— Nem começa. Ele é o rei da família canina.

Caramba, quando ela sorria, meu peito doía. Mas, quando ela sorria e ria com o Lucas, mesmo que fosse de mim, isso realmente me abalava. Vi a risada morrer e seu rosto voltar a ser triste, quase como se, por um minuto, tivesse esquecido que eu era um cretino.

— Também ganhei dela no Pac-Man e no pebolim.

— Ela não tem a mesma prática que eu. Annalise acabou de chegar aqui no escritório.

Lucas se levantou.

— Conseguiu os ingressos?

— Sim. Podemos pegar na porta.

— Quer ir, Anna? — Lucas convidou. — Empresto meus fones.

Ela sorriu com sinceridade.

— Obrigada, Lucas, mas hoje estou cheia de trabalho.

Ele enfiou as mãos nos bolsos.

— Tudo bem.

Annalise evitou me encarar e ficou olhando para o celular.

— Vamos, amigão? — falei.

— Sim! — Ele correu para a porta, em vez de andar.

O garoto tinha uma energia infinita.

Esperei Annalise levantar a cabeça, mas ela não se mexeu. No fim, acabei falando assim mesmo.

— Obrigado por ter ficado com ele.

Também queria pedir desculpas pela noite anterior. Mas não era hora para isso. Além do mais, já havia me desculpado meia dúzia de vezes por ter me comportado como um babaca. Não tinha certeza de que ela me perdoaria desta vez... ou mesmo de que merecia ser perdoado.

21

Primeiro de novembro

Querida Eu,

Até agora, o oitavo ano foi horrível. Sou mais alta que a maioria, até que os meninos. Ninguém me convidou para o baile de Halloween, então, fui com o Bennett. Ele não queria se fantasiar, mas eu o obriguei a ser o Clark Kent. Ele usou óculos de nerd e uma camisa social com uma camiseta do Super-Homem por baixo. Eu fui de Mulher-Maravilha. Todas as minhas amigas acham o Bennett um gato e ficaram com inveja. Foi divertido.

No meu aniversário, Bennett e a mãe dele me levaram ao monster truck show. O novo namorado da minha mãe, Kenny, vende coisas no estande do evento, e por isso ganhamos cachorro-quente e refrigerante de graça.

O senhorio está tentando expulsar a gente de casa de novo. Minha mãe perdeu o emprego na lanchonete e disse que, provavelmente, a gente vai ter que se mudar. Espero que não seja para muito longe.

Adoro minha professora de inglês, a Sra. Hoyt. Ela disse que meus poemas têm muito potencial e queria inscrever alguns em um concurso. Mas a inscrição custa vinte e cinco paus, e minha mãe disse que podemos usar esse dinheiro para coisas melhores. A Sra. Hoyt me surpreendeu e fez a inscrição assim mesmo. Ela disse que a escola tem um fundo para essas coisas. Mas acho que o dinheiro era dela. Por isso, esse poema é dedicado a você, Sra. Hoyt.

Flores murcham
botões de amor no sol quente
o frio chega de repente

Esta carta se autodestruirá em dez minutos.

Anonimamente,
Sophie

22

Bennett

Não consegui parar de pensar em Annalise o dia inteiro.

Felizmente, acho que Lucas não percebeu, porque estava ocupado demais comendo um enorme saco de pipoca, dois cachorros-quentes e um refrigerante grande o bastante para encher uma pia. Sentamos na terceira fileira, por isso o ronco dos motores e os fones de ouvido nos impediam de conversar muito. Sem nada para fazer além de ficar ali sentado, não conseguia parar de pensar no rosto de Annalise quando entrei na sala coletiva, mais cedo. Ela havia ultrapassado o estágio da raiva, agora estava triste.

Caramba, eu sou muito cretino.

Assim que o show acabou, Lucas e eu estávamos a caminho do estacionamento, quando o celular vibrou com uma notificação de mensagem.

Cindy.

Fazia tempo que eu não pensava nesse nome. Nosso último contato aconteceu meses atrás. Cindy era comissária de voo, e eu a conheci em uma viagem de negócios no ano passado. Ela morava na Costa Leste, e nós saímos algumas vezes, duas quando eu estava na cidade de Nova York e uma quando ela estava aqui. Aparentemente, ela estaria na cidade hoje à noite fazendo uma escala inesperada e queria saber se eu podia sair. *Sair* significava um jantar rápido e depois *entrar* no quarto de hotel onde ela estava e passar a noite lá.

Acho que era exatamente do que eu precisava.
Diversão certa.
Simples. Sem complicações.
Alívio para algumas frustrações acumuladas.
Mas guardei o celular no bolso e não respondi à mensagem de imediato.
Ligaria para ela depois de deixar Lucas em casa.
Mas, depois que o deixei, decidi que precisava resolver uma coisa antes de fazer planos com Cindy para mais tarde. Eu devia um pedido de desculpas a Annalise, e isso tinha que preceder a diversão. Então, fui para o escritório. Eram quase cinco horas, e eu não sabia se ela ainda estava lá. Provavelmente, havia chegado cedo para fazer o dia render. Afinal, era sábado. Mas fui para lá assim mesmo.

A região em torno do escritório era comercial e se tornava uma cidade fantasma nos fins de semana, ainda mais à noite. Então, quanto mais eu me aproximava, e quanto mais vagas de estacionamento via, mais tinha certeza de que não a encontraria no escritório. Até entrar na rua do prédio e ver um carro solitário no estacionamento, um carro exatamente igual ao meu.

As luzes estavam apagadas na recepção, mas o sensor de movimento acendeu tudo. Algumas pessoas tinham estado ali trabalhando em vários departamentos mais cedo, mas agora todo o andar parecia vazio. As salas estavam escuras, ou com a porta fechada.
Exceto uma.
A luz que passava por uma porta aberta iluminava o carpete no fim do corredor. Mas só ouvi algum barulho quando estava a duas portas dessa sala.
Parei onde estava e ouvi uma voz. Levei alguns segundos para entender que era de Annalise. Ela estava... *cantando*. Era uma música country vagamente familiar, uma canção que eu tinha escutado algumas vezes e falava sobre perder um cachorro e melhor amigo. A voz dela era boa, doce como a de um anjo, com um vibrato ameaçando acontecer. Aquilo me fez sorrir.

Queria ouvir mais, mas a curiosidade para vê-la cantando era ainda maior. Então, dei mais alguns passos até me aproximar da porta da sala.

Annalise estava de cabeça baixa, com o nariz enfiado em um arquivo de pastas e fios descendo do fone de ouvido. Ela não percebeu minha presença de imediato. Eu só enxergava seu perfil, mas era uma chance breve para observá-la. E fiquei impressionado com sua beleza.

Ela vestia calça jeans e camisa branca de botões, e tinha o cabelo preso em um rabo de cavalo. E, mesmo assim, nunca esteve tão linda. A ausência do traje formal de trabalho e do cabelo arrumado direcionava o foco só para ela. Algumas pessoas precisavam de enfeites e acessórios. Annalise, não. A beleza dela estava na pele impecável de porcelana, nas curvas suaves do corpo, nos olhos que, eu sabia, se acendiam como fogo. E aquela voz... eu estava totalmente paralisado.

Ela virou um pouco a cabeça para procurar uma pasta, e o movimento deve ter permitido que percebesse uma sombra em seu campo de visão.

A cabeça virou de repente, os olhos se arregalaram e ela interrompeu a canção no meio de uma palavra.

— Meu Deus! — Ela endireitou as costas e arrancou um lado do fone da orelha. — Quase me matou de susto.

Levantei as mãos.

— Desculpa. Não era essa minha intenção.

Annalise pôs a mão no peito e respirou fundo algumas vezes.

— Quanto tempo faz que está aí?

— Não muito.

— Acho que a música estava muito alta, não ouvi você chegar.

Ou eu não falei nada para poder continuar olhando para você.

— O que está fazendo aqui?

— Vim falar com você.

Ela fechou a gaveta do arquivo. O choque inicial foi superado, e sua voz era neutra.

— Não temos mais nada para falar. Vá embora, Bennett.

Pus as mãos nos bolsos e dei um passo para dentro da sala.

— Você não precisa falar. Só escute. Eu vou embora assim que terminar.

Seu rosto era uma máscara de indiferença, mas ela não disse nada. Aparentemente, essa era minha oportunidade.

Pigarreei.

— Não menti no quarto do hotel. Você é bonita, e fiquei com ciúme quando vi o cara tocando em você.

Ela abriu a boca, perplexa.

— Pensei que não se lembrasse de nada do que disse naquela noite.

Sorri acanhado.

— Ok. *Isso* foi mentira. Mas o que eu disse naquela noite não foi.

— Não entendo.

Dei mais um passo na direção dela.

— Foi mais fácil dizer que não me lembrava daquelas coisas e te deixar atribuir tudo que admiti a uma conversa de bêbado.

Ela abaixou a cabeça por um minuto e, quando a levantou, parecia hesitante, como se não acreditasse no que eu dizia.

— Por que não queria lembrar do que disse?

E essa era a pergunta de um milhão de dólares. Eu poderia dar a ela uma resposta perfeitamente aceitável que fizesse sentido e que, sem dúvida, *deveria ter sido* a única verdadeira, porque estávamos disputando a mesma vaga de emprego e essa teria sido a escolha apropriada, mas essa resposta seria uma mentira.

Eu devia a ela alguma honestidade, por isso engoli meu orgulho.

— Porque cada palavra que disse naquela noite foi verdade, e isso me deixa apavorado.

Os lábios dela entreabriram, o rosto ficou corado. Eu adorava como ela não conseguia mentir ou ficar constrangida sem demonstrar. Era impossível não pensar se a reação era a mesma quando ela ficava excitada. Aposto que sim.

— Por que isso te apavora? — Annalise perguntou em voz baixa.

As perguntas eram cada vez mais difíceis. Passei os dedos pelo cabelo e tentei encontrar as palavras certas.

— Porque nunca fui ciumento. Não tive um relacionamento longo, como você teve, mas namorei bastante. Com algumas pessoas, passei meses saindo todo fim de semana. Mas nunca perguntei o que elas faziam durante a semana. Porque não me importava. Era sempre o momento, o tempo que passávamos juntos. Ciúme tem a ver com futuro.

Ela pensou um pouco, depois concordou balançando a cabeça e fez uma pergunta que eu não esperava.

— O que o Lucas é seu?

— Não é meu filho, se é isso que está pensando.

— Hoje à tarde, ele contou que mora com a avó e passa o sábado com você a cada duas semanas.

Balancei a cabeça confirmando o relato.

— A mãe dele morreu, o pai é um maluco que nem lembra que ele existe. Ele é meu afilhado.

Annalise olhou pela janela. Quando virou para mim de novo, disse:

— *Mais* alguma coisa que precisa dizer?

Merda. Eu tinha esquecido alguma coisa? Ela parecia esperar mais. Revi depressa tudo que tinha dito... admiti que havia mentido, admiti que a achava bonita e que tinha sentido ciúme. O que mais podia haver?

Ao ver minha expressão confusa, ela decidiu me ajudar.

— Você foi um cretino comigo a semana toda. Especialmente ontem à noite, no bar.

Ah. Sim. Isso. Sorri.

— Já pedi desculpas por me comportar como um canalha? Porque eu seria capaz de jurar que comecei por aí.

Ela sorriu.

— Não, não tocou nesse assunto.

Dei alguns passos na direção dela.

— Desculpa, eu agi como um canalha.

— *De novo*, você quer dizer.

Assenti.

— Sim, de novo. Peço desculpas por ter agido como um canalha *de novo*.

Ela estudou meu rosto.

— Tudo bem. Está desculpado. *De novo*.

— Obrigado. — Já havia abusado da sorte hoje com ela, era melhor parar por aqui. — Vou te deixar voltar ao trabalho.

— Ok, obrigada.

Eu não queria ir embora, por isso virei bem devagar. Ela me deteve antes que eu chegasse à porta da sala.

— Bennett?

Olhei para ela.

— Só para constar, também te acho atraente.

Sorri.

— Eu sei.

Ela riu.

— Caramba, você é muito cretino. Acho que esse é o verdadeiro motivo para nunca ter tido uma namorada no Dia dos Namorados, mais do que não gostar de velas e romance.

— Quer que seja seu par no Dia dos Namorados, não quer? Provavelmente, porque me acha muito gostoso.

— Boa noite, Bennett.

— Boa noite, linda.

23

Annalise

O garçom serviu mais vinho nas taças.

— Vou ver como está o pedido de vocês. Querem mais alguma coisa antes do jantar?

Olhei para Madison, depois para o garçom.

— Acho que não. Obrigada.

Ele se afastou, e Madison o seguiu com os olhos.

Depois levou a taça à boca.

— Devia dormir com ele.

— Com o garçom? Ele não tem mais que vinte anos!

— Não. *Eu* devia dormir com o garçom. Você devia dormir com a Fera.

Eu tinha acabado de atualizar as informações da última semana do drama do escritório, desde a visita à Star Studios e a subsequente atitude de Bennett à aparição inesperada no escritório no fim de semana e a interação provocativa durante a semana. Meu relacionamento com Bennett mudava tanto quanto as pessoas trocam a roupa íntima.

— Ah, é, ótima ideia — falei enquanto assentia. — Dormir com o cara que está tentando roubar meu emprego.

— Por que não? É como aquele velho ditado... mantenha os amigos próximos e foda com os inimigos.

Eu ri.

— O ditado não é bem assim.

Ela deu de ombros.

— Vamos ser práticas. Você já admitiu que existe uma atração entre os dois. Isso não vai desaparecer. E você precisa voltar para a pista. Ele vai embora daqui a alguns meses mesmo, é a opção perfeita para o recomeço.

— Adoro que você já decidiu que é ele quem vai se mudar, não eu.

— É claro. Você ganhar essa disputa é fato consumado. Não pode me abandonar aqui.

Suspirei.

— Bennett não é o tipo de cara com quem eu me envolveria.

— Eu falei alguma coisa sobre envolvimento? Falei que devia dormir com ele, não considerar o cara como futuro marido. É para transar, não para ir escolher aparelho de jantar.

— Isso é... — Parei. Minha reação instintiva era dizer *loucura*. Mas, tinha que admitir, a ideia era bem interessante.

Madison sorria como o gato da Alice. Ela me conhecia bem.

— Está pensando em trepar com ele, não está?

— Não. — Senti a pele começar a esquentar. — E antes que diga alguma coisa... está quente aqui.

— Aham. — Ela riu. — Está, é claro.

No dia seguinte, eu trabalhava na impressão de uma logo com a impressora 3D, quando a máquina emperrou. Não conseguia soltar a agulha. Bennett se aproximou quando me viu desmontando o equipamento.

— Precisa de ajuda?

— Eu estava imprimindo uma coisa, e esse negócio começou a estalar. Acho que a agulha está enroscada em filamento.

— Esta foi a primeira coisa que você imprimiu?

— Não. Fiz outros dois projetos antes deste, e deu tudo certo.

Bennett enrolou as mangas da camisa.

— Às vezes, ela superaquece. A extremidade quente precisa esfriar antes de cada impressão, senão o filamento fica líquido demais e causa um entupimento.

Olhei para os antebraços dele. Eram musculosos e bronzeados, mas o que chamava minha atenção não era isso, era um pedaço de tatuagem aparecendo embaixo da manga enrolada.

Bennet notou para onde eu olhava.

— Tem tatuagens?

— Não. Você só tem essa?

Ele sacudiu as sobrancelhas.

— Teria que fazer uma verificação de corpo inteiro para descobrir a resposta.

Revirei os olhos.

Ele girou alguns botões da impressora, depois retirou uma bandeja prateada e enfiou o braço no interior da máquina. Quando ele retirou, consegui ver mais um pedaço da tatuagem. Pareciam numerais romanos com alguma coisa em volta.

— Isso é uma videira?

Ele assentiu.

— É de um poema especial para mim.

Hum. Não era o que eu esperava.

Bennett abriu e fechou algumas bandejas e devolveu a prateada ao local de origem, na base da impressora.

— Era o que eu pensava. Aqueceu. A parte mais quente provavelmente não teve tempo suficiente para resfriar. Usei a impressora por algumas horas hoje de manhã. Cancele a impressão e espere uma hora. Quando o filamento esfriar, vai desentupir sozinho.

— Ah. Ok, legal. Obrigada.

— De nada. — Ele começou a abaixar a manga. — Se estiver com pressa, tenho um ventilador pequeno na gaveta de baixo da minha mesa. Se o colocar em cima da impressora e inclinar as hélices para baixo, vai esfriar mais depressa.

— Ah, tudo bem. Eu posso esperar.

Eu me sentia um pouco culpada por estar imprimindo coisas que levaria à Star Studios em alguns dias, e ele ali me ajudando.

— Tobias... retornou suas ligações? — perguntei.

O músculo na mandíbula de Bennett se contraiu.

— Não. Deixei três recados. — Nossos olhares se encontraram por um instante, antes de ele virar para o outro lado. — Se tiver mais algum problema, é só me avisar.

Assenti e continuei me sentindo culpada. Ele tinha dado uns três passos para longe da impressora, quando cedi.

— Bennett?

Ele virou para trás.

— O almoço é na quinta-feira, à uma da tarde. Marina fez minha reserva. Você pode ir comigo. Somos da mesma empresa. Devemos ir juntos.

Era a atitude correta a tomar, mesmo que não fosse a mais esperta. Bennett me olhou desconfiado.

— Por que está fazendo isso?

— Porque minha intenção é acabar com você usando meu trabalho, não porque o cliente está interessado em mim e não retorna suas ligações.

— Ah, finalmente admite que o palhaço está interessado em você?

Decidi jogar pelas regras dele.

— Todo mundo está, não está?

—

Fechei o zíper da maleta de mão.

— Eu te mostro o meu, se você mostrar o seu.

Olhei para Bennett e vi um sorriso malicioso.

— Estou falando da apresentação aí na sua bagagem. Deixe de pensar imundície, Texas.

Sorri.

— Estava começando a imaginar que ia me dar o cano. O embarque acabou de ser aberto.

Bennett colocou uma caixa na cadeira da sala de espera, ao meu lado, e levantou as mãos. Estavam cobertas de graxa e sujeira.

— Pneu furado. Tive que trocar a caminho do aeroporto.

— Pneu? Veio de carro e parou no estacionamento? Por que não chamou um Uber?

— Chamei. O pneu furou no caminho. O motorista tinha uns setenta anos e problemas nas costas. Ele chamou a seguradora para trocar o pneu, mas a previsão de espera era de quarenta e cinco minutos. Na hora do rush, eu não tinha tempo para isso. Resumindo, eu mesmo troquei o pneu.

— Ah, uau. Isso é que é dedicação.

— Eu teria vindo correndo, se fosse preciso. — Ele olhou para a fila de embarque. — Parece que temos alguns minutos. Vou procurar um banheiro e tentar limpar as mãos. Posso deixar minha apresentação com você?

— Sim. É claro.

— Tem certeza de que posso confiar em você, não vai espiar e roubar minhas ideias?

Eu ri.

— Provavelmente não. Mas vai logo.

Quando ele voltou, a fila estava quase no fim. Fiquei em pé.

— É melhor a gente ir.

Bennett pegou a caixa, depois pegou minha maleta.

— Eu levo.

— Tudo bem — ele insistiu. — Mas tenho segundas intenções. *Sem querer*, vou derrubar e chutar a maleta algumas vezes... só para ver como reage seu modelo 3D.

Engraçadinho.

Quando chegamos ao fim do túnel para entrar no avião, perguntei:

— Em que fileira você está?

— Na mesma que você. Assento de corredor, como o seu, um do lado do outro. Pedi para Marina fazer a reserva perto, assim poderíamos trabalhar, se fosse necessário.

— Ah. Ok. — *Era disso que eu tinha medo.*

Bennett acomodou nossas apresentações no bagageiro, em seguida nos sentamos na fileira onze. Depois de afivelar o cinto, decidi abrir o jogo e contar a ele sobre meu probleminha.

— Ah... só para você ficar avisado, fico nervosa quando viajo de avião.

Ele franziu a testa.

— Como assim? Vai narrar o voo inteiro? *Taxiando a pista. Ganhando velocidade, chegando a duzentos e cinquenta quilômetros por hora. Enfiando a cabeça entre as pernas para me despedir de mim com um beijo na bunda...*

Ri de nervoso.

— Não. Eu só fico em pânico quando estou em um avião, por isso uso um aplicativo que me ajuda a manter a calma. É uma combinação de meditação, música e técnicas de respiração guiada. Se tivermos turbulência, só preciso apertar um botão, e a voz da terapeuta me guia por exercícios relaxantes.

— Está brincando comigo.

— Não sei se vamos realmente conseguir trabalhar no avião.

Ele riu.

— Que se dane o trabalho. Isso é muito melhor. Estou ansioso para te ver surtar.

Ótimo. Maravilhoso, mesmo.

Cinco minutos depois da decolagem, abri os olhos e descobri que Bennett me observava com um sorriso.

Balancei a cabeça.

— Está se divertindo comigo?

— Estou. E o jeito como agarrou o apoio de braço durante a decolagem me fez ficar feliz por estar sentado do outro lado do corredor, assim não tem perigo de se enganar e agarrar outra coisa, caso haja alguma turbulência. Esse aperto pode ser mortal.

Dei uma risada.

— A decolagem é a pior parte para mim. Depois que estabiliza no ar, normalmente não reajo tão mal, a menos que oscile demais.

— Hum, e são todos os meios de transporte que te incomodam, ou só carros e aviões?

— Engraçadinho.

— Você disse que sofreu um acidente e ficou com medo de dirigir. Aconteceu alguma coisa que te deixou com medo de voar? Um voo ruim, ou alguma coisa parecida?

Fiz minha cara mais séria.

— Meu pai era piloto, e morreu em um acidente aéreo.

Bennett fez cara de espanto.

— Merda. Desculpa. Eu não sabia.

Tentei continuar séria, mas a cara dele era muito engraçada. Não consegui segurar a risada.

— É brincadeira. Meu pai é corretor de seguros e mora em Temecula.

Ele riu.

— Boa. Você me pegou.

Depois da decolagem, o voo para Los Angeles foi rápido e, quando Bennett e eu começamos a brincar, o tempo passou depressa. Todos os voos deviam ser fáceis assim.

Assim que aterrissamos, o piloto anunciou pelo alto-falante que estávamos alguns minutos adiantados e, por isso, seria preciso esperar para o desembarque. Desliguei o aplicativo de voo e tirei o celular do modo avião. E-mails começaram a inundar minha caixa de entrada. Notei que havia um de Tobias e abri.

Droga. Olhei para Bennett.

— Acabei de receber um e-mail de Tobias. Ele disse que surgiu uma urgência e que teve que adiar nosso almoço.

— Para quando?

Franzi a testa, sabendo o que ele ia pensar.

— Ele disse que teve que remarcar uma reunião, mas pode te encaixar hoje, às cinco da tarde.

— Só eu?

Assenti. Havíamos reservado duas horas do dia de Tobias, e a ideia era cada um de nós usar uma hora.

— Ele quer me encontrar mais tarde, às oito, para jantar.

Bennett contraiu a mandíbula.

— Sei o que está pensando. Mas, mesmo que seja isso, sou adulta e capaz de cuidar de mim. E o fato de estar aqui comigo é prova de que quero ganhar essa conta de um jeito limpo, contando com o meu trabalho.

Ele assentiu. Desembarcamos em silêncio. Assim que alugamos um carro, percebi que teria que mudar os planos para a volta. Se o jantar era às oito, eu não conseguiria pegar nem o último voo do dia. Precisava falar com Marina e pedir para ela fazer reserva em um hotel e mudar minha passagem para a manhã seguinte.

Bennett estava ocupado manobrando o carro no estacionamento da locadora, e eu aproveitei para quebrar o gelo.

— Vou pedir para Marina fazer as mudanças necessárias. Quer mudar alguma coisa nos seus planos?

— Não. Tudo bem. Eu cuido disso.

Ele não falou mais nada até entrarmos na autoestrada a caminho da Star Studios.

— Agora temos um dia inteiro livre. Quer parar em uma cafeteria e trabalhar um pouco?

Nenhum dos dois tinha levado o *laptop*, porque já tínhamos as apresentações para carregar. Mas podíamos usar os celulares para responder aos e-mails e resolver outras coisas pequenas. Mas isso não ocuparia um dia inteiro. O e-mail de Tobias também havia causado uma tensão que persistia entre nós, e achei que seria melhor relaxar um pouco.

— Tenho uma ideia melhor.

— Qual?

Sorri.

— Massagem nos pés.

24

Bennett

Ela só podia estar brincando.

— O que está fazendo?

Annalise abriu os olhos devagar. Estávamos sentados lado a lado em poltronas enormes, enquanto duas mulheres massageavam nossos pés.

— Quê?

— Parece que vai começar a gemer a qualquer momento.

Os olhos dela estavam semicerrados, brilhantes. Ela se inclinou para cochichar:

— Honestamente, eu seria capaz de... *você sabe*... só com uma massagem no pé. Não tem nada de que eu goste mais para relaxar.

Jesus Cristo. Olhei para os pés dela. Nunca chupei o dedão de uma mulher, embora não me opusesse à prática. Só não tive a oportunidade certa. Mas, neste momento, tinha certeza de que perdia algo muito importante. Se uma mulher gostava tanto de uma massagem no pé, eu podia ter sido negligente. Precisava reparar essa merda imediatamente, e sabia bem por onde começar. Fiquei imaginando o que as duas massagistas fariam se eu empurrasse uma delas e substituísse suas mãos pela minha boca.

Annalise fechou os olhos e voltou para seu paraíso particular. Eu a observei por um longo momento, depois me inclinei para sussurrar em seu ouvido.

— Se esse é seu jeito favorito de relaxar, aquele embuste fez um favor quando rompeu o namoro com você. Consigo pensar em algumas coisinhas que te deixariam mole.

Ela riu. Mas eu não estava brincando. E tinha um impulso muito forte de demonstrar a ela. Tentei relaxar e curtir o resto da massagem, mas era tarde demais. Os trinta minutos seguintes se resumiram, basicamente, a fantasiar todas as coisas que eu poderia fazer com a mulher sentada ao meu lado, coisas que a fariam pensar que uma massagem nos pés era brincadeira de criança. Bem, também pensei em todos os repugnantes pés com fungos que a mulher tinha massageado, antes de tocar nos meus. Eu precisava de algo que me ajudasse a impedir a ereção que me ameaçava constantemente.

Depois da massagem, fomos almoçar em um restaurante oriental ao lado. O telefone de Annalise começou a vibrar quando estávamos olhando o cardápio.

— É minha mãe. Com licença.

Ela não saiu da mesa, e eu ouvi um lado da conversa.

— Oi, mãe.

Pausa.

— Sim, acho ótimo. Eu levo a sobremesa.

Pausa.

— Jantamos juntas faz pouco tempo. Ela falou alguma coisa sobre passar o fim de semana na casa da irmã. Mas eu pergunto assim mesmo.

Mais uma pausa. Desta vez, ela olhou para mim.

— Hum. Duvido. Mas posso perguntar.

Ela falou por mais alguns minutos, depois desligou.

— Tudo bem? — perguntei.

Annalise suspirou.

— Sim. Minha mãe não consegue se controlar. Ela vai organizar um pequeno grupo de degustação de vinho com as primeiras garrafas da safra no próximo fim de semana. Ela me pediu para convidar a Madison, minha melhor amiga, e você também. Depois que fareja um solteiro viável para a filha, ela é como um pit bull. Se estiver ocupado, eu digo a ela.

— Por quê? Meus únicos planos para o fim de semana são trabalhar.

— Seria... não sei... esquisito você ir.

— Nada é mais esquisito que ficar sentado do seu lado vendo uma asiática de um metro e meio de altura quase te levar ao orgasmo.

Ela riu.

— É, acho que tem razão.

— Além do mais, nós dois sabemos a verdade. — Pisquei. — O motivo para sua mãe me convidar não é a filha dela.

— Contei para ela que estamos concorrendo por uma promoção, não para mantermos o emprego aqui na Califórnia. Não mencionei a possível mudança para o Texas, porque achei que não faz sentido deixar minha mãe preocupada. Mas, se eu contasse a ela que seu único interesse em mim é me despachar para quase três mil quilômetros longe daqui, acho que se surpreenderia com a velocidade da mudança nessa amizade. Ela é superprotetora comigo.

Definitivamente, esse não era o *único interesse* que eu tinha em Annalise. Mas ela estava certa e, se a mãe dela soubesse sobre o Texas ou alguma das coisas que eu fantasiava fazer com sua filha, sem dúvida me expulsaria me ameaçando com um saca-rolha na mão.

— Você é filha única?

— Mais ou menos. Minha irmã morreu quando tinha oito anos.

— Puxa. Sinto muito.

— Obrigada. Ela era cinco anos mais velha, eu tinha três quando aconteceu. Ela teve neuroblastoma, um câncer infantil muito agressivo. Queria lembrar mais dela. Por outro lado, também não lembro muito da morte. E não tive outros irmãos. Depois disso, meus pais começaram a ter problemas no casamento. E você? Tem mais Foxes cheios de vaidade andando por aí?

Balancei a cabeça.

— Só um. Meu pai morreu quando eu tinha três anos. Infartou aos trinta e nove. Minha mãe nunca superou e não se casou de novo. Há dois anos, ela foi morar na Flórida para ficar mais perto da irmã, e ultimamente tem falado de um tal de Arthur, com quem sai para fazer caminhadas. Tenho pensado em ir fazer uma visita, ver se preciso dar uns chutes na bunda do Artie.

— Que coisa mais fofa.

— É, sou eu. Fofo.

A garçonete chegou para anotar nosso pedido. Annalise pediu uma sopa, entrada e prato principal.

— Você come bem, para alguém tão pequena.

— Não comi nada de manhã por causa do nervosismo. E não vou comer de novo até oito da noite, é melhor me preparar.

O lembrete do jantar com Tobias arruinou meu apetite.

— Onde vai ser o encontro?

Ela franziu a testa.

— Não é um encontro.

— Ah, é verdade. Vou mudar a pergunta. Onde vai ser a reunião de trabalho com o cara que quer tirar sua calcinha?

Ela cruzou os braços.

— Não quero te contar.

— Um bistrozinho italiano romântico à luz de velas? Talvez uma mesa de canto perto da lareira.

— Idiota.

— Francês? Talvez o Chez Affaire.

— É no mesmo lugar onde comemos na última vez. Exatamente o mesmo restaurante onde você e eu dividimos uma refeição e discutimos negócios com toda a equipe da Star Studios. O mesmo lugar que parecia ser uma escolha lógica e conveniente para uma reunião há duas semanas. Mas tenho certeza de que agora você está convencido de que ele teve segundas intenções quando fez a escolha.

Eu estava brincando, tentando irritá-la, mas *porra,* pensar nos dois jantando no hotel onde ela se hospedaria realmente me incomodava. E eu não ia nem tentar me convencer de que isso tinha alguma coisa a ver com o trabalho, já havia confessado uma vez que estava com ciúme.

Era inútil expor meu ponto fraco para a concorrência pela segunda vez. Então, segurei a onda. Ou tentei, pelo menos.

— É uma escolha conveniente. *Muito* conveniente.

―

Talvez eu não tivesse dado uma chance ao cara.

Tobias bateu nas minhas costas quando saíamos do escritório do diretor de aquisições. Ele tinha enlouquecido com o plano de marketing que criei, inclusive com a nova logo e os lemas. E agora era a terceira sala a que ele me levava, e o terceiro chefe que parecia adorar minhas ideias.

— Estou aqui há três semanas, e essa foi a primeira vez que vi Bob Nixon sorrir. Ou você acertou na mosca, ou o cara trocou de remédio recentemente.

— Muito obrigado por ter encontrado tempo para isso. Sei que teve um imprevisto mais cedo, agradeço de verdade pelo seu esforço para nos receber.

Voltamos à sala dele.

— Não foi nada. Fico feliz por ter podido ajudar. Agora que vi algumas de suas ótimas ideias, estou realmente ansioso para ver seus conceitos finais em algumas semanas, quando formos visitar seu escritório. Annalise falou muito bem de seu trabalho, e agora entendo por quê.

Eu estava começando a me sentir um idiota completo. Tinha deixado sentimentos pessoais interferirem nos negócios, prejudicarem meu julgamento de Tobias, e Deus sabe que atormentei Annalise por causa desse homem. E ela estava lá me elogiando para o cara que escolheria a campanha que seria um fator muito importante para a manutenção do meu emprego.

— Tenho certeza de que a apresentação dela será tão boa quanto, se não for melhor. Ela é incrivelmente talentosa — respondi.

O telefone da sala de Tobias tocou. Ele atendeu, disse à pessoa que estava do outro lado que precisava de um minuto e segurou o fone contra o peito.

— Por que não serve uma bebida para comemorarmos? — E levantou o queixo para apontar o móvel embaixo das janelas. — Porta do meio, tem um bom uísque e alguns copos.

Enquanto ele falava ao telefone, peguei dos copos de cristal e uma garrafa com um líquido dourado. Em cima do móvel tinha vários porta-retratos, e eu olhei as fotos enquanto esperava. Em uma delas havia um garotinho loiro e uma menina mais velha sentados sobre uma pedra em algum lugar nas montanhas. Algumas outras eram de celebridades e de Tobias em várias estreias de filmes. A última era uma fotografia de uma mulher com as mesmas duas crianças do primeiro porta-retratos, mas nessa elas eram mais velhas, e os três tinham as mãos erguidas em uma descida de montanha-russa. Os sorrisos eram enormes.

Balancei a cabeça. Eu tinha ficado cego de ciúme, de fato. Estava evidente que o homem era casado e feliz, e tinha uma bela família. Eu havia feito uma leitura completamente errada da situação.

Ou... *talvez não.*

Tobias desligou quando eu devolvia o último porta-retratos ao lugar dele.

— Você tem uma linda família — comentei.

Ele saiu de trás da mesa e pegou um copo com uísque, depois a foto que eu havia acabado de deixar sobre o móvel. Girando o líquido no copo, ficou olhando para o retrato.

— Candice é linda, tem razão. Pena que é uma bruxa. Estamos separados há nove meses. Com toda essa coisa do #MeToo rolando por aí, achei melhor manter a fachada de homem casado e feliz.

Ele bateu o copo de leve no meu.

— Falando em mulheres bonitas, estou ansioso para ver o que sua colega vai apresentar mais tarde.

25

Annalise

Ele é um tremendo cretino.

Continuei com aquela cara falsa de felicidade enquanto me despedia de Tobias. Mas, no momento em que ele passou pela porta giratória, virei para trás, franzi a testa e parti em direção ao bar para procurar meu perseguidor. O sentimento de *déjà-vu* era inevitável.

— Com licença — disse ao bartender. — Estou procurando o homem que estava sentado na ponta do balcão há alguns minutos.

Ele assentiu.

— Bebendo Corona com cara de quem viu o cachorro ser atropelado?

— Esse mesmo.

— Pagou a conta e foi embora há uns dois minutos. Não sei se é hóspede aqui, porque pagou em dinheiro. Não vi para que lado ele foi.

— Ah, ele é hóspede aqui — resmunguei, já a caminho da recepção. — Aposto minha vida nisso.

Havia dois funcionários na recepção, ambos ocupados com outros hóspedes, e eu entrei na fila. Enquanto esperava, pensei que talvez não fornecessem o número do quarto de outro hóspede sem um bom motivo. Então, em vez de ficar esperando, fui ao outro lado do saguão, peguei meu celular e procurei o número do telefone do hotel.

— Alô? Estou tentando falar com um hóspede. É meu chefe, na verdade. Ele me deu o número direto do quarto para uma teleconferência que faremos em breve, mas não sei onde deixei o papel com a anotação.

— Posso transferir a ligação. Qual é o nome do hóspede?

— Ahhh... não pode fornecer o número direto? Ele preferiu usar esse número porque outras pessoas vão participar da chamada, e, por razões de privacidade, meu chefe prefere não divulgar o nome do hotel onde está hospedado. A telefonista atende o número principal dizendo o nome do hotel. Ele vai querer me matar por ter perdido o número.

— É claro, não tem problema nenhum. O nome do hóspede?

— Bennett Fox.

Mais cedo, quando dei meu número direto a Marina, percebi que os últimos quatro dígitos eram o número do quarto. Se isso não fosse uma tremenda coincidência, era assim que a coisa funcionava.

Ouvi o barulho das teclas antes de ela voltar à linha.

— O número direto é 213-555-7003.

— Muito obrigada.

— Por nada. Boa noite.

Encerrei a chamada. *Ah, eu vou ter uma boa-noite... acabando com aquele palhaço do quarto 7003.*

Seria possível o sangue realmente ferver? Comecei a suar no elevador a caminho do sétimo andar. Tinha a sensação de que o calor brotava dos meus poros, tal a intensidade da raiva.

Não só garanti que o cretino tivesse uma chance de apresentar suas ideias a Tobias como nunca disse uma palavra negativa sobre ele, nunca tentei usar minha amizade com Tobias para ter alguma vantagem. E o que o imbecil faz? Inventa mentiras sobre mim para me fazer parecer uma pateta falando com o cliente.

A porta do elevador se abriu e eu me dirigi ao quarto 7003. Sem esperar nem um minuto para me acalmar, esmurrei a porta. Esperei três segundos e bati de novo, dessa vez com mais força. Alguém abriu na metade das batidas.

— *Que porra é essa?* — Bennett rugiu.

Se eu não estivesse tão furiosa, poderia ter me distraído com a imagem de Bennett Fox sem camisa na minha frente. Mas estava furiosa, e ver aquele abdome definido só me deixou ainda mais brava.

É claro que ele também tem um corpo perfeito. Que cretino.

Passei por ele e entrei no quarto.

Bennett ficou ali parado por um momento, confuso em relação ao que estava acontecendo. No fim, balançou a cabeça e soltou a maçaneta.

— Vá entrando. Eu não estava me despindo, nada disso.

— Você é muito cara de pau.

— Pau é o que não me falta. Vai ter que ser mais específica sobre qual te incomoda.

A piadinha sonsa me fez perder a cabeça. Não que eu estivesse muito controlada antes, mas explodi.

Parei na frente dele e cutuquei seu peito com o indicador.

— Quer dizer que eu tenho um relacionamento sério com a *Marina*? Qual é o seu problema?

— Ah. *É isso.*

— Não fiz nada além de te elogiar, e como você retribui? Dizendo ao cliente que tenho um caso com uma mulher do escritório, o que me faz parecer bem pouco profissional!

Ele levantou as mãos como se admitisse o erro.

— Não. Não. Não era essa a intenção.

— Ah, não? Então, *sem querer*, disse ao cliente que durmo com nossa assistente, e qual era a intenção? Dar a impressão de que sou profissional?

Bennett passou a mão na cabeça.

— Foi sem pensar.

— Mentira! Sabia exatamente o que estava fazendo!

— O cara é um lixo. Eu estava tentando manter as coisas dentro dos limites do profissional. Fiz esse comentário para ele não dar em cima de você.

— Você é tão cretino que acho que acredita de verdade nas próprias mentiras, e é isso que torna suas desculpas tão críveis, apesar de ridículas. É mestre na arte de manipular as coisas para prejudicar as pessoas quando elas estão vulneráveis.

Fiz um biquinho e imitei o jeito como ele falava quando se desculpava:

— Desculpa, Annalise. Estava com ciúme. Ah, não, só queria te proteger do cliente mau.

Bennett olhou para mim e contraiu a mandíbula.

— Eu não te manipulei.

Frustrada, virei para sair, mas pensei melhor e voltei para a última pergunta.

— Por que ainda está aqui, Bennett?

Estava furiosa com o joguinho. Vi as narinas dele se dilatarem como se *ele* tivesse motivo para estar bravo.

— Responda!

De repente, minhas costas estavam contra a porta e Bennett estava em cima de mim. Seu rosto se alinhava ao meu, os braços cercavam meu rosto, um de cada lado. O peito nu arfava bem perto do meu. Senti o calor que irradiava dele. O fogo transformava o verde suave dos olhos, que agora estavam quase cinzentos.

— Estou aqui porque não consigo ficar longe.

Fiquei atônita.

— Não entendi.

— Bom, então somos dois.

Nada fazia sentido. Em um minuto nos dávamos perfeitamente bem, e eu via lampejos de uma pessoa de quem gostava de verdade. Mas depois...

— Por que insiste em me prejudicar?

Bennett abaixou a cabeça por um momento, enquanto eu tentava entender o que estava acontecendo.

Quando ele olhou para mim, sua expressão era de remorso.

— Não quis te prejudicar. Eu só... você me deixa maluco. Em trinta e um anos, nunca quis uma mulher como te quero, e é claro que você é a única mulher que não posso ter.

Engoli em seco. Meu coração parecia ricochetear no peito.

— Não acredito nisso — sussurrei.

Os olhos dele encontraram minha boca, e Bennett gemeu. O som reverberou diretamente entre minhas pernas, e deixei escapar um pequeno suspiro que torcia para ele não ter ouvido.

Mas o sorriso que iluminou seu rosto sugeria o contrário.

— Não acredita em mim? E o que fazemos com isso?

— Bennett, eu...

Ele moveu uma das mãos, segurou meu cabelo e me puxou para perto. Os lábios cobriram os meus, engoliram o resto das palavras que eu ia dizer. Fiquei chocada com a sensação daquele contato – meu corpo inteiro se acendia como uma árvore de Natal a partir dessa conexão simples. As mãos dele seguraram meu rosto, e Bennett inclinou minha cabeça para enfiar a língua em minha boca. Bolsa e pasta de portfólio caíram no chão. Todo o resto à nossa volta deixou de existir.

Passei os braços em torno de seu pescoço e enterrei as unhas em seu cabelo. Ele gemeu de novo e moveu as mãos mais uma vez, segurando minha bunda e me erguendo do chão. Minhas pernas envolveram a cintura dele. *Caramba, adoro usar saia.*

Ao me sentir aberta para ele, Bennett pressionou o corpo contra o meu. Senti a ereção pressionar minha parte mais quente, e ele grunhiu.

— Caramba. Você é uma delícia.

Gemi baixinho quando ele aprofundou o beijo, enterrei as unhas em suas costas e me agarrei àquele corpo. O beijo era desesperado e cheio de necessidade, sacana e sujo, e senti um calor pulsando a mil quilômetros por hora, embora não soubesse se era meu ou dele.

Quando finalmente paramos para respirar, nós dois ofegávamos, e eu me sentia meio tonta.

Bennett beijou meu pescoço enquanto eu tentava recuperar o fôlego. Ele foi subindo, beijando a pele, da clavícula até a orelha.

— Tem muitas coisas que quero fazer com você.

Eu adorava o som grave daquela voz.

— Que coisas? — murmurei.

Senti os lábios se distenderem em um sorriso junto do meu pescoço.

— Quero sentir seu gosto em todos os lugares. — Com um puxão leve e inesperado de cabelo, Bennett expôs uma área maior do meu pescoço, enquanto ia beijando e descendo.

— Isso.

— Quero enfiar a cara no meio das suas pernas e fazer você gritar meu nome.

— Isso.

— Quero te pôr de quatro para poder estar em toda parte, para você não conseguir pensar ou sentir nada que não seja eu. Uma das mãos nos seus peitos, um dedo no seu rabo. Meu pau entrando bem fundo em você. — Ele esfregou a ereção no meu centro exposto, e eu revirei os olhos.

Meu Deus. Que delícia. Meu corpo começou a vibrar. Cheguei a pensar que seria capaz de gozar só por sentir aquele corpo no meu e ouvir a voz sexy descrevendo o que ele queria fazer comigo.

As coisas entre mim e Andrew nunca foram desse jeito, nem no começo.

Bennett me levou para o interior do quarto. Esperei que ele me deitasse na cama, mas, em vez disso, ele me deixou em pé ao lado dela e recuou um passo. Os olhos brilhantes passearam por meu corpo, subiram e desceram, e por alguns instantes pensei que ele podia estar repensando o que acontecia ali, o que estava prestes a acontecer.

— Tire a roupa para mim.

O tom assertivo e tenso da sua voz provocou um arrepio que cobriu o meu corpo por inteiro. Às vezes, tanta confiança me fazia querer bater nele. Aparentemente, outras vezes me fazia querer tirar a roupa.

Desabotoei a blusa sem desviar os olhos dele. Muitas vezes não soube se deveria ou não confiar em Bennett, mas o tipo de desejo que via em seus olhos agora não era algo que se pudesse fingir.

— Não consigo me concentrar em nada desde o dia em que você entrou no meu escritório — ele disse. — Você tem sido a estrela de todas as minhas fantasias, mesmo quando tento odiá-la.

Afastei a camisa dos ombros e a deixei cair no chão.

— Tire a saia.

Era fácil me sentir atrevida enquanto ele olhava para mim daquele jeito. Levei as mãos ao zíper na parte de trás da saia e a empurrei para o chão. Felizmente usava um conjunto de calcinha e sutiã de renda que aumentou a minha confiança. Fiquei ali, em pé, vestida apenas com a lingerie e de salto alto.

Bennett abriu o botão da calça. O caminho da felicidade me deixou realmente feliz. Ele tirou a calça, e arregalei os olhos ao ver o volume dentro da cueca boxer justa.

Caramba. Agora sei de onde vem tanta confiança.

Ele levantou o queixo.

— O sutiã.

Soltei o fecho e joguei a peça para o lado. Meus mamilos já estavam duros, mas ficaram dolorosamente inchados quando o vi lamber os lábios.

— Você é incrível.

Eu adorava o jeito como ele exigia coisas, mas queria mostrar que estávamos no mesmo patamar. Por isso respirei fundo, enganchei os polegares nas laterais da calcinha e despi a última peça de roupa antes que ele desse a ordem.

Bennett sorriu como se entendesse o recado. Seus olhos fizeram um passeio rápido por meu corpo e escureceram, mas brilhavam maliciosos.

Ele apontou para os meus sapatos.

— Eles ficam.

Depois me conduziu até a cama e me colocou sentada na beirada, e então se ajoelhou. A imagem era espetacular. Bennett Fox era sempre bonito, mas seminu, com todos os músculos definidos à mostra e ajoelhado na minha frente era algo que atingia novos níveis de sensualidade. Ele me olhava nos olhos enquanto afastava meus joelhos tanto quanto podia.

Não contive um gemido quando ele se inclinou e me lambeu. Diferentemente de como havíamos tirado a roupa, não tinha nada de lento ou provocante quando ele enterrou o rosto inteiro entre as minhas pernas. Não era suave nem gentil. Era brusco e desesperado. Ele alternava entre chupar meu clitóris, enfiar a língua em mim e me lamber com movimentos alongados que me faziam querer segurar a cabeça dele ali e nunca mais deixá-lo respirar.

Deixei a cabeça cair para trás, e ficou difícil levantá-la.

— Ai, meu Deus.

Meu grito o fez gemer e levar o estímulo um passo adiante. Comecei a me contorcer quando meu corpo tremeu por dentro e ondas de prazer pulsaram entre minhas pernas. Puxei o cabelo de Bennett e gemi quando intensas ondas de êxtase se sucederam fortes. Lágrimas inundaram meus olhos, minhas emoções precisavam escapar de algum jeito, e eu caí deitada na cama, incapaz de continuar sustentando o peso do corpo.

Em meio à névoa que dominava meu cérebro, ouvi o som distante de uma embalagem. Quando dei por mim, ele me arrastava da beirada para a cabeceira da cama e se deitava sobre mim.

Esperei que o ritmo frenético se mantivesse, mas esse homem me surpreendia desde o dia em que o conheci. Ele afastou o cabelo do meu rosto, inclinou-se e beijou minha boca.

— Tudo bem?

Sem saber se já conseguia falar, ou se conseguiria em algum momento, respondi com um sorriso largo e um movimento afirmativo de cabeça. Ele sorriu para mim enquanto me penetrava. Continuamos olhando nos olhos um do outro, e os sorrisos se tornaram algo mais sério quando sentimos a intensa conexão. Ele se movia devagar, entrando e saindo de mim com penetrações curtas, controladas. Quando meu corpo aceitou seu membro, ele penetrou um pouco mais fundo, mais forte, até me preencher completamente.

Juntos encontramos nosso ritmo, ele pulsando e eu recebendo cada penetração, até nossos corpos estarem cobertos de suor, e os sons e o cheiro de sexo dominarem o ar à nossa volta. Bennett segurou a parte de trás de um dos meus joelhos e ergueu minha perna, mudando um pouco o ângulo das penetrações, mas encontrando meu ponto mais sensível.

— Bennett...

A mandíbula dele se contraiu como sempre acontecia quando eu o irritava. Porém, agora eu percebia que a contração do músculo não era tanto uma expressão de raiva, mas um sinal de esforço para conter alguma coisa. E desta vez ele tentava adiar o momento do clímax para esperar por mim.

Gemi quando meu orgasmo começou a se aproximar e fechei os olhos.

— De jeito nenhum, meu bem. Abra os olhos e se entregue para mim.

Bennett aumentou o ritmo dos movimentos, e eu olhei nos olhos dele. Meu corpo tremeu quando me contraí em torno de seu ombro. A necessidade de me esconder da intensidade daquele olhar era forte, mas me controlei e dei o que ele queria.

Bennett sorriu para mim quando meu orgasmo começou, depois cada músculo de seu corpo se contraiu, e ele começou realmente a me foder, a me penetrar com movimentos fortes e punitivos que terminaram em um rugido que fez o quarto tremer.

Em seguida, ele mergulhou o rosto em meu cabelo e beijou meu pescoço, enquanto continuava se movendo devagar para dentro e para fora do meu corpo. Nenhum de nós queria que o momento acabasse, por isso o prolongávamos tanto quanto era possível, mantendo a conexão. Mas, depois de um tempo, ele teve que se levantar para lidar com a camisinha.

Bennett foi ao banheiro, e senti um arrepio quando o ar frio tocou minha pele suada. O choque do frio fez minha mente rever tudo que tinha acabado de acontecer.

Nunca em minha vida eu tinha sido fodida desse jeito. E tinha a sensação de que, o que quer que existisse entre nós, acabaria fodida de um jeito bem menos divertido, e não ia demorar.

26

Annalise

Ficamos em silêncio, deitados lado a lado no quarto escuro. Queria saber se ele já estava arrependido.

— Em que está pensando? — perguntei.
Ele suspirou profundamente.
— Sinceridade?
— É claro.
— Estava pensando em como ligar o gravador de áudio do celular sem você perceber, antes de começar tudo de novo. Preciso capturar aquele som que você faz quando goza para usar como material de punheta, e tem que ser antes de você me chutar para fora, daqui a meia hora.

Dei uma risada e virei de lado para olhar para ele.
— Que som?
— É uma mistura de gemido e grito, mas é meio rouco e muito sexy.
— Eu não grito.
— Ah, grita, baby.

Francamente, eu nem imaginava o que havia saído da minha boca hoje à noite. Tinha sido uma experiência fora do corpo, uma coisa sobre a qual eu não tinha nenhum controle.
— E por que acha que vou te jogar para fora em meia hora?
Bennett olhou para mim e afastou o cabelo do meu rosto.
— Porque você é inteligente.

Eu não tinha a menor ideia de como o que havia acontecido se desenvolveria. De maneira inusitada, não havia pensado nas consequências dos meus atos. Em vez disso, havia seguido o que parecia certo no momento. E o que parecia certo no momento acabou sendo incrível. Por isso mantive essa disposição mental, não me permiti analisar nada muito profundamente, ainda não.
— Andrew não... ele não curtia muito sexo oral. Talvez o som que você escutou tenha sido da rolha saindo de uma garrafa de champanhe muito bem fechada.

Bennett apoiou a cabeça no braço dobrado.
— Como assim? Ele não *curtia muito* sexo oral? Está dizendo que ele não sabia te chupar?
— Não. Estou dizendo que não acontecia com muita frequência. Tipo... quase nunca.
— Mas você gosta?
Dei de ombros.

— Ele não gostava.

— E, resumindo, é aí que está o problema desse seu relacionamento. E não estou falando só de sexo. Qualquer homem que não é capaz de superar as próprias preferências para fazer alguma coisa que dá prazer a sua mulher tem problemas que vão muito além de sexo.

Infelizmente, Bennett estava cem por cento certo. As coisas com Andrew eram sempre relacionadas ao que ele queria e do que precisava. Ele precisava de sossego para escrever seu romance, por isso adiamos a decisão de morar juntos. Eu gostava de um restaurante e ele, não, então, nunca mais voltávamos. Ele precisava de espaço, e eu dava. Mas, quando ele queria ir esquiar nas férias e eu queria ir à praia, eu tirava as roupas de inverno do armário para deixá-lo contente. E o pior, caramba, eu realmente não tinha notado, Bennett estava certo. Eu *gosto* de sexo oral.

Suspirei.

— Você tem razão.

O quarto estava escuro, mas consegui ver seu sorriso.

— Eu sempre estou certo.

Bennett deslizou dois dedos por meu braço, do ombro até a mão. Senti o toque até nos pés, e isso me fez arrepiar.

— Seu corpo é muito sensível.

Toquei seu abdome com a mão aberta, sentindo os músculos definidos.

— E o seu é muito... *duro*.

Ele riu e segurou meu pulso, puxando-o para baixo.

— Ah. Uau. Você está...

— Duro em todos os lugares.

— É verdade. Não tem tanto tempo assim sem atividade.

Bennett fez um movimento rápido, me puxou pra cima dele e deitou de costas.

— Tenho que usar bem o tempo, antes que o sangue volte ao seu cérebro e você recupere a lucidez. — E levantou os quadris, pressionando minha abertura.

— Parece que o sangue também não voltou ao seu cérebro ainda.

— E se a gente fizer um pacto? — Ele deslizava um dedo sobre minha coluna, reduzindo a velocidade do movimento ao alcançar o início da abertura entre as nádegas, mas sem interromper totalmente a carícia. — Nenhum de nós vai pensar em nada até o sol nascer amanhã.

Beijei sua boca de leve.

— Até que enfim estamos de acordo sobre alguma coisa.

―――

Saí da cama com cuidado e fui ao banheiro na ponta dos pés. No caminho, recolhi a bolsa do chão, onde ela havia caído na noite passada, e peguei o celular. Seis e meia. Meu voo partiria às nove. Dei uma olhada nos e-mails para ver se Marina tinha me copiado na conversa sobre o itinerário de Bennett, como havia feito com o meu. Sim, ela mandou as informações na noite passada, enquanto eu estava no jantar. Abri o e-mail para ver se estávamos no mesmo voo. Não estávamos. Por alguma razão, o dele sairia às onze. A ideia de não ter que viajar com ele, não ter que encará-lo à luz do dia, provocava em mim uma mistura de abandono e alívio.

Prendi o cabelo e tomei um banho rápido. Quando lavei a região entre as pernas, senti uma dor que me fez sorrir. Quantas vezes transamos durante a noite? Quatro? Cinco? Isso era possível? Eu sabia que tinha batido meu recorde pessoal. Andrew e eu nunca fomos desse jeito. No começo, talvez tenhamos repetido a dose em uma ou duas noites, mas a média nos últimos anos era uma vez por semana.

Minhas roupas continuavam no chão, onde eu as havia tirado na noite passada. Porém, quando as vesti, parecia que eu havia dormido com elas. E não conseguia encontrar a calcinha. Então, recolhi o resto das minhas coisas, pedi um Uber e sacudi as roupas de Bennett, pensando que a calcinha podia ter ficado no meio delas no frenesi da noite passada.

Pulei ao ouvir a voz grogue.

— Procurando alguma coisa?

— Merda. — Derrubei a bolsa no chão. — Que susto! Pensei que estivesse dormindo.

— Estava. Mas acordei quando começou a vasculhar minhas roupas.

— Não estava vasculhando suas roupas. Estou procurando minha calcinha.

Ele tirou um braço debaixo do cobertor e mostrou a calcinha pendurada em um dedo.

— Ah. Essa aqui?

Soltei uma risada.

— Como ela foi parar na sua mão?

— Levantei há uma hora para ir ao banheiro, logo depois que você dormiu, e aproveitei para pegar.

— A cor combina com você, mas acho que não vai servir.

Fui pegar a calcinha, mas ele a puxou e fechou a mão.

— O que é isso?

Ele levou a mão ao nariz e respirou fundo.

— Ah. Adoro o cheiro da sua boceta.

Arregalei os olhos.

— Isso é um pouco pervertido, até para você, Fox. Devolva minha calcinha. Tenho que pegar um avião.

— Não posso.

— Quer que eu volte para casa de saia e sem calcinha?

Ele esticou o braço e enfiou a mão embaixo da minha saia, segurando parte da minha bunda.

— Devia ir trabalhar assim todos os dias.

Soltei um riso abafado.

— É sério, vou me atrasar e perder o avião.

— Pode mudar seu voo e embarcar no próximo comigo.

Tinha pensado nisso, mas precisava de um tempo longe desse homem para organizar as ideias. Antes que conseguisse pensar em uma desculpa, Bennett usou a mão no meu traseiro para me puxar.

— Sei que precisa de um tempo para pensar — disse. — A calcinha é minha apólice de seguro. Vai ficar comigo até você se sentir preparada para conversar. Aí eu devolvo.

— E se eu decidir que não quero falar sobre a noite passada?

Ele beijou minha boca.

— Nesse caso, Jonas fica com a calcinha.

— Você está louco.

— Talvez. Mas aposto que pensar nele batendo uma enquanto cheira sua calcinha é um pouco mais assustador do que o que estou fazendo.

Balancei a cabeça.

— Não tenho tempo para discutir com você. Porém... — Andei até onde estavam as roupas dele e procurei sua carteira. Peguei um cartão de crédito e deixei a carteira de couro cair no chão sem a menor cerimônia —... tem uma Victoria's Secret no aeroporto. Vou comprar uma nova... e mais umas coisinhas, para aproveitar a visita.

Bennett sorriu.

— Faça isso. Talvez alguma coisa com liga e calcinha com abertura, assim não vai precisar tirar para eu te foder na sua mesa na próxima semana.

27

Bennett

Não era ela.

Guardei o celular no bolso e tentei fingir que não estava decepcionado ao ver a mensagem de um amigo perguntando se eu queria sair hoje à noite para beber alguma coisa.

Mas você não consegue mentir para si mesmo, não é?

Naquela tarde, quando voltei de Los Angeles e fui para o escritório, Annalise já tinha ido para casa. Na quinta-feira, tive uma reunião fora do escritório de manhã e, quando cheguei, ela já havia saído novamente. Marina disse que tinha surgido um compromisso de última hora.

E, na sexta-feira, vi o Audi idêntico ao meu saindo de uma vaga na frente do prédio da empresa às dez para as sete da manhã, e decidi mandar uma mensagem para ela. Várias horas mais tarde, ela mandou uma resposta curta dizendo que tinha chegado cedo para pegar umas pastas e ia trabalhar em casa.

Não era incomum que a equipe trabalhasse em casa um ou dois dias por semana. Tínhamos horários flexíveis e nenhuma obrigatoriedade de presença. Mas Annalise nunca tinha tirado proveito dessa liberdade, e eu estava começando a sentir que ela podia estar me evitando.

Na sexta-feira à tarde, isso estava me devorando por dentro, então mandei outra mensagem perguntando se ela queria sair e beber alguma coisa. Annalise não respondeu.

Agora era tarde de sábado, e eu pegava o celular como uma colegial cada vez que ele vibrava.

Vi Lucas consultar o preço na sola de um tênis que ele estava olhando e devolvê-lo à prateleira.

— Gostou? — perguntei.

— Sim. — Ele deu de ombros. — É legal.

— Por que não experimenta? Vai precisar de tênis novos para a viagem à Disney, em algumas semanas.

— É muito caro.

— Vai pagar pelos tênis?

— Não.

— Então, por que está olhando os preços? — Peguei os tênis e acenei para um funcionário com o uniforme da Foot Locker, um garoto que não devia ser muito mais velho que Lucas. — Pode trazer esse modelo no número quarenta e um?

— É claro.

— Só um minuto — disse ao rapaz. — Gostou de mais alguma coisa, parceiro?

Lucas não respondeu.

— Lucas?

Nada. Segui a direção do olhar dele para ver o que prendia sua atenção. Ri baixinho e falei para o garoto que nos atendia:

— Só esse por enquanto, por favor.

A loirinha bonita de quem Lucas não conseguia desviar os olhos levantou a cabeça e o pegou olhando para ela. Meio agitada, ela acenou sem jeito e olhou para o outro lado, para a parede de calçados em uma das laterais da loja.

Abaixei para chegar mais perto de Lucas e sussurrei:

— Ela é bonitinha.

— É a Amélia Archer.

— Gosta dela?

— Todo mundo no sexto ano gosta dela.

— Não ia mudar de estratégia e gostar só das feias?

— Ela é bonita e legal. Mas não quer saber de menino nenhum.

— Bom, vocês têm só doze anos. As pessoas começam a prestar atenção umas nas outras em momentos diferentes. Talvez ainda não tenha chegado a hora dela.

— Não, não é isso. Há um mês, ela falou para o Anthony Arjnow que gostava do Matt Sanders, e Anthony espalhou várias fofocas sobre ela. Ele fez isso porque também gostava dela. Agora ela não fala mais com nenhum dos meninos.

As alegrias do início da adolescência.

— Ela vai superar. Por que não vai dar um "oi"? Mostre os tênis que vai experimentar, pergunte se ela gosta.

— Acha que devo ir?

Peguei o par de tênis da prateleira de novo e dei a ele.

— Com toda certeza. Você precisa tomar a iniciativa. As melhores não ficam sozinhas por muito tempo. Seja amigo dela. Provavelmente, ela precisa ver que nem todos os meninos são babacas. — Sorri. — Bom, nós somos, mas a gente faz o melhor que pode, mesmo assim.

Lucas pegou os tênis da minha mão e pensou um pouco. Tive um momento de tio orgulhoso quando ele respirou fundo e foi até lá. Vi como o constrangimento inicial da aproximação desapareceu e ele relaxou um pouco. Um ou dois minutos depois, ela ria.

Ele voltou com um sorriso de orelha a orelha.

— Ela é muito legal.

— Parece que ela gostou de você ter ido lá conversar.

Lucas deu de ombros.

— Talvez. As garotas são confusas.

Esse menino era muito mais esperto do que eu tinha sido na idade dele. Achava que tinha compreendido todas elas, até fazer dezoito anos e perceber que não sabia nada.

Assenti.

— É verdade, são mesmo.

Lucas acabou se decidindo pelo Nike de cem dólares. E também compramos algumas camisetas e material de artes, que ele contou que a avó se recusava a comprar por achar que a escola tinha que fornecer essas coisas, e depois ele pediu gel para cabelo e um desodorante Axe.

Gel para cabelo e Axe. Definitivamente, Lucas tinha descoberto as garotas.

— Está esperando algum telefonema? — ele me perguntou quando andávamos pelo estacionamento do shopping a caminho do carro.

Olhei para o celular em minha mão.

— Não. Por quê?

— Porque não para de olhar o telefone.

Enfiei o aparelho no bolso.

— Nem percebi.

O merdinha riu.

— Está esperando uma garota ligar para você.

Foi difícil conter o sorriso. Apertei o botão no chaveiro para destravar a porta do carro e falei:

— Entra no carro, Casanova.

— Quem?

— Entra.

Meu celular vibrou justamente quando parei na frente da casa do Lucas. Sem pensar, tirei o telefone do bolso para ver quem era. Lucas deve ter lido minha expressão.

— É claro que está esperando a mensagem de alguma garota. — Ele ria.

Era inútil mentir.

— É. Desculpa se estive distraído.

Ele deu de ombros.

— Por que não liga para ela?

— É complicado, amigão.

Lucas pegou as sacolas no banco de trás e abriu a porta. No ano anterior, ele disse para eu parar de levá-lo até a porta de casa, e agora eu só esperava no carro até ter certeza de que ele tinha entrado em segurança.

Ele saiu do carro e enfiou a cabeça de volta na fresta da porta, mantendo uma das mãos em cima dela.

— Tem que tomar a iniciativa, cara. As melhores não ficam sozinhas por muito tempo.

O merdinha agora me fazia engolir o que eu mesmo havia falado.

28

Primeiro de maio

Querida Eu,
 Conseguimos! Nosso primeiro namorado. Só demorou dezesseis anos. Mas Nick Adler é completamente lindo. Ele sempre usa um boné virado para trás, e seu cabelo bagunçado escapa por baixo dele. Estamos juntos há duas semanas. E... demos o primeiro passo! Bom, tecnicamente, Bennett deu o primeiro passo por nós. Tanto faz.
 Normalmente, almoçamos com Bennett e mais um pessoal. Nick senta na mesa da frente. Bennett sempre diz para irmos sentar com ele, dar o primeiro passo, mas somos medrosas demais. Um dia, quando estávamos olhando para Nick, Bennett gritou: "Ei, Adler. Sophie vai sentar com vocês hoje, pode ser?". Nick deu de ombros e disse que sim, claro. Quisemos matar Bennett. Ficamos muito nervosas quando tivemos que ir até lá. Mas deu certo. Nick e nós saímos com Bennett e Skylar, a nova namorada dele, no fim de semana passado. A namorada de Bennett está na faculdade e é muito bonita. Ela foi legal, acho.
 E... e tivemos que mudar de casa de novo. Minha mãe e Lorenzo se separaram. Nosso novo apartamento é muito pequeno. Mas, pelo menos, não é muito longe do anterior.
 Hoje nosso poema é dedicado ao Nick.

> Meu coração tem quatro paredes.
> Ele tentou escalar, mas caiu.
> Por você, elas desabam.

Esta carta se autodestruirá em dez minutos.

Anonimamente,
Sophie

29

Bennett

Merda. Saí da estrada na rampa seguinte.

Juro, tinha tomado banho e me vestido com a intenção de encontrar os amigos para beber alguma coisa no centro da cidade. Mas, na metade do caminho para o O'Malley's, decidi mudar os planos.

E, agora que estava mais perto, comecei a hesitar de novo. A Vinícola Bianchi não era só a casa dos pais dela – também era um cliente.

Por outro lado, isso parecia bem apropriado. Annalise era a última pessoa que eu deveria estar perseguindo. Então, por que não ir atrás dela na casa de um cliente? O que poderia dar errado?

Tudo.

Qualquer coisa.

Mas... foda-se.

Fui convidado. Annalise tinha dito que o convite de Margo se estendia a mim. Eu não estava invadindo a festa.

Saí da longa estrada de terra quando o sol começava a se pôr. Havia uns dez carros estacionados na frente da vinícola, inclusive aquele idêntico ao meu. Estacionei e olhei o celular pela última vez. Seria horrível se ela estivesse ali com alguém. Mas eu não conseguia imaginar que ela fosse o tipo de mulher que saía com um homem poucas noites depois de ter dormido com outro.

Inferno, *eu* era esse tipo de pessoa, e não teria conseguido, depois da noite que tivemos.

Entrei na loja quando Margo Bianchi saía da adega da vinícola.

— Bennett! Fico feliz por ter melhorado e decidido vir, afinal.

Melhorado? Não discuti.

— Foi só uma coisa boba de vinte e quatro horas — respondi.

— Annalise e Madison estão lá embaixo. Vou pegar outra porção de queijo. Desça! Todo mundo está adorando a nova safra.

— Vou te ajudar com o queijo.

— Bobagem. Vá se divertir. Tenho certeza de que minha filha vai adorar te ver.

Eu não teria tanta certeza.

— Ok. Obrigado.

A adega tinha quatro alcovas com mesas de um lado e um grande balcão do outro. Dei uma olhada nas mesas e vi pessoas que não reconheci. Mas, definitivamente, reconheci as costas de uma mulher sentada no penúltimo banco do balcão. Ela olhava para o outro lado, não tinha nem ideia de que eu estava ali.

Respirei fundo e comecei a me aproximar dela. A mulher sentada a seu lado me viu. Coloquei um dedo na frente dos lábios e, com a outra mão, toquei as costas de Annalise.

Abaixei para cochichar perto da orelha dela.

— Melhorei e decidi vir.

Ela virou tão depressa que perdeu o equilíbrio e quase caiu da cadeira.

— Bennett?

A mulher ao lado dela levantou uma sobrancelha.

— Bennett? O gostosão do escritório?

Estendi a mão.

— Em carne e osso. Bennett Fox. É um prazer te conhecer. Imagino que seja a Madison?

— Sou. — Madison olhou de mim para Annalise e para mim de novo. — Bem, essa é uma bela surpresa. Não sabia que Bennett também viria.

Annalise parecia agitada.

— Nem eu.

Madison sorriu e olhou para mim esperando uma explicação. Falei a verdade.

— Ela está me evitando há dois dias. Além disso, tenho aqui no meu bolso uma calcinha que achei que ela podia querer de volta.

Madison riu e se inclinou para beijar o rosto de Annalise.

— Gosto dele. Vou procurar meu acompanhante. Vocês dois, sejam bonzinhos.

Sentei na banqueta antes ocupada por Madison ao lado de Annalise, mantendo a mão em suas costas.

— Quer dizer que contou para sua amiga que eu sou gostoso?

— Não fique se achando muito. Foi o único elogio que fiz a você.

Cheguei mais perto.

— Sério? Mesmo depois daquela noite?

Ela ficou vermelha. Por que eu gostava tanto disso?

— Gostei do vestido.

— Você nem viu direito. Estou sentada.

Deslizei os dedos pela pele exposta de suas costas.

— Posso tocar sua pele sem ter que enfiar a mão embaixo da sua saia. Portanto, já é um dos meus favoritos. Ver a parte da frente vai ser a cereja do bolo.

O rubor do seu rosto ficou mais intenso. Queria transar com ela à luz do dia para poder ver todas as cores que sua pele adquiria. Aposto que era melhor que as folhas no outono.

— O que está fazendo aqui, Bennett?

Peguei a taça de vinho na frente dela e bebi.

— Margo me convidou. Você mesma transmitiu o convite há alguns dias, durante o almoço, lembra?

— Sim. Mas você não disse que viria.

Olhei nos olhos dela.

— Eu teria dito, se você retornasse minhas ligações.

Annalise desviou o olhar.

Matteo me viu e fez muita festa. Ele me serviu vários vinhos diferentes da safra do ano e ficou por perto conversando um pouco, até Margo levá-lo dali com um sorriso largo, dizendo que precisava de ajuda com a máquina de fazer gelo lá em cima.

Annalise deslizou o dedo pela borda da taça.

— Nós nem temos máquina de gelo.

Dei uma risada.

— Parece que não sou o único que acha que precisamos de alguns minutos para conversar. Sua amiga desapareceu assim que eu cheguei, e sua mãe está tentando garantir nossa privacidade.

Ela levou a taça à boca.

— Talvez sua presença só afaste as pessoas.

Sorri.

— Talvez. Mas o que minha presença provoca em você?

Annalise girou a banqueta para me encarar. Olhou em volta, talvez para calcular quanto nossa conversa seria privada, depois se inclinou para chegar mais perto de mim.

— Aquela noite foi muito divertida, realmente.

Usei essa frase inicial muitas vezes, o suficiente para saber como essa conversa ia se desenvolver.

— Mas... — provoquei.

— Mas... trabalhamos juntos. Ou melhor... somos concorrentes na mesma empresa.

Eu me aproximei para cochichar no ouvido dela, mesmo sabendo que ninguém poderia nos ouvir. Só queria uma oportunidade para chegar mais perto.

— Tem medo de que eu descubra seus segredinhos profissionais enquanto transamos?

Ela imitou meu gesto e respondeu no mesmo tom.

— Não. Você tem?

Soltei uma risada. Provavelmente, eu deveria ter medo. Porque tinha certeza de que mostraria o que ela quisesse, qualquer coisa para convencê-la a ir embora comigo esta noite.

— Olha só, vou pôr as cartas na mesa. Não consigo parar de pensar em você desde que transamos, há dois dias. Sei que ainda está superando o cretino. Não quero nada sério. Temos uma data de validade para o nosso futuro em comum, mesmo que não gostemos disso. Um de nós vai ser despachado para o Texas. Podemos passar o próximo mês frustrados e furiosos um com o outro no escritório, ou podemos ficar os dois furiosos com a Foster, Burnett e Wren por estarmos nessa situação, enquanto descarregamos toda essa frustração juntos à noite de um jeito criativo. Eu voto na segunda alternativa.

Ela mordeu o lábio inferior enquanto pensava um pouco na minha sugestão.

— Então, durante o dia, se um cliente que nós dois atendemos me der uma informação privilegiada sobre a direção que quer seguir com a campanha, e mais tarde você descobrir que não dividi essa informação... não vai ficar furioso?

— Ah, sim, vou ficar furioso. Mas essa é a beleza da nossa situação. Vou ficar muito furioso por você ter uma vantagem. Por isso, na manhã seguinte, talvez você tenha alguma dificuldade para andar, depois de eu extravasar toda essa frustração em você. Vamos encarar os fatos, essa seria uma desculpa excelente para eu dar uns tapas nessa sua bunda, coisa com que tenho sonhado desde que te vi pela primeira vez. Mas sou competitivo, não um babaca. Então, pode apostar que eu faria isso ser bom para você também.

Annalise engoliu a saliva.

— E se a situação for inversa? Se eu descobrir que você fez alguma coisa que não me agrada?

— Aí vou te lamber até não estar mais brava. E, provavelmente, vou tentar te deixar furiosa de novo no dia seguinte.

Ela riu.

— Está falando como se fosse simples. Mas é bem mais complicado que isso.

Segurei as mãos dela.

— Bom, tem um probleminha.

— Qual?

— Vai ser difícil não se apaixonar por mim.

— Ai, como você é babaca.

Cheguei mais perto.

— Um babaca com quem você tem uma química muito forte, mesmo que não goste disso. E aí, o que vai ser? Durante o dia lutamos como inimigos, à noite trepamos como guerreiros?

Ela olhou nos meus olhos.

— Espero não me arrepender disso.

Arregalei os olhos. Não esperava que ela dissesse sim, embora estivesse preparado para argumentar até vencer pelo cansaço.

— No fim das contas, a gente só se arrepende daquilo que não fez. E garanto que vamos fazer *tudo*.

A amiga de Annalise voltou.

— Vocês parecem bem à vontade.

— E só agora você vem interromper. Onde estava há cinco minutos, quando sofri um lapso de sanidade e concordei com o acordo maluco que esse lunático acabou de propor?

Madison sorriu para ela.

— Você precisa de uma boa dose de insanidade. Além do mais, estamos ficando sem assunto, depois de vinte e cinco anos de amizade. Isso vai nos dar mais material para as conversas nos jantares semanais.

Annalise se inclinou e beijou o rosto de Madison.

— Ah, vai, com certeza.

Quis ter Annalise só para mim no momento em que entrei. Não que não tivesse me divertido, porque, surpreendentemente, me diverti. A amiga dela, Madison, era muito franca e atrevida, e o homem que estava com ela também era bem simpático.

Mas, agora que os dois tinham ido embora, Annalise e eu estávamos do lado de fora da vinícola, só nós dois, vendo o carro deles se afastar. A poeira levantada pelos pneus ainda nem tinha baixado quando segurei o rosto dela entre as mãos. O beijo começou suave, mas não me contive, e não demorou muito para a temperatura subir.

Ela gemeu na minha boca, e tive que me afastar antes que fosse tarde demais e eu acabasse trepando com ela encostada em uma árvore, onde os pais dela poderiam ver se aparecessem de surpresa.

Passei o polegar por seus lábios.

— Vamos para minha casa.

— Não posso. — Ela ficou séria. — Falei para minha mãe que dormiria aqui hoje. Amanhã vou pegar carona com ela para ir levar as amostras do vinho da nova safra para alguns dos maiores clientes da vinícola. Matteo faz um *brunch* gigantesco, e todos os agricultores e funcionários vêm comer aqui. Começamos com esse hábito desde que a vinícola foi comprada, e acabou virando uma tradição.

Parecia legal, mas eu era egoísta e não consegui nem disfarçar a contrariedade.

— Aaaahhh... — Ela afagou meu rosto. — Eu fazia a mesma cara no Natal, quando ganhava brinquedos novos e minha mãe me obrigava a guardar tudo, porque as visitas estavam chegando.

Cruzei as mãos atrás das costas dela.

— Quero brincar com meu brinquedo novo.

— Acho bom estabelecermos algumas regras básicas — ela decidiu.

— Ah, não. Eu sempre me dou mal com regras.

Annalise sorriu.

— Posso imaginar. Mas acho que precisamos de algumas.

— Quais?

— Bem, acho que não devemos tornar público no escritório que existe alguma coisa entre nós. Nem para os amigos.

Concordei balançando a cabeça.

— Faz sentido.

— E, quando estivermos juntos fora do escritório, não vamos falar sobre os projetos em que somos concorrentes.

— Combinado.

— Ótimo. Bom, até que foi fácil. Você não costuma ser tão flexível.

— Também tenho algumas regras que gostaria de estabelecer.

Annalise levantou uma sobrancelha.

— Ah, tem?

— É, tenho.

— Ok...

— A menos que um de nós termine tudo antes da data de validade, somos monogâmicos.

— Bom, isso já estava claro para mim. Mas tudo bem, fico feliz por ter colocado essa condição claramente. Mais alguma coisa?

— Você toma pílula?

— Sim, tomo.

— Então, vamos parar com a camisinha. Fiz meu check-up anual há poucas semanas. Estou saudável e limpo. Se é tão bom estar dentro de você usando camisinha, quero descobrir como é sem ela.

Ela se aproximou e pressionou os seios contra meu peito, olhando em meus olhos.

— Sem camisinha... ok.

— Que horas o *brunch* vai ser servido amanhã?

— Às três, provavelmente.

— Vá direto para a minha casa depois disso. Vou fazer um jantar para nós e te comer na sobremesa.

Ela me encarou e lambeu os lábios.

— E a minha sobremesa?

Eu gemi.

— Assim você vai me matar, Texas.

30

Annalise

Fiquei parada e de boca aberta, olhando para a paisagem.

Como Bennett e eu não morávamos longe um do outro, imaginei que ele também vivesse em um apartamento de cinquenta metros quadrados e sacrificasse espaço pela boa localização. Mas o West Hill Towers, pelo menos o apartamento onde eu estava neste momento, não sacrificava nada. A área aberta da cozinha e da sala de estar devia ter o dobro do tamanho do meu apartamento inteiro. E, quando eu olhava pela minha janela, via o prédio vizinho. Bennett tinha uma vista fabulosa da Baía de San Francisco e da Golden Gate com as montanhas ao fundo.

Ele me serviu uma taça de vinho e parou ao meu lado, enquanto eu apreciava a paisagem.

— Hum... você rouba bancos nas horas vagas?

Ele sorriu. Levou a taça à boca.

— Sou bonito demais para ir para a prisão.

— Tem uma *sugar mommy*?

Ele balançou a cabeça.

— Ganhou na loteria?

O mesmo gesto negativo. Ele podia simplesmente me contar qual era a situação. Já me conhecia o suficiente para saber que eu não ia desistir do assunto sem uma resposta.

— Pais ricos? Você usa ternos e sapatos caros.

— Meu pai era carteiro. Minha mãe era secretária em um escritório de advocacia.

— Sei que, em média, os homens costumam ganhar salários maiores que as mulheres no mesmo cargo, mas isso... — Estendi as mãos para a paisagem. — Isso seria meio insano.

Bennett deixou o vinho em uma estante próxima, depois pegou a outra taça da minha mão e a colocou ao lado da dele.

Em seguida, ele enlaçou minha cintura com os dois braços.

— Não me deu um beijo de oi.

— Acho que me distraí com a paisagem.

Os olhos dele percorreram meu corpo.

— Também estou bem distraído com a paisagem no momento.

Senti aquele aperto no estômago.

Ele se inclinou.

— Me beije.

Revirei os olhos como se fosse um fardo beijar esse homem lindo, depois disse "oi" com um selinho rápido. Quando tentei recuar, Bennett me segurou pelo cabelo. O beijo rápido se tornou mais que um "oi". A outra mão de Bennett escorregou até minha bunda, e ele me puxou contra o corpo. Senti sua ereção na barriga.

Ah, oi.

Ele terminou o beijo mordendo meu lábio inferior. Eu estava sem ar.

— Oi — disse.

Sua boca se distendeu em um sorriso. Ele ajeitou meu cabelo atrás da orelha.

— Oi, linda.

Ficamos nos olhando, sorrindo como dois adolescentes bobos que tinham se pegado pela primeira vez. Bennett usou o polegar para limpar o batom borrado do meu lábio inferior.

— Sofri um acidente há muito tempo. Recebi uma indenização. Investi parte do dinheiro no apartamento.

Demorei um segundo para entender sobre o que ele estava falando. O beijo tinha me deixado atordoada.

— Ah. Lamento, espero que ninguém tenha se machucado.

Bennett me devolveu a taça de vinho.

— Vou dar uma olhada na massa.

Enquanto ele foi à cozinha, dei uma olhada em tudo. As janelas panorâmicas na sala eram a decoração do apartamento, ele não precisava de mais nada. Os móveis eram bons, escuros e masculinos, e a TV de tela curva na sala de estar era enorme.

A única ideia de quem realmente era Bennett Fox vinha das estantes de livros. Olhei os títulos, uma estranha mistura de não ficção política, *thrillers* de capa dura e alguns quadrinhos bem antigos. Havia quatro porta-retratos pequenos, dois com fotos de Lucas, uma de uniforme de futebol e sem a metade dos dentes da frente, a outra mais recente com Bennett em um barco. A ligação entre eles parecia ser forte.

Havia outra foto de Bennett e uma mulher mais velha em uma cerimônia, talvez o dia da formatura dele na faculdade. Virei e vi que Bennett me observava da cozinha aberta.

— É sua mãe?

Ele confirmou balançando a cabeça.

— Formatura do ensino médio.

Olhei para a foto com mais atenção e notei a semelhança.

— Você é parecido com ela. E ela parece estar muito orgulhosa aqui.

— Estava. Saí dos trilhos por um ano, desde o primeiro mês no ensino médio. Desisti de estudar. Tenho certeza de que ela não esperava que eu voltasse ao colégio e concluísse os estudos.

— Ah, agora fiquei curiosa. Uma hora dessas, vou querer saber mais sobre esse ano de loucura.

Bennett ficou sério.

— Não é uma fase de que me orgulho.

Sentindo a necessidade de mudar de assunto, devolvi a foto com a mãe dele à estante e peguei o último porta-retratos. Era uma garota de uns dezessete, dezoito anos, encostada em um carro e sorrindo. Ela era bonita.

— Sua irmã? — perguntei, embora lembrasse de que ele havia comentado que era filho único.

Bennett negou com um movimento de cabeça.

— Amiga. Mãe do Lucas.

Ele havia contado que a mãe de Lucas morreu há muito tempo, por isso não insisti. Em vez disso, olhei para a foto. O filho era a cara dela.

— Uau. Ele é uma versão mais jovem dela.

Bennett despejou a água fervente de uma panela na pia.

— E está se tornando uma versão mais jovem de engraçadinho, também como ela.

Devolvi a foto à estante e fui sentar em uma das banquetas do balcão entre a sala e a cozinha para vê-lo cozinhar.

— Você é bom nisso?

Ele arqueou uma sobrancelha.

— É você quem tem que me dizer.

— Tira a cabeça do esgoto, Fox. Estou me referindo à cozinha.

— Minha mãe é italiana, acabei aprendendo um pouco. Quando eu era adolescente, ela trabalhava fora em período integral. Antes, quando eu era pequeno, ela deixava cinco refeições diferentes pré-preparadas, fazia tudo no domingo para eu só colocar no forno, porque ela fazia muita hora extra. Eu ficava por perto enquanto ela cozinhava e a ajudava. Depois de um tempo, minha mãe não precisava mais passar um dia inteiro na cozinha todo fim de semana, porque aprendi algumas coisas e comecei a cozinhar para nós depois da escola.

— Que fofo.

— Mas meu ponto forte é a sobremesa. Mal posso esperar para servir o que planejei para mais tarde.

E... a fofura não durou muito. Mas eu adorava essa combinação única de doçura e sacanagem.

Quando sentamos para comer, o aroma era delicioso. Minha boca encheu de água, apesar de eu ter saído de um *brunch* poucas horas atrás. Sabia que a comida era boa. Bennett não era o tipo de homem que fazia coisas mais ou menos. Mas não esperava que ele fosse modesto. O espaguete à carbonara era de outro mundo.

— Isso é... orgástico. — Apontei com o garfo para o prato depois de engolir a segunda garfada. — Madison te daria cinco estrelas se comesse aqui.

Ele sorriu, em vez de se gabar, como fazia em toda oportunidade que tinha.

— Obrigado.

Tive a sensação de que o Bennett que conheceria fora do escritório podia ser muito diferente do homem que conheci no trabalho – diferente no bom sentido. E, por alguma razão, isso me deixava nervosa. Era mais fácil me imaginar tendo um caso com o canalha gostosão com quem trabalhava. Eu não precisava encontrar coisas para gostar, além de seu corpo.

— E aí, como foram as entregas e o *brunch*?

— Tudo bem. Exceto pelas horas que passei trancada no carro com minha mãe, enquanto ela só queria falar sobre você ter aparecido na degustação ontem à noite.

Ele sorriu.

— Ela tem bom gosto.

Suspirei.

— Pelo menos parou de perguntar se tenho alguma notícia do Andrew.

Bennett levava o garfo à boca, mas interrompeu o gesto.

— E teve?

— Ele mandou uma mensagem na noite seguinte àquela em que nos encontramos no hotel para jantar, mas eu não respondi, e ele não insistiu mais.

Bennett enfiou o garfo na boca.

— Ele que se foda. Traste.

Não consegui conter um sorriso. Adorava como ele me defendia sempre que o assunto era Andrew. Era assim desde o início.

— Enfim... como foi seu dia? — perguntei.

— Tive dificuldade para dormir ontem à noite, acabei perdendo a hora de manhã. Fui à academia, depois trabalhei até um pouco antes de você chegar.

— Sempre tem dificuldade para pegar no sono?

Ele levantou o olhar do prato de macarrão.

— Só quando fico com dor nas bolas.

O beijo tinha sido quente.

— Não podia só...?

— Bater uma punheta?

— É, isso.

— Não adiantou.

Pensar nele se masturbando por causa do efeito que eu causava provocou em mim uma explosão de confiança feminina.

— Nem me fale. Dormi na casa da minha mãe. Minha mão não funciona tão bem quanto o vibrador.

Bennett soltou o garfo, que fez um barulho alto ao cair no prato.

— Está dizendo que se masturbou ontem à noite pensando em mim?

Assenti com um sorriso provocante.

Cinco segundos depois, eu estava fora da cadeira, em cima do ombro de Bennett, que me carregava como se fosse um bombeiro.

— Hora da sobremesa.

Dei uma risada.

— Mas ainda não terminamos o jantar.

— Foda-se o jantar. Eu encho sua boca.

— Até frio fica delicioso — comentei com a boca cheia de macarrão.

Eu nem imaginava que horas eram, mas o sol havia desaparecido fazia tempo. Tínhamos passado a noite na cama, e agora dividíamos a travessa de macarrão frio no quarto dele, nus.

— Você é fácil de agradar. — Ele balançou as sobrancelhas. — E estou falando de várias formas diferentes.

Eu sentia que Bennett não tinha dificuldade para me agradar. Meu corpo nunca havia respondido tão intensamente. Não me entenda mal, eu não havia estado com tantos homens para ter muita experiência. Na verdade, podia contar todos em uma das mãos, inclusive o que estava sentado ao meu lado, mas era de esperar que, depois de tantos anos com Andrew, ele me conhecesse melhor que um cara com quem eu só tinha passado duas noites.

— Você... O sexo é sempre tão bom para as mulheres com quem fica?

Ele parou com o garfo a caminho da boca.

— Está perguntando se sou bom de cama? Porque, vamos encarar os fatos, nenhum homem vai responder *não* para essa pergunta, mesmo que precise de um mapa para achar o clitóris.

Eu ri.

— Só queria saber se sexo é sempre assim para você.

Ele deixou a tigela de macarrão em cima da mesinha de cabeceira e terminou de mastigar.

— Quer saber se sexo é sempre bom pra mim porque não sabe se sou eu, nós ou se aquele idiota com quem desperdiçou oito anos é só um inútil na cama?

— Mais ou menos isso... acho.

— Todas as alternativas. Não ouvi muitas reclamações. Mas gosto de satisfazer uma mulher tanto quanto, talvez mais do que gosto de me satisfazer. Então eu me esforço, observo, procuro entender o que mexe com ela.

— Ah. Entendi. — Por algum motivo, eu me sentia meio desanimada.

Bennett tocou meu queixo com dois dedos e levantou minha cabeça para poder me encarar.

— Não me deixou terminar. Existe uma diferença entre bom sexo e o que acontece quando estou dentro de você. Temos química, Texas. E não tem atenção ou esforço que possa substituir isso. Então, minha resposta é, sim... gosto de pensar que sexo tem sido algo satisfatório para mim e para as mulheres com quem fiquei. Mas o que acontece com a gente? Não, não é sempre assim.

Meu coração deu um pulinho.

— Ok.

Ele se inclinou e beijou meu rosto.

— E quanto à última parte da pergunta, você foi privada, benzinho. Não sei muito sobre o traste, exceto que ele pretendia te usar e não gosta de chupar uma mulher que claramente curte a experiência. E essas duas coisas são suficientes para me dizer que o babaca é egoísta, e sim... não é bom de cama. Portanto, você foi privada de prazer. É fácil agradar alguém que estava com aquele idiota.

Bennett levantou da cama e, não pela primeira vez, dei uma boa olhada em seu corpo nu da cabeça aos pés. Os ombros eram largos e fortes, os braços musculosos eram esculpidos mesmo sem contração, e o abdome era marcado. E finalmente consegui olhar com atenção a tatuagem que tinha visto escapando da manga da camisa no escritório, há alguns dias – IV II MMXI com uma videira escura se enroscando nas letras. Conhecia o numeral romano I, que li como um, e o V, que equivalia a cinco, então, cinco menos um devia ser o mês quatro – dois de abril, oito anos atrás. A data era importante, é claro, se ele a tinha tatuada no corpo.

Bennett virou e pegou a tigela de macarrão que tínhamos dividido, e vi uma longa cicatriz do lado esquerdo da barriga. O sinal se estendia desde a parte abaixo das costelas até logo abaixo do umbigo. A pele era naturalmente bronzeada, por isso quase não a notei.

— Preciso de uma bebida — ele anunciou, sem perceber que eu seguia o que parecia ser uma trilha de pistas espalhadas por seu corpo. — Quer água, um refrigerante ou outra coisa? Vinho, talvez?

— Água. Obrigada.

Bebi meia garrafa quando ele voltou. Tinha ficado com a garganta seca de tanto ofegar. Não tínhamos falado nada sobre dormir juntos, por isso não levei roupas. Eu havia ficado acordada até tarde na noite anterior ajudando minha mãe com a limpeza depois da festa, e acordado cedo hoje para pegar a estrada e fazer as entregas com ela. Pelo jeito, corpo e mente estavam em sincronia, porque bocejei.

— Acho que vou embora daqui a pouco.

Bennett mantinha uma das mãos embaixo da cabeça, deitado de forma casual como se estivesse vestido, não completamente pelado com tudo à mostra. Ele usou a outra mão para me puxar para perto e acomodar minha cabeça em seu peito.

— Fica aqui. Sei que está cansada. Prometo que te deixo dormir. Mas vamos poder tomar banho juntos de manhã.

Sorri com o rosto em seu peito.

— Não trouxe nenhuma roupa.

— Não vai precisar de nenhuma aqui. — E afagou meu cabelo. — Na verdade, acho que posso afirmar que vai passar a maior parte do tempo nua, quando estiver em minha casa.

— Mas vou trabalhar amanhã.

— Posso te levar até sua casa agora para pegar alguma coisa, se quiser. Ou você pode ir para casa cedo e se arrumar para trabalhar. Vou correr enquanto se veste, assim não vai ter a sensação de que tenho uma vantagem injusta por poder chegar ao escritório antes de você.

Minha cabeça queria discutir. Seria melhor se a gente só se pegasse, sem começar com as festinhas do pijama. Mas meu corpo discordava radicalmente de mim.

— Acho que pode ser assim. Eu passo em casa de manhã.

— Ótimo. Tudo certo, então. Vou programar o despertador para mais cedo, assim sobra tempo para um banho bem gostoso e demorado.

Meu corpo começou a relaxar, e o dele também, aparentemente. Eu deslizava os dedos sobre os pelos em seu peito, e comecei a traçar o desenho da cicatriz na barriga. Senti os músculos de Bennett se contraírem quando ele percebeu o que eu estava fazendo.

Inclinei a cabeça para olhar para ele.

— É do acidente?

Ele assentiu.

— Cirurgia para remoção do baço, ele se rompeu com o impacto.

— Nossa. Deve ter sido um acidente sério.

O músculo da mandíbula se contraiu.

— Foi.

— Quantos anos você tinha?

— Vinte e dois.

Abaixei a cabeça e beijei a cicatriz, pensando em desenhar uma trilha de beijos até o extremo inferior. Mas a voz firme de Bennett me interrompeu.

— *Não.*

Parei imediatamente.

— Ok.

Acomodei a cabeça em seu peito outra vez e me senti bem desconfortável.

— Desculpe. Não queria te aborrecer. Só estava pensando em uma coisa que minha avó costumava dizer: "Cicatrizes são o mapa da história de onde estivemos".

Ele ficou quieto por um bom tempo. Quando finalmente falou, a voz era baixa.

— Nem toda cicatriz leva a uma história com final feliz, Annalise.

— Eu sei — concordei em voz baixa. — Desculpe.

Durante uma hora, mais ou menos, nenhum de nós falou nada. Fiquei pensando se ele estava arrependido por ter me convidado para ficar. Mesmo exausta, não conseguia dormir. Talvez fosse melhor ir para casa. Mas se ele estava dormindo, eu não queria acordá-lo.

— Bennett? — sussurrei.

Ele não respondeu, e eu afastei as cobertas com todo cuidado, tentando não balançar a cama para não o acordar. Tinha conseguido sentar quando a voz dele me assustou.

— Aonde vai?

— Merda. Que susto. Pensei que estivesse dormindo.

— Ia tentar sair de fininho?

— Não. Hummm... É. Achei que talvez fosse melhor ir para casa.

Ele me puxou de volta, envolvendo meus ombros com um braço.

— Não é melhor.

— Tem certeza?

— Você é uma garota legal. Uma mulher legal. Gosto de ter você aqui. Mas, se eu disser que algumas das minhas cicatrizes não são curáveis por dentro, vai tentar me curar.

— E tem algo de errado nisso?

— Algumas cicatrizes não merecem cura. Mas isso não significa que quero que você vá embora. Durma um pouco, baby.

31

Bennett

— O conselho selecionou a última conta que vai fazer parte da avaliação de vocês dois — disse Jonas. — É uma conta nova para ambos, e acho que vão ficar tão felizes quanto é possível, nessas circunstâncias.

— Isso é ótimo. Que tipo de conta é? — perguntou Annalise.

Ao mesmo tempo, ela descruzou as pernas e as cruzou para o outro lado, e eu perdi a concentração na conversa. Para piorar, sabia que ela estava sem calcinha por baixo da saia. Depois de uma festa de uma hora embaixo do chuveiro hoje de manhã, fui correr enquanto ela foi para casa se arrumar. Chegamos ao escritório na mesma hora, e nós dois tivemos que parar no estacionamento do outro lado da rua, porque as vagas onde parávamos habitualmente, quando chegávamos mais cedo, estavam ocupadas.

Ela me mandou uma mensagem do carro pedindo para eu entrar primeiro, para que assim as pessoas não desconfiassem de nada, o que aconteceria se entrássemos ao mesmo tempo. Achei que era excesso de cuidado, mas logo percebi que era armação e entendi por que ela precisava de um minuto de privacidade.

A porta do elevador em que eu estava começava a se fechar quando Annalise entrou no prédio. Em vez de me deixar subir e esperar o próximo elevador, ela acenou e gritou:

— Segure, por favor!

Já havia algumas outras pessoas na cabine, e uma mulher da contabilidade apertou o botão para manter a porta aberta.

— Obrigada. — Annalise entrou correndo e parou ao meu lado.

Tentando atender ao pedido para que ninguém no escritório desconfiasse de nós, limitei-me a cumprimentá-la com um breve aceno de cabeça e continuei olhando para a frente. Ela, por outro lado, fez questão de falar comigo na frente de todo mundo.

— Bennett — disse, mostrando um saco de papel pardo. — Acho que deixou cair isto aqui quando desceu do carro no estacionamento. — Sua expressão não revelava nada, mas notei o brilho no olhar.

O que ela estava armando? Peguei o saco de papel, embora não o tivesse deixado cair.

— Ah, é verdade. Obrigado.

No nosso andar, ela saiu do elevador primeiro, me oferecendo a bela imagem de sua bunda rebolando enquanto eu a seguia pelo corredor. Curioso, entrei na minha sala e abri o saquinho de papel pardo. Havia um bilhete sobre um pedaço de renda vermelha. A calcinha ainda estava quente.

> *Não vai se distrair com isso hoje. Nem com a informação de que a tirei dentro do carro.*

Eu ri e achei tudo muito fofo.

Mas agora percebia que estava realmente distraído. Era eu que me sentia assim, ou ela estava ainda mais gostosa que de costume? A que distância ficava o motel mais próximo do escritório? Talvez ela topasse uma rapidinha na hora do almoço.

Eu ainda pensava nisso quando Jonas anunciou o nome da nova conta: Pet alguma coisa. Mas a mudança no tom de Annalise me trouxe de volta da terra da fantasia. Ela parecia apreensiva.

— Pet Supplies & More? A companhia de vendas on-line com sede em San José?

— Exato — Jonas confirmou. — Conhece a empresa?

Ela me olhou de lado, depois voltou a olhar para Jonas.

— É, conheço.

Olhei para ela.

— Já fez alguma apresentação de orçamento para eles?

Annalise balançou a cabeça e falou olhando para Jonas:

— Trent e Lauren Becker, não é?

Jonas assentiu.

— Isso, os donos. Já trabalhou com eles?

Alguma coisa na reação de Annalise era estranha. Ela não parecia animada por já conhecer a empresa, e isso podia ser uma boa vantagem.

— Não, nunca. Como o pedido de orçamento e apresentação foi feito?

— Nosso CEO recebeu uma ligação do CEO deles.

— Ah. Tudo bem. Lauren talvez nem saiba que trabalho aqui em consequência da fusão. Mas posso ligar para ela.

— Por que você? — *Que tipo de jogo ela estava fazendo?*

— Porque a conheço.

Ajeitei a gravata.

— Nem tanto, é óbvio, se ela não pediu o orçamento diretamente e nem sabe que você trabalha aqui.

— Vou falar com ela, Bennett. Não preocupe sua linda cabecinha. Não vou te excluir de nenhuma informação. Mas nós dois sabemos que é melhor que a coordenação fique com alguém que já conhece o cliente.

— Acho que isso depende de quem é mais competente.

Annalise me olhou feio, depois falou para Jonas.

— Estive em alguns eventos com Lauren e Trent.

— Se os conhece tão bem, por que nunca fez nenhuma apresentação para eles?

— Porque na época achei melhor não misturar as coisas, não trabalhar com eles.

Por que tanto mistério?

— Na época? E agora não tem problema trabalhar com eles? Qual é o lance, Annalise?

Ela suspirou e olhou para mim antes de encarar Jonas.

— Lauren é irmã do meu ex. A empresa foi fundada pelos avós dela há uns sessenta anos. Mas agora Lauren e o marido cuidam de tudo. Conheço os dois muito bem. Andrew e eu estivemos juntos por oito anos.

— Ótimo. Então, vamos ser avaliados por três contas. Em uma delas, o novo diretor criativo quer te pegar, em outra, o irmão da proprietária já te pegou.

— Bennett! — Jonas o advertiu. — Está passando dos limites. Sei que esse cargo é importante para você, e sei que, em um mundo perfeito, a única vantagem para conquistar uma conta seria ter uma proposta melhor que a do concorrente. Vou te dar um desconto por estar abalado com isso. Mas não vou ficar aqui sentado ouvindo você falar com Annalise nesse tom.

Levantei de repente.

— Tudo bem. Então vou embora. Pelo jeito, Annalise vai coordenar essa apresentação para *os Beckers* de qualquer jeito.

―――

— Você só pode estar brincando! — A porta tremeu quando Annalise entrou e a bateu com força.

Passei as mãos no rosto e gemi de aflição.

— Volta para sua sala. Não estou com disposição para discutir e tenho que trabalhar.

Ela se aproximou da minha mesa.

— Está se comportando como uma criança. Era evidente que eu não tinha ideia de que receberíamos esse pedido de orçamento. Não sei por que está tão bravo. Já provei que jogo limpo quando trato com clientes com os quais já tenho algum relacionamento.

— Relacionamento, é? — Sufoquei uma risadinha. — Pensei que não tivesse mais esse relacionamento.

Annalise franziu a testa, depois seu rosto foi tomado por uma expressão de compreensão. Ela se aproximou de mim.

— É esse o problema? Andrew? Pensei que estivesse incomodado por eu ter uma vantagem nesse trabalho.

Sentimentos desconhecidos sacudiam minha jaula, fazendo-me sentir como um leão trancafiado. O primeiro impulso foi atacar.

— Com *quem* você trepa não é da minha conta, a menos que esteja trepando comigo ao mesmo tempo.

Ela parecia magoada.

— Com quem *eu trepo* não é da sua conta? Não combinamos que nenhum de nós treparia com outras pessoas?

Eu não queria me sentir mal. Estava furioso. *A porra do Andrew.* Se ela não estava mentindo, o traste devia estar armando alguma coisa. Isso não era coincidência.

— Ele pode não saber te chupar direito, mas descobri hoje de manhã que você é profissional nessa coisa de tomar a iniciativa. Tenho certeza de que é capaz de escolher alguém da equipe e cair de boca para ajudar no esforço de conquistar a conta.

Ela deu um passo para trás e levantou a mão para dar um tapa em meu rosto. Mas eu segurei seu pulso antes de ser atingido.

— Vá se foder — ela falou por entre os dentes.

Sorri arrogante.

— Já fui. Eu sei como é.

Ela tentou acertar o tapa com a outra mão. Essa foi mais fácil de segurar.

— Você é um babaca. — Ela me encarava com o peito arfando.

Abaixei a cabeça e vi os mamilos salientes embaixo da camisa. Fiquei olhando para que ela percebesse o que tinha chamado minha atenção, depois a encarei.

— Deve gostar de babacas, então.

— Vá para o inferno.

— Já estou nele, benzinho.

Ela olhou bem dentro dos meus olhos, e um sorriso maldoso ameaçou surgir nos cantos da boca.

— Pelo menos, *trepar* com Andrew pode me levar a alguma coisa produtiva. Não sei onde estava com a cabeça quando perdi meu tempo com você.

Respirei fundo e me senti como um touro soltando o ar pelas narinas. Annalise balançava uma capa vermelha na minha frente, me desafiando. Pensar nisso, na capa vermelha, me lembrou o que ela havia me dado hoje de manhã. Mais ainda, me lembrou o que ela não estava usando.

Eu me aproximei dela, nariz com nariz.

— Gosta de foder comigo? Está molhada para mim agora?

É. Eu tinha perdido a cabeça. Meu pau ficou duro, e senti que precisava tocá-la, por mais que isso parecesse insano.

Annalise arregalou os olhos. Ainda segurando as mãos dela, eu as levantei no ar, passei os dois pulsos para uma das minhas mãos e deslizei a outra por baixo de sua saia. Sua vagina estava quente e macia. Se discutir com ela era o inferno, isso era o paraíso.

Não podia dar a ela uma chance de recuperar a lucidez e me fazer parar. Então, sem aviso prévio, parti para o ataque frontal. Introduzi dois dedos nela e ouvi o gemido surpreso. Minha boca cobriu a dela, e eu engoli o fim do gemido enquanto a penetrava três vezes com os dedos.

Quando ela arqueou as costas e projetou os quadris na minha direção, presumi que podia soltar suas mãos. Dirigi seu corpo para a beirada da mesa e me ajoelhei. Precisava muito sentir seu gosto. Não passou despercebido para mim que, depois de termos discutido por causa do ex-namorado dela, que não gostava de sexo oral, eu me preparava para um oral.

Só não dava a mínima, neste momento, para o que isso significava, se é que significava alguma coisa. A única coisa que importava para mim agora era que ela precisava gozar. Na minha boca.

Caí de boca sem pensar em nada, lambi, chupei, enfiei o nariz tão fundo nela que Annalise começou a cavalgar meu rosto. Alguns homens dizem que a coisa mais sexy que uma mulher pode fazer é falar sacanagem ou se submeter, mas é claro que nunca sentiram uma mulher cheia de ódio cavalgando seu rosto e puxando seu cabelo.

Nada é mais sexy no mundo.

Quando introduzi de novo dois dedos nela e chupei o clitóris, ela começou a gozar e fazer barulho. Felizmente, um de nós lembrou onde estava, e é claro que eu não dava a mínima para isso, uma vez que estava comendo uma mulher em cima da minha mesa com a porta destrancada, mas ainda me restava consciência para, pelo menos, cobrir sua boca com a outra mão.

Depois que ela relaxou, diminuí a intensidade, mas continuei de joelhos e dei mais umas lambidas preguiçosas em sua doçura. Em seguida, levantei de repente e limpei a boca com o dorso da mão.

Annalise piscou algumas vezes como se voltasse de outro lugar, mas não tentou se recompor. Era óbvio que não tinha escutado o barulho na primeira vez.

Eu a puxei de cima da mesa e arrumei sua saia com um só movimento. Ela parecia confusa... até ouvir a segunda batida na porta da sala.

32

Annalise

Merda!

Bennett puxou minha saia para baixo, endireitou minha blusa e ajeitou meu cabelo antes mesmo de eu perceber o que estava acontecendo. Mas estava tão preocupado com a minha aparência que nem percebeu como *ele* estava.

Em pânico ao ouvir o rangido da porta se abrindo, peguei o que encontrei mais perto e arremessei contra a situação ofensiva.

Mas... era um copo grande de café.

Quando o copo acertou o alvo, a tampa se soltou e todo o líquido caiu na calça de Bennett. Justamente quando Jonas estava entrando.

— Que porra é essa? — Bennett berrou.

— Desculpa, eu... foi um acidente.

Jonas franziu a testa e fechou a porta.

— Vocês dois perderam o juízo. O escritório inteiro consegue ouvir a confusão aqui dentro. Parecem dois gatos brigando.

Bennett abriu a primeira gaveta da mesa, pegou um maço de guardanapos de papel e tentou secar a calça.

— Não é o que está pensando — falei. — No começo estávamos discutindo, sim. Mas depois nós... encontramos um jeito mutuamente benéfico de resolver a situação. Íamos telefonar para o cliente quando, sem querer, bati a mão no café de Bennett ao tentar alcançar o telefone.

Jonas me olhou desconfiado. Parecia não acreditar em uma palavra do que eu dizia. Mas Bennett confirmou minha versão, ainda secando a calça molhada.

— Já resolvemos tudo, Jonas. Pedi desculpas pelas coisas que disse na sua sala, e nós... fizemos as pazes. O café foi um acidente.

Ele olhou para nós dois, ainda desconfiado.

— Talvez vocês devam levar essa história para fora do escritório. Vão beber ou comer alguma coisa. Fazer amizade. É por minha conta.

— *Comer* alguma coisa. — Bennett assentiu. Notei o tremor no canto da boca, mas Jonas não percebeu nada, felizmente. — Ótima ideia. Obrigado, Jonas.

Nosso chefe resmungou alguma coisa sobre estar velho demais para essa merda e saiu da sala de Bennett, onde ficamos os dois sozinhos de novo. Ele até fechou a porta.

— Que porra? — Bennett apontou para a calça encharcada.
— Estava manchada. Um pingo.
— Quê?
— Uma gota enorme. Sabe? Garoa antes da tempestade. E uma ereção.
— E sua reação foi jogar um copo cheio de café no meu pau, em vez de, sei lá, me dar uma pasta para eu pôr na frente?

Comecei a rir.
— Entrei em pânico. Desculpa.
— Pelo menos tinha esfriado.

Cobri a boca, mas não consegui evitar um sorriso.
— Isso foi... completamente insano.

O sorriso de Bennett era arrogante.
— Foi uma delícia.
— Não pode acontecer nunca mais.
— Ah, mas vai acontecer, com toda certeza.
— Você agiu como um cafajeste.
— Na próxima briga, vou te deitar no chão e encher sua boca *com meu pau*. Aqui mesmo, nesta sala, sem trancar a porta.

Meu estômago se contraiu de nervoso. Eu não duvidava do que ele prometia. E, por mais maluco que fosse, pensar nisso me excitava. Mas não podia deixar Bennett perceber.

Ajeitei a saia e dei um passo para trás.
— Você me deve um pedido de desculpas pelas coisas que disse hoje.

Ele sorriu.
— Acho que acabei de me desculpar. Mas vou repetir o pedido.
— É sério, Bennett. Não pode se comportar como um namorado ciumento aqui no escritório.
— Não era ciúme.

Ele parecia sinceramente confuso com meu comentário. Estava mesmo convencido de que o que havia acontecido pouco antes não era só o bom e velho ciúme do macho alfa?

— Ah, não era? Ficou tão furioso por que, então?

Ele jogou no lixo os guardanapos usados para limpar a calça.

— Tinha a ver com trabalho. A área de ação deveria ser nivelada para nós.

Estudei seu rosto. Caramba, ele realmente nem imaginava.

— *Aham.*

A gaveta de onde ele pegou os guardanapos ainda estava aberta. Peguei alguns.

— Novo super-herói? — Levantei uma sobrancelha.

— Dá isso aqui. — Bennett tentou pegar o bloco cheio de desenhos da minha mão, mas não deixei.

— Parece meio familiar. — A última obra de arte era uma caricatura com cabelos volumosos e seios gigantescos. Parecia comigo e usava uma capa, é claro.

Ele se aproximou e pegou o bloco da minha mão.

— Sabe qual é o superpoder dessa aqui?

— Qual?

— Enlouquecer as pessoas.

Sorri de um jeito meio bobo.

— Acha que eu sou uma super-heroína?

— Não sobe no salto, Texas. Eu faço muitos desenhos.

Apontei para a caricatura da super-heroína apoiada na mesa, com as pernas afastadas e uma atitude poderosa. Só faltava a cabeça de Bennett entre aquelas pernas.

— Sim, mas nem todas as suas fantasias se tornam realidade.

Passei o dia todo pensando em convidar Bennett para ir comigo.

E se meu concorrente fosse um homem casado de sessenta anos, não um cara de trinta e um, solteiro, tremendamente sexy e que tinha me dado três orgasmos hoje de manhã, dois no chuveiro da casa dele e um em sua mesa de trabalho?

Eu jogaria limpo? Ou estava entregando mais do que devia, porque Bennett Fox me deixava com as pernas moles? (E também por ele ficar com outras partes duras?) Faria diferença como eu sairia vencedora da batalha, desde que a vitória fosse minha?

Infelizmente, faria. E eu sabia que era a minoria. Em uma competição acirrada como essa, a maioria das pessoas usaria todas as vantagens disponíveis para ganhar a guerra. Mas eu achava importante ganhar jogando limpo. Eu sou assim.

Então, cinco minutos antes das quatro da tarde, entrei na sala de Bennett. Ele estava trabalhando, concentrado nos papéis espalhados sobre a mesa no canto do escritório.

Bati na porta aberta.

— Tem um minuto?

Ele balançou as sobrancelhas.

— Depende da proposta.

— Daqui a cinco minutos na minha sala.

Virei e voltei para o meu escritório, mas ele apareceu na porta na hora marcada.

— Feche a porta — pedi. — Preciso fazer uma ligação no viva-voz.

Bennett sorriu.

— Ah, é claro.

O idiota achava que eu o tinha convidado para uma sessão de sacanagem. Em vez de explicar, apertei o botão do viva-voz e fiz a ligação.

A secretária atendeu no primeiro toque.

— Escritório de Lauren Becker.

Olhei para Bennett. Ele arqueou as sobrancelhas.

— Oi. Aqui é Annalise O'Neil, gostaria de falar com Lauren. Conversamos mais cedo, eu fiquei de ligar às quatro horas.

— Sim, ela está esperando sua ligação, Annalise. Vou transferir imediatamente.

— Obrigada.

Ela me deixou na espera, e eu olhei para Bennett.

— Vou te derrotar porque sou boa no que faço. Não por outro motivo qualquer.

Bennett me encarou com uma expressão indecifrável.

Lauren atendeu a ligação dois segundos depois, e eu peguei o fone.

— Anna?

— Sim. Oi, Lauren.

— Como vai? Puxa, há quanto tempo!

— É, faz tempo. Não sei se você já sabe, mas trabalho na Foster, Burnett e Wren. As duas empresas se fundiram.

Olhei para Bennett enquanto ouvia a resposta.

— Ah — eu disse. — Sim. Isso. Eu não sabia se Andrew tinha lhe contado. Obrigada por ter nos incluído na licitação.

Bennett contraiu a mandíbula, e eu sufoquei um suspiro. Não tinha controle sobre como a proposta havia chegado até nós, mas podia controlar como lidaria com ela. Lauren e eu falamos sobre amenidades por um minuto, depois pigarreei.

— Espero que não se importe, mas convidei um colega para participar dessa conversa. Ele acabou de entrar. O nome dele é Bennett Fox.

Quando ela disse que não se importava, acionei novamente o viva-voz.

Nós três conversamos durante meia hora sobre a proposta e o que ela esperava da campanha. Perto do fim da conversa, sugeri que jantássemos juntos na semana seguinte para discutirmos mais detalhes.

— Seria ótimo. Sei que Trent também adoraria te ver. — Ela fez uma pausa. — E o Andrew? Quer que eu pergunte se ele quer ir também? Meu irmão mencionou que as coisas estavam meio difíceis depois da fusão e sugeriu que podia ser um momento para trabalharmos juntas, finalmente.

Bennett parecia estar tão desconfortável quanto eu.

— Se não se importa, prefiro que não o convide. Nós não... eu nem sabia que ele tinha falado com você sobre a mudança na empresa ou pedido para me incluir na licitação.

Lauren suspirou.

— Ok, eu entendo.

Eu não sabia o que esperar de Bennett quando desliguei, mas reconheci a sinceridade na reação dele.

— Obrigado por me incluir.

— Por nada.

Ele deu alguns passos em direção à porta da sala, mas virou antes de sair.

— Por quê?

Eu não sabia se havia entendido a pergunta.

— Por que o quê?

— Por que quer ganhar jogando limpo? Tem a ver com o que está rolando entre a gente?

— Na verdade, pensei nisso mais cedo. — Sorri. — Pode baixar a bola. Eu estaria agindo do mesmo jeito se você fosse um homem casado de sessenta anos.

— Uau. — Bennett balançou a cabeça. — E eu achando que você era só uma pessoa legal. Deixaria um cara casado de sessenta anos te chupar em cima da mesa dele?

— Não foi isso que eu quis dizer!

Bennett piscou.

— Eu sei. Mas vamos fingir que foi, assim não preciso admitir que você é uma pessoa muito melhor que eu.

33

Bennett

— Gosta de *Star Wars*?

Apertei o mute no telejornal *SportsCenter* e olhei para Annalise. Ela mantinha três jornais diferentes sobre minha cama, todos abertos. Eu preferia ver as notícias pela CNN ou ESPN, mas, durante as últimas semanas, tínhamos adotado uma rotina que me agradava para as manhãs de sábado.

Sexo logo cedo, depois eu ia correr enquanto ela fazia café para nós. A caminho de casa, eu comprava três jornais diferentes e, depois do café, eu assistia ao *SportsCenter*, enquanto ela lia os jornais durante horas.

Já mencionei que ela cozinhava e lia vestida com uma camiseta minha, sem calcinha nem sutiã? Então, essa é minha parte favorita.

Escorreguei a mão por baixo da camiseta branca que ela vestia e afaguei sua coxa.

— Gosto de *Star Wars*. Não sou um desses malucos que anda por aí vestido de Yoda ou Chewbacca na convenção anual dos doidos, mas vou assistir aos filmes. Por quê?

Annalise deu de ombros.

— Por nada.

Mas alguma coisa na resposta, talvez por ser muito rápida ou muito curta, me fez pensar que ela estava escondendo alguma coisa.

— Você não é uma dessas malucas, é?

Ela ficou vermelha.

— Não, não sou.

Apontei para suas bochechas.

— Nem adianta tentar, Texas. Você já está parecendo um tomate.

Ela abaixou o jornal.

— Tudo bem. Eu me vestia de Princesa Leia. — E baixou a voz. — E talvez tenha me vestido algumas vezes de Aayla Secura e Shaak Ti.

Dei uma risada.

— Quem?

— Esquece.

— Ah, não. Foi você quem começou com essa conversa. Agora que sei que é fã de *Star Wars*, quero saber com o que vou ter que lidar. Estamos falando só de fantasia de Halloween, lancheiras e vocabulário Klingon totalmente decorado, ou você é uma fã maluca que se fantasia e vai a convenções?

— Klingon é de *Star Trek*, não de *Star Wars*.

— O fato de você saber disso já é bem revelador.

Annalise revirou os olhos.

— Por que compartilho alguma coisa com você?

Eu ri.

— Tudo bem, não vou debochar, minha maluquinha sexy. Por que perguntou?

Ela apontou para um artigo no jornal.

— Estou lendo sobre merchandising no cinema, produtos derivados que renderam mais que a bilheteria. *Star Wars* rendeu quase trinta e cinco *bilhões* em merchandising.

— Imagino que tenha muitos possíveis amigos na terra dos fãs lunáticos.

Ela bateu na minha barriga com o dorso da mão.

— Cala a boca.

— Sabe que a Disney vai inaugurar uma nova atração em breve? Star Wars: Galaxy's Edge.

— Dã. Eu sei, mal posso esperar.

Naquela tarde, eu faria minha visita anual à Disney com Lucas. Era fim de semana do aniversário dele, e o único pernoite que Fanny me permitia. Todos os anos, viajávamos até lá de carro no sábado à tarde e passávamos a noite e o dia seguinte inteiro nos parques. Lucas sempre fazia uma lista das atrações novas, e este ano havia uma com o tema *Star Wars*.

— Gosta dos brinquedos da Disney?

— Sim, mas não vou lá há anos.

Eu não havia mencionado minha viagem com Lucas, mas passei a semana inteira pensando na possibilidade de convidá-la.

— Vou com o Lucas para a Disney hoje à tarde. Vamos de carro. É o fim de semana do aniversário dele, e vamos uma vez por ano.

— Ah. Que legal. Você faz coisas muito divertidas com ele.

Nunca misturava mulheres e Lucas, principalmente porque os relacionamentos que tive não se encaixavam nos encontros semanais com ele. Eu levava mulheres a restaurantes onde elas desfilavam vestidos elegantes, depois as levava para casa, não para pescar ou correr de kart. Mas Annalise e eu éramos diferentes. Passávamos horas trabalhando juntos todos os dias e, quando não estávamos brigando ou trepando depois de uma briga, tínhamos momentos agradáveis sem fazer nada em manhãs como esta.

Embora isso tudo acontecesse há um mês, mais ou menos, eu a conhecia melhor do que qualquer outra com quem tivesse namorado por seis meses. Além do mais, ela ia gostar do novo brinquedo de *Star Wars*. Agora eu me sentia quase obrigado a convidá-la. Era o certo.

Devolvi o som à televisão.

— Por que não vai com a gente?

Ela parecia tão surpresa quanto eu com o convite.

— Para a Disney? Com você e Lucas?

— É. Por que não? Pode praticar sua maluquice de fã no brinquedo novo de *Star Wars*, e Lucas vai ter companhia para ficar girando.

— Não gosta de brinquedo que gira?

— Não. No oitavo ano, eu estava maluco para pegar a Katie Lanzelli. Fomos ao parque da cidade, e a intenção era beijá-la na roda-gigante. Pouco antes, decidi ir no Gravitron. Vomitei até virar do avesso quando desci do brinquedo. Não tive coragem de beijar ninguém depois disso. Daquele dia em diante, desisti de tudo que roda.

Annalise riu.

— Sua perversão não tem limites. Afeta até suas visitas à Disney.

— E aí? Quer ir? — Deslizei a mão mais para cima e toquei a área sensível da parte interna da coxa, bem perto dos lábios. — Vou ter que te instalar em um quarto separado por causa do Lucas, mas talvez eu consiga escapar pela porta de ligação depois que ele dormir e deslizar para dentro de você.

— Está vendo? *Pervertido.* Todas as estradas levam ao sexo. — Ela sorriu. — Eu adoraria ir. Mas tem certeza? Não quero interferir no seu tempo com Lucas.

Quanto mais falávamos sobre isso, mais eu gostava da ideia de ela ir.

— Certeza absoluta. Ele vai ficar feliz por ter alguém com quem conversar, além de mim. Pode acreditar. — Olhei para ela. — Além do mais, quero que você vá.

Annalise acendeu, praticamente brilhou, quando balançou a cabeça numa resposta afirmativa. Depois subiu em cima de mim, e eu também acendi.

—

— Quem foi o compositor da trilha sonora dos filmes?

— Fácil. John Williams. — Annalise limpou respingos do lábio com um guardanapo.

Lucas olhou para o celular e rolou a tela de novo. Ele a interrogava sobre todos os dados que conseguia encontrar on-line desde que entramos no carro hoje de manhã.

— De que cor era o sabre de luz de Luke Skywalker nos primeiros dois filmes?

— Azul.

— E em *O retorno de Jedi*?

— Verde.

Balancei a cabeça.

— Por que mudaram a cor do sabre de luz? E, mais interessante, por que sabe as respostas para toda essa bobagem?

Annalise lambeu uma gota do sorvete de casquinha, e meu pau vibrou – *no meio da porra da Disney*.

— Ele perdeu o sabre azul em um duelo com Darth Vader na Cidade das Nuvens. Houve muita comoção em torno do motivo para o sabre de Luke ser verde em *O retorno de Jedi*. Os pôsteres originais do filme o mostravam segurando um sabre azul. Algumas pessoas dizem que mudaram a cor porque o fundo do cenário da luta era um céu azul, enquanto outras acham que há um significado mais profundo, como uma tentativa de mostrar que Luke tinha amadurecido.

Soltei uma risada.

— Ah, entendi. Eles queriam que os pais comprassem mais sabres de luz e mudaram a cor.

Lucas estava fascinado com o conhecimento de Annalise sobre as curiosidades de *Star Wars*. Eu não me importava de ficar sentado observando os dois, desde que ela continuasse lambendo aquele sorvete. Estava muito feliz por termos conseguido quartos vizinhos com porta de comunicação.

Assim que terminamos a sobremesa, fomos a mais alguns brinquedos antes de dar o dia por encerrado. Havia sido um dia cansativo – sexo duas vezes de manhã, horas na estrada dirigindo até Los Angeles e uma pancada de brinquedos quando chegamos. Eu estava esgotado, mas Lucas e Annalise ainda pareciam ter muita energia.

— Vamos na piscina? — Lucas perguntou quando descemos do bondinho na parada do nosso hotel.

Olhei meu relógio de pulso.

— São quase nove e meia.

— E daí? — Ele franziu a testa.

— Annalise nem deve ter trazido maiô.

Ela sorriu.

— Na verdade, eu trouxe.

— Por favor. — Lucas olhou para mim com cara de cachorrinho abandonado.

— Eu posso ir com ele, se você estiver muito cansado.

— Não, tudo bem. — Apontei para Lucas. — Meia hora. Só isso.

— Tudo bem!

Lucas correu para a porta do hotel, e eu resmunguei para Annalise.

— Espero que seja um biquíni, pelo menos, se vou ter que mergulhar em um balde de xixi na Disney.

O sorriso dela era radiante.

— Pode reclamar quanto quiser, mas eu vejo a verdade em seus olhos. Você faz tudo que aquele garoto pede, e adora cada minuto que passa vendo Lucas se divertir.

Ela não estava errada. Sem pensar, segurei a mão dela e continuei andando em direção ao saguão do hotel. A loucura disso era que eu nem percebia o que estava fazendo. Só sentia que era... certo. Annalise também não parecia notar, ou, se notou, não disse nada.

Mesmo assim, soltei a mão dela para abrir a porta e mantive as mãos nos bolsos depois disso.

—

— Ele é um menino ótimo.

Annalise e eu estávamos sentados frente a frente na banheira de água quente e borbulhante, a uns cinco metros da piscina. Um grupo de garotos organizava uma partida de vôlei na água quando chegamos, e eles convidaram Lucas para jogar. Foi assim que escapamos da água fria e cheia de xixi e fomos relaxar na banheira quente projetada para maiores de dezoito anos. A área da piscina era iluminada, por isso conseguíamos ficar de olho nele de longe, mas estávamos suficientemente afastados para não parecer que estávamos ali de babás.

— É. Apesar de ser criado por uma maluca, ele é um garoto muito bom. Embora tenha sido massacrado emocionalmente.

— Você é um exemplo para ele.

A água quente ajudava a relaxar os músculos, mas esse comentário me deixou tenso de novo.

— É.

Annalise ficou quieta, e eu imaginei o que ela estava pensando.

— Quantos anos ele tinha quando a mãe morreu?

— Três.

— Puxa.

— É.

— Ela ficou... doente?

Eu a encarei.

— Acidente de carro.

Os olhos dela desceram até meu peito. Era inteligente o bastante para somar dois e dois. E eu sabia que ela relutava em perguntar.

Essa era a última coisa sobre a qual eu queria falar. Levantei.

— Está ficando tarde. Vou pegar umas toalhas para nós.

Lucas estava roncando quando saí do chuveiro. O dia havia sido incrível, mas falar sobre o acidente fora deprimente para mim. Sentei-me na cama ao lado da dele e fiquei vendo o garoto dormir. Ele estava muito parecido com a mãe. Era difícil imaginar que, em mais alguns anos, teria a mesma idade que ela tinha quando se tornou mãe. O que me fez pensar... eu precisava ter uma conversa com ele sobre camisinha e controle de natalidade. Fanny não ia fazer nada disso. Caramba, eu tive essa conversa com a filha dela também.

E não adiantou nada.

Meu celular vibrou na mesa de cabeceira, e eu destravei a tela para ler as mensagens.

Annalise: Desculpa se fui invasiva. Você ficou quieto depois que perguntei sobre a mãe dele. Não queria te aborrecer.

Tentei tranquilizá-la.

Bennett: Não me aborreceu. É só cansaço. O dia foi longo, acho que a energia acabou.

Eu sabia que ela não ia acreditar nisso, mas pelo menos não insistiu.

Annalise: Ok. Obrigada por ter me convidado. Eu me diverti muito. Boa noite.

Bennett: Boa noite.

Joguei o telefone de volta em cima da mesinha. Nos oito anos desde aquela noite, nunca falei com ninguém sobre o acidente, exceto com os policiais e advogados. Nem o psiquiatra que minha mãe me fez consultar conseguiu abrir o cofre. Por muito tempo, decidi que, quanto menos eu pensasse nisso, mais fácil seria superar. Até recentemente.

Os diários de Sophie tinham despertado muitas coisas dentro de mim. Eu começava a questionar se guardar tudo isso tinha me deixado superar ou se desabafar era a única coisa que poderia me libertar.

34

Primeiro de janeiro

Querida Eu,
 Estamos tristes.
 Bennett foi embora há dois meses. Ele está a poucas horas daqui, na UCLA, mas é como se estivesse do outro lado do mundo. Sentimos saudade dele. Muita. Ele tem uma namorada nova. De novo. Disse que essa também estuda marketing, e eles ficam juntos o tempo todo, como era com a gente.
 Ainda estamos namorando Ryan Langley, mas às vezes, quando o beijamos, pensamos no Bennett. É muito esquisito. Tipo, é o Bennett, não é? Nosso melhor amigo. Mas não conseguimos evitar.
 A faculdade não é tão legal. Pensei que seria diferente. Mas, morando em casa, parece só mais um ano do ensino médio, e sem o Bennett aqui. Tenho até alguns colegas de turma que eram da minha turma da Robert F. Kennedy High School.
 Tudo é igual, mas muito diferente.
 Temos um emprego em um salão de beleza, atendemos ao telefone. As pessoas lá são muito legais, e o salário é bom. Esperamos guardar dinheiro para ter uma casa nossa. O novo namorado da mamãe, Aaron, é um cretino e está sempre em casa.
 O poema deste mês não é dedicado a ninguém.

>Ela olha para trás,
>agora com medo de ir em frente.
>Por que você não está aqui?

Esta carta se autodestruirá em dez minutos.

Anonimamente,
Sophie

35

Bennett

Eu queria muito o emprego? Quanto?

Annalise tinha saído há algumas horas para o jantar mensal com Madison. Como eu tinha um compromisso no escritório bem cedo na manhã seguinte, e minha cama ficaria vazia esta noite, fiquei acordado até muito tarde terminando tudo para minha apresentação completa para a Star Studios, que aconteceria em breve. Esta semana havia sido agitada, embora fosse só quarta-feira. E ainda tínhamos o jantar com a irmã do embuste na sexta-feira.

Peguei a chave da sala de Annalise na gaveta da Marina para deixar alguns desenhos na mesa dela. Hoje, durante o almoço, ela havia comentado que estava bloqueada, não conseguia criar a logo para uma empresa de marcadores infantis que estava se expandindo e levaria ao mercado uma linha profissional de marcadores para artistas. Tive uma ideia enquanto trabalhava no sombreamento de outro projeto, e achei que poderia funcionar para o cliente dela.

Annalise trouxe essa conta da Wren, não estávamos disputando o cliente, eu não tinha motivo para deixar de ajudar.

Mas, quando fui deixar os desenhos na mesa dela, encontrei todo o conceito da campanha da Star bem ali: *storyboards*, modelos de logo em 3D e uma pasta vermelha e grossa, dessas sanfonadas, com uma etiqueta: pesquisa. Olhei para a pasta presa por elásticos. Devia ter uns oito centímetros de pesquisa. Muito mais do que eu fiz. O que podia ter ali? Coisas que a colocariam em vantagem, certamente.

Deixei meus desenhos na cadeira dela e peguei a pasta. Era pesada.

Merda.

Eu não devia.

Mas e se tivesse deixado passar alguma coisa?

Eu tinha certeza absoluta de duas coisas. Uma, o que eu ia fazer era muito baixo. E duas, se fosse ela no meu lugar, se fosse Annalise que tivesse entrado em minha sala e encontrado toda essa merda, ela daria meia-volta e iria embora.

Mas eu não podia mudar para o Texas. De jeito nenhum.

Não estava fazendo isso por mim. Estava fazendo isso pelo Lucas.
Havia uma exceção para um comportamento condenável quando os fins justificavam os meios, certo?

Que diabo ela podia ter aqui? Sério, essa coisa devia pesar mais de um quilo. Talvez guardasse um tijolo? Ou um livro? Uma cópia de capa dura de *Marketing para leigos*? Pelo menos isso eu podia checar, não? Ficaria mais tranquilo se soubesse que não tinha perdido nada na pesquisa.

Puxei o elástico vermelho da pasta.

Caramba, eu sou um cretino da porra.

Deixei a pasta sobre a mesa e olhei para ela por mais alguns instantes.

E se não fossem da Annalise?

Ela mesma disse que tentava remover a pessoa da equação quando estava decidindo como agir. Um homem casado de sessenta anos... tinha certeza de que ela fingia que era esse seu concorrente.

O que eu faria se encontrasse essa pasta cheia de informação potencialmente útil, mas a concorrência fosse um cara de sessenta anos, em vez de Annalise?

Queria acreditar que encontrar a resposta para essa pergunta exigia algum debate.

Mas... todos nós sabemos que não, certo?

Eu já estaria na sala de xerox copiando tudo que havia nessa pasta.

E isso resumia a diferença entre mim e Annalise. Quando ela se deparava com um cenário do tipo *como eu me comportaria*, sempre chegava a uma conclusão ética. Eu, por outro lado, escolhia o que me levaria mais perto daquilo que eu queria.

Então, o que estava me impedindo agora?

Annalise e sua bobagem ética me faziam sentir culpado.

Com um gemido, peguei a pasta, devolvi o elástico ao lugar dele e deixei tudo onde tinha encontrado. Recolhi os desenhos da cadeira, saí, fechei a porta e me abaixei para empurrar a arte por baixo da porta fechada. Ela a encontraria de manhã e nem saberia que eu tinha entrado na sala.

Voltei à mesa da Marina e devolvi a chave. E, já que estava ali, decidi deixar um bilhete informando que estaria fora amanhã de manhã, já que meu compromisso tinha sido marcado para a tarde.

Encontrei uma caneta e olhei em volta procurando papel. Ao lado do telefone tinha um desses bloquinhos de recados com três pequenas cópias em carbono em cada folha. Peguei o bloquinho e comecei a escrever na primeira folha.

Mas o carbono que havia ficado da mensagem anterior chamou minha atenção, porque tinha o nome de Annalise.

DATA: *1/6*
HORA: *11h05*
PARA: *Annalise*
DE: *Andrew Marks*
FONE: *415-555-0028*
MENSAGEM: *Ele só retornou sua ligação. Ligue quando puder.*

―――

— Algum problema? — Annalise apoiou um lado do quadril no balcão da sala de descanso.

— Nenhum — respondi, me servindo da segunda xícara de café.

Ela cruzou os braços.

— Só mau humor generalizado mesmo?

— A semana está complicada.

— Eu sei. — Ela olhou para a porta e baixou a voz. — Por isso pensei em ser legal e fazer um jantar para você em casa ontem à noite. Mas você não respondeu à minha mensagem, e hoje de manhã, quando te vi no corredor, achei que ia me morder.

Peguei a caneca.

— Foi você quem fez questão de discrição no escritório. Eu devia ter parado para te apalpar?

Ela franziu a testa.

— Deixa para lá. Não esqueça que temos um jantar hoje às seis com Lauren e Trent no La Maison.

Bufei.

— Mal posso esperar.

Annalise registrou o sarcasmo. Suspirou e virou-se para sair da sala. Perto da porta, ela parou e olhou para trás.

— Aliás, obrigada pelos desenhos. Eram exatamente o que eu precisava e não conseguia produzir.

Levantei a cabeça e nossos olhares se encontraram. *Foda-se.*

— Entrei na sua sala ontem à noite para deixar os desenhos em cima da mesa. Quando vi que tinha deixado todo o trabalho da campanha da Star em cima dela, saí e passei os desenhos por baixo da porta.

Ela inclinou a cabeça de lado e estudou meu rosto.

— Não olhou nada?

Depois que encontrei o recado do ex, pensei em voltar. Mas não consegui. *Covarde.* Balancei a cabeça.

Os olhos dela perderam o foco por um instante, e tive a nítida sensação de que coisas aleatórias giravam dentro de sua cabeça, como se ela tentasse encaixar peças de um quebra-cabeça.

Ela se concentrou em mim de novo.

— Está aborrecido com você mesmo por não ter vasculhado minhas coisas?

Cruzei os braços.

— Eu me perguntei se teria saído da sala sem fazer isso se fosse outra pessoa que não você.

— E...?

— Não teria.

O olhar dela ficou mais brando.

— Ah, obrigada. É por isso que está azedo? Porque não me tratou como uma inimiga?

— Eu não estava azedo... até ir devolver a chave na gaveta da Marina e ver uma cópia do recado que ela deixou para você sobre alguém ter retornado sua ligação.

Ela ficou séria.

— Não é o que está pensando.

— Ah, agora sabe o que estou pensando?

— Quando telefonei para Lauren outro dia para confirmar o jantar de hoje à noite, ela me contou que Andrew estava planejando aparecer por lá. Liguei para pedir a ele que não fosse. Por isso ele ligou de volta.

Eu me aproximei da porta da sala.

— Deixa pra lá.

Annalise suspirou alto.

— Da próxima vez que ficar incomodado com alguma coisa, é só me perguntar.

Parei na porta, onde ela também estava.

— Na próxima vez, talvez eu crie coragem e aproveite as vantagens em cima da concorrência.

―

— Desculpa. Achei que as duas precisavam de um tempo sozinhas. Minha esposa adora se meter no que não é da conta dela. Mas eu sou um homem experiente, não discuto por isso. — Trent Becker levantou o copo e o inclinou na minha direção. — Minha resposta é sempre "sim, querida". *E um bom uísque.*

Levantei meu copo.

— Acho perfeito. Não importa nem qual é o problema.

Annalise e eu chegamos ao restaurante ao mesmo tempo. Lauren e o marido apareceram alguns minutos depois. Como a recepcionista disse que nossa mesa ainda não estava disponível, Trent me convidou para ir ao bar pegar uma bebida, enquanto as duas começaram imediatamente a conversar.

— Lauren e Annalise têm uma história pessoal.

Bebi um gole de uísque e olhei para ele por cima do copo.

— Andrew. Eu sei.

Trent levantou as sobrancelhas.

— Ela te contou, então.

— Contou.

— Faz sentido. Especialmente porque foi ele quem facilitou este reencontro.

Era uma reunião de negócios. Eu devia guardar para mim o que pensava sobre o assunto, mas, com a porta entreaberta para espiar do outro lado, não resisti.

— Estranho que tenha sido agora. Annalise trabalha na área de marketing há anos. Ela me contou que vocês nunca falaram sobre uma participação dela nas licitações da empresa.

Trent olhou em volta, depois se inclinou para mim.

— Lauren acha que o sol nasce e se põe em cima da cabeça do irmão dela. Mas, aqui entre nós, eu acho que ele é um babaca egoísta e arrogante.

Desta vez não escondi a surpresa. Talvez o jantar não fosse tão ruim, afinal.

— Pelo que Annalise tem contado, talvez você esteja certo. Mas, assim como você, vou guardar isso para mim. — Levantei o copo de novo. — E vou engolir meus pensamentos com uísque.

Trent riu.

— Annalise é ótima. Fico feliz por podermos mandar trabalho para ela. Só espero que isso não sirva para ajudar meu cunhado a se reaproximar dela. Ele que fique com a comissária de bordo sueca com quem está enrolado há anos.

Merda.

Bom, faz sentido.

Eu sabia que o cara era um embuste.

Oito anos sem nenhum compromisso era sinal de que ele a estava enrolando. Isso era óbvio. Eu só não sabia por quê. *Que grande idiota.*

O bartender trouxe duas taças de vinho, e Trent e eu discutimos sobre quem pagaria a conta. Eu ganhei, paguei, e nós levamos as bebidas para as duas, que continuavam sentadas em um banco perto da mesa da entrada.

— Obrigada. — Annalise ficou em pé para pegar a bebida da minha mão. Ela se inclinou com um sorriso apreensivo. — Tudo bem?

O meu era genuíno.

— Não poderia estar melhor.

O jantar com Lauren e Trent foi surpreendentemente agradável. Falamos muito sobre a empresa deles, e os dois foram muito francos sobre seus altos e baixos, e pareciam ter um bom conhecimento do mercado que queriam conquistar. Eles também divulgaram o valor do orçamento que designavam para publicidade na web e na televisão, o que justificava a decisão do conselho de recompensar o responsável pela campanha que conquistasse a conta.

— Quem faz o quê? — Lauren perguntou a ninguém em particular. — Um é responsável pela web e o outro pela TV, ou alguma coisa assim?

Deixei Annalise responder. Ela decidiria como queria tratar a questão.

— Na verdade, não. Temos membros na equipe que são especialistas em departamentos como arte, redação e pesquisa de mercado. Vamos usar esses profissionais para criar duas campanhas diferentes e apresentá-las a vocês.

— Ah, uau. Ok. — Lauren sorriu. — Tenho certeza de que vou adorar tudo que você fizer. Sempre tivemos um gosto muito parecido.

Mais uma vez, Annalise podia ter acabado comigo. Bastava dizer que seriam campanhas individuais, e que eles escolheriam aquela de que mais gostassem. Sem dúvida, esse comentário daria a Lauren uma boa ideia de qual campanha escolher. Mas Annalise apresentou a situação como se fosse um esforço de equipe, realmente criando condições de igualdade para nós dois.

Olhei para ela e vi o sorriso doce.

Tão linda. E essa merda era contagiosa, porque sorri de volta, e não sou muito de sorrir. Sou mais de fazer cara feia, basicamente porque a maioria das pessoas me irrita. Na verdade, me arrisco a dizer que os cantos de minha boca se ergueram mais desde que conheci Annalise do que nos primeiros trinta anos da minha vida.

Olhei para ela de novo. Ela era muito digna e boa. Isso despertava em mim a vontade de fazer coisas indignas com ela mais tarde.

Usei o guardanapo para limpar a boca e, *acidentalmente*, o deixei cair no chão. Quando me inclinei para pegá-lo, escorreguei a mão por baixo do vestido de Annalise sob a mesa e a vi dar um pulinho no momento em que meu polegar tocou a região quente entre suas pernas. A reação dela foi fechar as pernas de imediato, e eu quase perdi o equilíbrio quando minha mão ficou presa entre suas coxas. Tossi e puxei a mão para soltá-la, fazendo um esforço enorme para não rir.

Tem algum jeito de enfiar o dedo nela agora e ficar observando enquanto ela tenta falar de negócios com a irmã do embuste ao mesmo tempo?

Ela me encarou com um olhar de advertência.

— Tudo bem, Bennett?

Eu me endireitei na cadeira e joguei o guardanapo sobre a mesa na minha frente.

— Escorregou da minha mão.

Minha mão *escorregou* discretamente mais algumas vezes antes do fim da noite, na última vez para apertar a bunda dela enquanto nos dirigíamos à porta do restaurante atrás de nossos possíveis novos clientes. O manobrista trouxe o carro deles antes do meu, e nós nos despedimos e os vimos ir embora.

Se olhassem para trás, Lauren e Trent provavelmente ainda poderiam ver quando abracei Annalise.

— Você se comportou muito mal — ela disse, apoiando as duas mãos em meu peito.

Rocei os lábios nos dela.

— Não consigo me controlar. Quero fazer coisas más com você. Vamos para minha casa. Senti sua falta na minha cama ontem à noite.

A expressão dela ficou mais suave.

— Também senti sua falta.

Eu não conseguia me lembrar de ter sentido falta de alguém, exceto de Sophie. E era totalmente diferente, porque ela de fato se fora para sempre. Mas eu não estava mentindo para Annalise. Havia mesmo sentido falta dela. E foi só uma noite sem ela. E, por mais que essa ideia me apavorasse, pensar em não a ter na minha cama hoje me apavorava um pouco mais. Por isso ignorei os alarmes disparando, avisando que eu estava levando essa história longe demais.

O manobrista trouxe o carro dela.

— Eu sigo você — falei.

— Será que a gente pode passar a noite na minha casa? Encomendei uma cadeira nova para a sala há dois meses, e vão entregar amanhã de manhã.

— É claro. — Beijei sua testa. — Se eu puder dormir e acordar dentro de você, tanto faz onde vamos dormir.

36

Annalise

— Merda-lhão. — Madison balançou a cabeça.

— Hum... oi?

— Não ouviu o garçom? Ele pronunciou merda-lhão, em vez de medalhão, e perguntou como eu queria minha lagosta assada. Bom... *assada?*

Soltei uma risada.

— Desculpa. Acho que me distraí por alguns segundos.

Madison bebeu um gole de vinho.

— Deve ser exaustão de transar todas as noites com o *boy* novo.

Suspirei.

— Posso fazer uma pergunta hipotética?

— É claro. Se vai se sentir melhor fingindo que não tem a ver com você, tudo bem. Manda.

— Vou. — Parei e pensei em como formular a pergunta. — Se uma mulher está envolvida com um homem, alguém que é muito franco desde o início sobre não querer compromisso, seria insanidade essa mulher se demitir de um bom emprego com uma boa quantidade de ações e um bom dinheiro, acreditando na remota possibilidade de o cara mudar de ideia e querer algo mais?

Madison franziu a testa e deixou a taça sobre a mesa.

— Ah, meu amor. A ideia era usar o cara como trampolim.

Deslizei o dedo pelas gotinhas de condensação na base da taça de vinho.

— Eu sei. E devia ter sido o arranjo perfeito. Porque ele é narcisista, tem fobia de compromisso, é chauvinista e arrogante.

Madison levantou as duas mãos.

— Ah, é claro que se apaixonou por ele!

Nós duas rimos.

— Falando sério, um de nós vai ser transferido para o Texas em algumas semanas. Seria loucura se eu procurasse outro emprego para podermos ter uma chance?

— De quanto dinheiro estamos falando?

— Bom, eu tenho ações que vão render participação nos lucros pelos próximos três anos. Basicamente, eles me deram a oportunidade de comprar vinte mil cotas pelo preço fixo de nove dólares. Então, vai depender do valor das ações nesse período.

— Quanto valem agora?

Fiz uma careta de desgosto.

— Vinte e um dólares a cota.

Madison arregalou os olhos.

— Isso dá o quê... quase duzentos e cinquenta mil de lucro?

Assenti e engoli em seco.

Ela bebeu o resto do vinho.

— E você gosta dele tanto assim.

Assenti novamente.

— Não me entenda mal, ele é todas aquelas coisas que pensei no começo, mas tem muito mais por trás da fachada. Por exemplo, ele tem um jeito infantil, mas ao mesmo tempo é muito comprometido e responsável com o afilhado. Além do mais, ele me faz rir, mesmo quando me deixa furiosa. E tem um bom coração, mas não quer que ninguém saiba. Sem mencionar que tem dons que sabe como usar.

— O que Bennett pensa de tudo isso?

Balancei a cabeça.

— Não conversamos sobre o assunto.

— Bom, acho que precisa ter essa conversa com ele antes de decidir se vai jogar para cima sua carreira e todo esse dinheiro.

— Acontece que... acho que ainda não chegamos a esse ponto. E não consigo nem imaginar que ele vai aceitar tranquilamente a ideia de eu desistir de tudo por uma chance de ele se comprometer. Na verdade, aposto que voltaria para a caixinha onde passa a maior parte do tempo trancado se soubesse o que estou pensando. Alguma coisa o fez ter medo de relacionamentos. Mas não sei o que é.

— Não acha que só isso já é um sinal de alerta? O fato de nem saber o que o fez decidir evitar relacionamentos.

— É claro que acho! E sei que toda essa minha ideia parece ridícula. Mas... gosto dele de verdade, Mad.

— Sabe, às vezes é difícil ver as coisas com clareza em um relacionamento depois de outro que não deu certo. As pessoas costumam buscar a segurança e o conforto do que acabaram de perder, e isso pode criar um apego mais ao *relacionamento* do que a outra pessoa propriamente dita.

—Já pensei nisso. Sério. Mas não acho que estou tentando substituir Andrew ou o que vivemos.

Madison não parecia convencida. Eu esperava que ela me chamasse de maluca por considerar abrir mão de um ótimo emprego e muito dinheiro por uma chance remota com um homem... no começo, pelo menos. Mas, agora que ela não se animava nem embarcava na minha ideia, meu entusiasmo também diminuía.

Mudei de assunto e tentei aproveitar o restante da noite. Porém, havia um motivo para essa mulher ser minha melhor amiga por mais de vinte anos: ela me conhecia bem.

Quando estávamos indo embora, ela me deu um abraço demorado.

— Se você ama um babaca narcisista, eu também vou gostar dele. Se decidir abrir mão do emprego e dar uma chance para o amor, pode dormir no meu sofá e ir comigo nos jantares de trabalho quatro vezes por semana quando estiver falida. Vou te apoiar em qualquer situação. Não quis sufocar seus sentimentos. Só queria te proteger, minha amiga. Confio no seu julgamento. Você pode ganhar mais dinheiro e arrumar outro emprego.

Ela recuou e segurou meu rosto entre as mãos.

— Você tem tempo. Vai resolver tudo isso.

Senti meus olhos se encherem de lágrimas e a puxei para mais um abraço.

— Obrigada.

―――

Decidi não mandar uma mensagem para Bennett antes de aparecer. Mas agora que estava diante do prédio dele, olhando para a janela escura do apartamento, me perguntei se essa não tinha sido uma má ideia. Era como ir atrás de sexo abertamente, algo que nunca fiz. Na verdade, durante os oito anos que passei com Andrew, nunca sequer considerei a possibilidade de aparecer sem avisar antes. Não tínhamos esse tipo de relacionamento, o que nunca achei estranho, até hoje.

Mas eu já estava ali; então, dane-se. Não fazia sentido repensar o que eu havia achado confortável antes de começar a analisar demais as coisas e compará-las com meu último relacionamento. Respirei fundo e me aproximei da porta do prédio. Apertei o botão embaixo do nome

Fox no interfone e esperei batucando com as unhas no metal da caixa de correspondência embutida embaixo do equipamento.

Dei um pulinho quando ouvi a voz dele.

— Sim?

Mau humor. Não consegui conter um sorriso.

— Entrega para o Sr. Fox.

Ouvi o sorriso na voz dele.

—Entrega, é? O que trouxe para mim?

— O que você quiser.

O interfone vibrou, abrindo a porta antes que eu concluísse a frase. Dei uma risada me sentindo animada.

Mas, enquanto o elevador subia, *outros* sentimentos começaram a se manifestar. Meu corpo formigava, o coração batia mais depressa. *Minha primeira visita sexual.* Não era à toa que as pessoas faziam tanto escândalo com isso.

Quando saí do elevador, Bennett esperava sem camisa no corredor, encostado ao batente da porta do apartamento. Ele era a imagem da confiança e da descontração, e seus olhos brilhavam enquanto me viam caminhar em sua direção.

Ele segurou meu cabelo entre o polegar e o indicador e brincou com a mecha rebelde.

— O que eu quiser, é? É uma proposta muito grande para uma garotinha. — Sua voz era grossa e rouca, e eu adorava.

Fiquei inquieta, agitada, sentindo a eletricidade que vibrava no ar à nossa volta. Tentei me controlar, endireitei as costas e olhei para ele.

— Estou aqui, não estou?

Bennett sorriu, um sorriso lento, malicioso.

— Ah, é, está.

Gritei quando ele me tirou do chão. Porém, minhas pernas sabiam o que fazer antes mesmo de o cérebro reagir. Elas enlaçaram sua cintura e se cruzaram em suas costas, enquanto ele me carregava para dentro do apartamento. Os lábios cobriram os meus, enquanto uma das mãos agarrou meu cabelo, inclinando minha cabeça na posição que ele queria.

Completamente perdida no beijo, não percebi nem que nos movíamos, até minhas costas encontrarem o colchão. De algum jeito, conseguimos tirar quase toda a roupa sem interromper o contato.

Bennett abaixou minha calcinha, e minha respiração ficou mais rápida, irregular.

Ele afastou o cabelo do meu rosto.

— Última chance... O que eu quiser? Tem certeza?

Assenti, apesar de agora estar um pouco nervosa.

O sorriso malicioso voltou quando ele estendeu a mão para a mesa de cabeceira e pegou alguma coisa na gaveta. Era um frasco de lubrificante.

— Cheio. Novinho. Comprei hoje à noite quando voltava para casa, para o caso de uma oportunidade aparecer. Acho que estamos em sintonia, meu bem.

Ele abaixou a cabeça para pegar um dos meus mamilos entre os dentes. Puxou até eu arquear as costas na cama, depois uniu os lábios em torno do bico e chupou de leve. Quando ele levantou a cabeça, eu ofegava como um animal selvagem.

Bennett saiu de cima de mim, deitou ao meu lado, levando o calor de seu corpo e abrindo caminho para o ar frio que atingiu o meu. Um arrepio percorreu regiões que eu nem sabia que podiam se arrepiar. O barulho da remoção da tampa da embalagem de lubrificante me fez dar um pulinho.

— Imagino que nunca fez anal. Acertei?

Arregalei os olhos. Assenti, porque falar teria sido completamente impossível.

Ele me beijou mais uma vez, depois enlaçou minha cintura com um braço e me virou como se eu fosse uma boneca.

— Fica de quatro, linda. — O braço me levantou e guiou.

O som da minha respiração arfante dominava o ar à nossa volta. Bennett se colocou de joelhos atrás da minha bunda empinada. Eu me sentia a um passo de explodir de nervosismo e expectativa. Ele se debruçou e foi desenhando uma trilha de beijos desde a parte mais alta da bunda, subindo pela coluna, pelas costas, até morder minha orelha. Seu corpo envolvia o meu, e senti o pau roçando no meu traseiro.

— Vamos bem devagar. Não vou te machucar. Confie em mim.

Eu estava tensa sem perceber, e o calor e a preocupação na voz dele ajudaram meu corpo a relaxar um pouco.

Bennett ficou de joelhos atrás de mim, e senti gotinhas de um líquido morno pingando na parte de cima da minha bunda. Cada gota aumentava a expectativa. Viajando lentamente, elas seguiram o caminho natural entre as nádegas. Foi a sensação mais eufórica que tive em toda minha vida. Os dedos do pé começaram a formigar.

— Meu Deus do céu — ele gemeu. — Isso é um tesão.

Quando o lubrificante escorreu para os lábios, Bennett o espalhou, massageando o clitóris e brincando com os dedos na entrada da minha abertura. Ele se debruçou sobre meu corpo e usou a outra mão para virar minha cabeça, me beijando no exato momento em que os dedos me penetraram. A onda de calor se espalhou por meu corpo quando ele murmurou:

— Quero estar dentro de você em todas as partes ao mesmo tempo.

Depois mudou a posição do quadril e trocou os dedos pelo pau. O lubrificante e minha excitação facilitaram a penetração. Ele balançou os quadris algumas vezes, penetrou mais fundo antes de erguer o corpo novamente e ficar de joelhos atrás de mim.

Quando senti a ponta de um dedo contornando o ânus, todo meu corpo logo se contraiu se preparando para o que estava por vir.

— Relaxe. Não vou forçar nada. É só isso que vou tentar hoje. Prometo. Confie em mim.

Fechei os olhos e tentei desfazer o nó de tensão dentro de mim respirando fundo algumas vezes. Bennett se afastou um pouco, me penetrou e se moveu algumas vezes antes de tentar de novo. Na segunda vez, ainda foi meio estranho, mas aceitei e deixei acontecer. Ele massageou a área e introduziu a ponta do dedo bem devagar, ao mesmo tempo que movia os quadris. Com o tempo, acabei relaxando e comecei a me mover junto com ele, até empurrei os quadris para trás para ir ao encontro das penetrações. Estava chocada com quanto aquilo era bom.

Eu me perdi na sensação de ser preenchida, de dar algo tão especial a esse homem. Braços e pernas começaram a tremer, o corpo todo vibrou antecipando o *tsunami* que começava a se formar dentro de mim.

— Bennett...

Ele se movia mais depressa e com mais força e, ao mesmo tempo, tirava o dedo e o introduzia de novo. Quando relaxei o suficiente, ele introduziu mais um dedo. Isso foi o suficiente para me fazer explodir.

Foi um orgasmo forte e barulhento, produzi sons que nem reconhecia. Quando pensei que poderia desabar, Bennett enlaçou minha cintura com um braço para me manter estável e me penetrar com mais força. Com um grunhido voraz, ele se debruçou sobre mim, enterrou a cabeça no meu cabelo e saiu de dentro de mim.

Estávamos cobertos de suor quando caímos na cama. Consciente do próprio peso, Bennett rolou imediatamente para o lado, saindo de cima das minhas costas, e ficamos ali tentando recuperar o fôlego.

Meu cabelo estava grudado nas laterais do rosto. Empurrei as mechas para trás e virei de barriga para cima.

— Uau.

Bennett se apoiou sobre um cotovelo e olhou para mim. Ele se inclinou para um beijo suave, depois passou o polegar na minha boca.

— Ainda bem que aquele seu ex é um idiota e nem imaginava do que você gostava.

Sorri meio boba.

— Acho que eu também não sabia.

Ele me beijou de novo.

— É um imenso prazer te ajudar a descobrir.

— Acabei de fazer minha primeira visita sexual. — Balancei as sobrancelhas.

Bennett riu.

— Venha sempre que quiser.

37

Bennett

Contentamento.

Fazia meia hora que eu estava ali deitado, tentando lembrar a última vez que tive esse sentimento. Se alguém me perguntasse alguns meses atrás, eu teria respondido que era isso que sentia cada vez que fazia sexo – esse relaxamento pós-orgasmo que domina o corpo todo. Mas teria me enganado.

Aquilo era *saciedade*. Até agora, eu nem tinha percebido que existia uma diferença entre *saciedade* e *contentamento*. Mas existe, e é grande. *Saciedade* é aquela satisfação que se tem depois de uma boa refeição, quando se estava faminto. Ou quando você está cheio de tesão e encontra um alívio que drena a vida do seu corpo. Sim, eu estava esgotado agora; não me entenda mal. E também me sentia satisfeito. Mas não estava *saciado*. *Saciedade* satisfaz uma fome que sempre volta. *Contentamento* dá a sensação de que você não precisa de mais nada. *Nunca mais.*

E isso é uma merda.

Mas, no momento, eu não dava a mínima para quanto eu estava ferrado por ter esse sentimento. Na verdade, na última meia hora, senti vontade de mijar. Mas não fui, porque tinha medo de que, quando colocasse os pés no chão, esse sentimento sumisse.

A cabeça de Annalise descansava em meu peito, e eu afagava o cabelo dela. Seus dedos traçavam um pequeno círculo no meu abdome.

— Posso perguntar uma coisa? — A voz dela era baixa.

— Sim. Eu consigo de novo. É só escorregar a mão um pouquinho mais para baixo e ficar lá por um minuto.

Ela riu e deu um tapinha de brincadeira na minha barriga.

— Não era isso que eu ia perguntar. — Uma pausa breve, e sua voz ficou séria. — Mas você conseguiria mesmo repetir? Já foram duas vezes desde que eu cheguei.

Segurei a mão dela e a guiei para baixo, até meu pau. Ainda estava meio ereto depois da última rodada.

— Hummm... talvez você tenha algum problema. Tem que baixar de vez em quando, sabe?

— Bom, agora que estamos falando sobre o meu pau, ele sabe disso e está ainda mais acordado, então, se tiver uma pergunta séria para fazer, é melhor ser rápida. Em um minuto, sua boca vai estar cheia demais para perguntar qualquer coisa.

Annalise apoiou a cabeça na mão fechada sobre meu peito.

— O que acha que aconteceria se não tivéssemos um prazo de validade?

Paralisei.

— Como assim?

— Se trabalhássemos juntos e um de nós não tivesse que ser transferido em breve? Acha que daqui a um ano estaríamos aqui?

Eu não queria magoá-la, mas precisava ser honesto. Normalmente, as palavras saíam da minha cabeça, mas essa parecia rasgar meu coração e brotar dele.

— Não.

Ela fechou os olhos e assentiu.

— Ok.

Porra.

Annalise virou a cabeça e a descansou novamente em meu peito. Alguns minutos depois, senti a umidade na pele.

Porra. Porra.

Ela estava chorando. Fechei os olhos e respirei fundo algumas vezes. Depois mudei de posição, até ela estar deitada com as costas na cama e eu conseguir falar cara a cara. Limpei uma lágrima com o polegar. Ela olhava por cima do meu ombro, em vez de olhar para mim.

— Ei. Olha para mim.

Odiei ver os olhos dela cheios de dor. Dor que eu havia causado.

— A resposta tem tudo a ver comigo, nada a ver com você. Você é...

Era raro eu ficar sem palavras. Mas eu não tinha um jeito preciso de descrever o que pensava dela. Mas sabia que era importante transmitir a mensagem. Annalise tinha acabado de sair de um relacionamento longo e horrível, e precisava saber o que era.

— Você é *tudo*, Annalise. Conheci dois tipos de mulher na minha vida: todas as mulheres por aí. E você.

— Então não entendo...

— Você me perguntou se as coisas fossem diferentes, se estaríamos do mesmo jeito daqui a um ano. Estou sendo honesto. Não estaríamos. Mas não quero que você pense que eu não seria o filho da puta mais sortudo do mundo se conseguisse te manter na minha cama por tanto tempo. Porque seria. Mas algumas pessoas não servem para ter relacionamentos longos.

— Por que não?

A verdade era *porque não merecem*. Mas eu não podia dizer isso a Annalise. Ela passaria cada minuto do tempo que ainda nos restava tentando provar que eu estava errado.

Desviei o olhar porque não conseguia encará-la e mentir.

— Porque eu gosto de ser solteiro. Gosto da minha liberdade e de não ter que dar satisfações a ninguém, de não ter responsabilidades. Você quer velas e flores no Dia dos Namorados, e merece ter o que quer.

Ela engoliu em seco e concordou balançando a cabeça. Decidi que era hora de atender ao chamado da natureza.

— Vou ao banheiro, depois vou pegar alguma coisa para beber. Quer alguma coisa?

— Não, obrigada — ela sussurrou triste.

Infelizmente, eu não estava enganado. Quando pus os pés no chão, a sensação de contentamento tinha desaparecido há um bom tempo.

Ela me evitou por dias depois disso.

E eu aceitei. Não estávamos brigando, nem havia raiva entre nós. Quando passávamos um pelo outro no corredor, sorríamos um sorriso falso, e ela inventava uma desculpa qualquer sobre ter que correr para um compromisso que, eu sabia, porque espionava sua agenda, nem existia. Mas não a desmentia. Para quê?

Estava começando a sentir que nossa relação tinha seguido seu curso natural, e a melhor noite de sexo da minha vida tinha se transformado no nosso canto do cisne. Era melhor assim, provavelmente, com esse espaço entre nós, isso tornaria as coisas mais fáceis. Faríamos a apresentação para a Star na próxima semana, e a Pet Supplies tinha marcado a data para o começo da semana seguinte. Qual era o propósito de continuar com isso?

Mas eu não conseguia me segurar.

A porta da sala dela estava fechada, mas eu sabia que ela ainda estava lá. Éramos as últimas duas pessoas que continuavam no escritório em uma noite de quinta-feira, quase nove horas. Eu estava morrendo de fome.

Bati na porta da sala dela depois de revirar a geladeira.

— Entre.

Eu segurava um sanduíche embrulhado em papel-alumínio.

— Está com fome? Podemos dividir.

Ela suspirou.

— Faminta, na verdade.

Cheguei perto da mesa e ofereci metade do sanduíche de pasta de amendoim e geleia.

Annalise lambeu os lábios e aceitou a oferta, mas parou com o sanduíche a caminho da boca.

— Espere aí... isso é seu, não é?

Fiz uma careta debochada.

— Só coma. Eu chego cedo amanhã e ponho outro no lugar.

Annalise olhou melancólica para o sanduíche, depois para mim de novo.

— É da Marina, não é?

Mordi um pedaço da minha metade e falei com a boca cheia.

— Hummm. Que delícia.

Os cantos de sua boca tremeram, mas ela mordeu o sanduíche mesmo assim.

— Você está me corrompendo.

— Pensei que estivesse gostando. — Inclinei a cabeça. — Mas parece que esteve ocupada demais para ser corrompida nos últimos dias.

O sorriso dela desapareceu.

— Ah. Desculpa. Tenho estado... atolada.

Olhei para a mesa dela. *Laptop* fechado, uma pilha perfeita de pastas.

— Pelo jeito, acabou o que tinha para fazer. — Olhei nos olhos dela. — Isso quer dizer que tem a noite livre?

Ela olhou para mim por alguns instantes, depois levantou a mão e cobriu a boca, que abriu para forçar um bocejo.

— Estou exausta. Talvez outra noite.

Eu sabia que era mentira antes mesmo de ver sua pele começar a se tingir de vermelho, mas não a desmenti.

Concordei com um movimento de cabeça.

— Ah, é claro. Também estou cansado.

⸺

Não era mentira. Eu estava cansado.

Mas não fui para casa.

Em vez disso, parei no boteco perto do escritório e pedi um uísque duplo. E depois outro. E mais um. E outro. Até o bartender avisar que só serviria mais um drinque se eu deixasse o celular com ele.

Joguei o telefone em cima do balcão e falei com voz pastosa:

— Que bebida cara. Mas tudo bem... pode ficar com ele. Dá logo essa coisa.

O garçom serviu minha bebida com uma das mãos e pegou o celular com a outra. Depois levantou uma sobrancelha.

— Como é o nome dela?

— Annalise. — Minha risada era histérica. — Ou Sophie. Pode escolher. — Levantei o copo na direção dele, e metade da bebida respingou no balcão. — E ela fica incrível de chapéu de caubói.

— De qual delas estamos falando? Annalise ou Sophie?

— Annalise. Linda, cara. Muito linda. — Engoli um gole bem grande de uísque.

— Tenho certeza disso. Vou chamar um Uber para você. Para onde vai depois dessa dose?

— Ela acha que sou um cretino.

O bartender suspirou.

— Aposto que está certa. Para que endereço vai, amigão?

— Não mereço essa mulher.

— Tenho certeza de que não. O endereço?

Bebi tudo que tinha no copo.

— Você é casado?

Ele levantou a mão esquerda.

— Há dezesseis anos.

— Como soube que amava sua mulher?

— Se me der o endereço para chamar a porcaria do Uber, depois eu conto como soube.

Recitei o endereço. Ele digitou a informação no celular, depois o empurrou por cima do balcão na minha direção.

— Sabe aquela história de que *se você ama alguma coisa, liberte-a, e ela vai voltar para você*?

— Sei.

Ele balançou a cabeça.

— Bom, isso é uma baita bobagem. Se você ama alguém e liberta essa pessoa, ela pode voltar com herpes. Então, se recupere e a tranque à chave, antes que acabe pegando uma DST. Seu Uber chega em quatro minutos, é melhor levar essa sua bunda bêbada lá para fora, para a calçada.

———

— Chegamos.

A voz do motorista me acordou. Devo ter cochilado no banco de trás na viagem curta até minha casa.

Assenti.

— É. Obrigado, cara.

Tive que tentar algumas vezes, mas consegui achar a maçaneta e abrir a bendita porta. Até cambaleei para fora do carro sem cair de cara. O motorista do Uber não deve ter ficado impressionado com meu desempenho, porque não ficou para me ver chegar à porta. Pisou fundo e saiu dali antes mesmo de eu dar três passos cambaleantes pela calçada. Mas acenei para ele assim mesmo.

De algum jeito, consegui chegar à porta do prédio. Por sorte, quando quase cem quilos se inclinam para a frente quase caindo, o impulso é bem forte. Passei cinco minutos tentando enfiar a chave na fechadura, mas a porcaria não funcionava. Comecei a pensar que alguém tinha trocado a fechadura.

Dei um passo para trás e olhei para a porta, tentando analisar a fechadura. E foi então que ela se abriu.

Que porra é essa?

Cambaleei para trás piscando algumas vezes.

— Que diabo está fazendo aqui? — Fanny fechou o roupão.

Eu estava na casa errada?

Cacete.

Talvez não.

— Não queria fazer mal a ela. — Eu balançava para a frente e para trás. — Não sabia o que ela sentia.

— É mais de meia-noite. Eu devia chamar a polícia.

Abaixei a cabeça e engoli o nó na garganta.

— Desculpe. Eu sinto muito.

Tinha dito essas mesmas palavras muitas vezes há oito anos. Não serviram para nada, não fizeram nada por nenhum de nós naquela época. Mas o que eu esperava? Ser perdoado? Perdão não muda o passado.

— Quer que eu diga que está tudo bem? Não está. Lucas me contou que você levou uma mulher para a Disney. Quer que eu aceite suas desculpas para você poder seguir em frente sem sentir culpa? É isso? Minha filha não vai ter chance de seguir em frente, vai?

Não, não vai. Balancei a cabeça.

— Desculpe.

— Sabe para que serve o arrependimento?

Levantei a cabeça e olhei em seus olhos furiosos.

— Para quê?

— Para nada.

E, antes que eu pudesse dizer mais uma palavra, a porta bateu na minha cara.

38

Primeiro de dezembro

Querida Eu,

Estamos grávidas.

Não era exatamente o que planejávamos, era?

É uma longa história, mas aconteceu quando fomos a Minnetonka com a mamãe há dois meses. Lembra do cara bonitinho que conhecemos no bar quando saímos escondidas, depois que a mamãe dormiu?

É isso aí. É dele.

Parecia um cara legal.

Até nós aparecermos na casa dele para contar que estamos grávidas, duas semanas atrás, e...

... a esposa dele abrir a porta.

Esposa! O cretino falou que não tinha nem namorada!

Ainda não contamos para a mãe. Ela não vai ficar feliz.

A única pessoa no mundo que sabe é o Bennett. Um dia depois de eu contar, ele veio de carro passar o fim de semana em casa para ter certeza de que estávamos bem. Fingimos que sim. Mas não estamos, na verdade.

Queria estar esperando um filho do Bennett. Ele seria muito bom para nós e um bom pai. Amo o Bennett de verdade, um amor diferente daquele que existe entre amigos.

Esse poema é dedicado a Lucas ou Lilly.

> *Trovões ecoam lá no alto*
> *nuvens negras se juntam no céu*
> *um dia o sol vai brilhar.*

Esta carta se autodestruirá em dez minutos.
Anonimamente,
Sophie

39

Bennett

Eu tinha a sensação de que uma banda marcial havia se instalado dentro da minha cabeça.

O latejar surdo se transformava em uma *jam session* de percussão completa cada vez que eu tentava levantar a cabeça do travesseiro.

Que diabo eu bebi ontem à noite?

E que horas são?

Tateei a mesinha de cabeceira procurando o celular, mas ele não estava lá. Virei de lado, abri um olho e vi um raio de luz entrando pelas frestas da persiana.

Meu Deus. Protegi os olhos. *Isso dói.*

Fiz um esforço para sair da cama, fui ao banheiro e peguei três comprimidos de analgésico do armário de remédios. Engoli tudo sem água. Quando estava voltando, encontrei o celular no chão do banheiro, ao lado das roupas que usei no dia anterior.

São oito horas e quarenta e cinco. *Merda*. Eu tinha que voar para o escritório. Mas voltei para a cama. O analgésico precisava fazer efeito para eu poder ir a algum lugar. Destravei a tela do celular pensando em mandar um e-mail avisando Jonas de que ia me atrasar, mas vi que tinha perdido várias ligações.

Duas da Fanny hoje de manhã e três da Annalise ontem à noite.

O que a Fanny quer? Nunca era coisa boa, quando ela ligava.

Eu estava quase ignorando as notificações quando fragmentos da noite passada começaram a voltar aos poucos.

Uísque demais.

Uber.

Apareci na casa do Lucas e choraminguei para a Fanny.

Liguei para a Annalise da calçada na frente da casa da Fanny.

Fechei os olhos. *Jesus Cristo.*

Eu a tinha acordado para me desculpar.

E para dizer que ela era linda.

E inteligente.

E divertida.

E...

E que eu queria transar com ela usando chapéu de caubói e salto alto desde a primeira vez que a vi entrar no meu escritório rebolando aquela bundinha sexy.

Cacete.

Passei alguns minutos respirando fundo, tentando relaxar, mas não funcionou, e retornei a ligação perdida de Annalise. Precisava pedir desculpas a ela antes de lidar com a Fanny.

Ela atendeu no primeiro toque.

— Como se sente nesta linda manhã?

Gemi.

— Como se um rolo compressor tivesse passado por cima de mim, e o filho da mãe se recusou a dar ré e terminar o serviço.

Ela riu.

— Bom, fico feliz por estar bem. Estava começando a me preocupar. Imaginei que não teria disposição para a corrida matinal, mas nove horas equivalem a meio-dia para você.

— É. — Passei a mão no rosto. — Escuta. Desculpe por ontem à noite.

— Tudo bem. Nenhum problema. Fui à sua casa sem avisar para transar na semana passada. Você adquiriu o direito de me ligar bêbado uma ou duas vezes.

Esbocei um sorriso.

— Obrigado. Pode me fazer um favor e avisar o Jonas que vou chegar mais tarde? Diz que estou trabalhando em casa para terminar a apresentação da Star ou alguma coisa assim.

— É claro.

— Obrigado.

Depois que desliguei, ouvi a mensagem de voz que Fanny tinha deixado. Não me surpreendi ao constatar que ela não era tão compreensiva quanto Annalise parecia ser. Mas eu precisava resolver isso de uma vez. Por isso, retornei a ligação torcendo para ela não atender.

Não tive essa sorte.

Fanny falou por uns cinco minutos sem parar nem para respirar.

Fechei os olhos.

— Eu o acordei?

— É claro que sim. E, pelo jeito, o espertinho ficou ouvindo. Queria saber o que você fez de errado, por que estava se desculpando.

Merda.

— O que disse a ele?

— Disse para ele voltar para a cama e prometi que conversaríamos sobre isso hoje, depois da aula.

— Não pode ser assim, Fanny. Não é você que tem que falar com ele. Lucas precisa saber por mim.

— Nesse caso, acho que vai ter que conversar com ele em breve.

Passei os dedos pelo cabelo.

— Ele é muito novo. Vai ser doloroso demais.

— Devia ter pensado nisso há oito anos, não acha? Talvez tivesse prestado mais atenção.

— Fanny...

— Vou avisar que você vai conversar com ele no próximo fim de semana em que se encontrarem.

— Mas...

Ela interrompeu de novo.

— E, se não falar, eu falo.
E desligou.

40

Bennett

— Boa sorte.

Annalise estava com as mãos cheias, por isso abri a porta da sala de reuniões para ela.

— Obrigada. — Ela deixou o material da apresentação sobre a mesa. — Mesmo sabendo que não é um desejo sincero.

Sorri de verdade pela primeira vez em dias. Era um desejo sincero, mas eu queria que não fosse. Tudo seria muito mais fácil se eu não quisesse ver seu sucesso.

Eu tinha acabado de concluir minha apresentação para a Star, e o pessoal da empresa estava fazendo um intervalo enquanto eu recolhia minhas coisas e Annalise se preparava para apresentar sua campanha.

— Como foi? — ela perguntou.

Foi fantástico, mas eu não queria que ela ficasse apreensiva. Em vez de anunciar meu sucesso como minha versão desagradável faria normalmente, dei de ombros.

— Tudo bem, acho.

Ela me encarou desconfiada.

— Só isso?

Olhei para o relógio.

— Eles vão voltar em vinte minutos. Quer ensaiar comigo?

— Mostrar meus conceitos para você?

— Isso. — Dei de ombros. — Já fiz minha apresentação. Não posso roubar suas ideias, nem que eu quisesse.

Annalise mordeu o lábio inferior.

— É claro. Por que não? Não costumo ficar tão nervosa, mas, por alguma razão, isso está me deixando meio surtada.

Ela preparou as artes e me mostrou a apresentação. Fiquei fascinado com a maneira como ela começou visivelmente nervosa, mas conseguiu fazer uma apresentação fabulosa. Minha intuição dizia que os conceitos dela não seriam tão bem recebidos quanto os meus tinham sido, mas queria deixá-la confiante, não mais nervosa, por isso a elogiei.

— Bom trabalho. Suas cores trouxeram uma familiaridade da empresa original, mas você criou uma identidade inteiramente nova para a Star.

Ela ergueu um pouco os ombros. Continuei falando.

— E gosto do lema. O jogo de palavras é inteligente.

— Obrigada. — Annalise começou a dar sinais de desconfiança, e decidi recuar nos elogios, adotar uma coisa mais apropriada ao meu estilo habitual.

— E sua bunda fica fenomenal nessa saia.

Ela revirou os olhos, mas notei o sorrisinho que não deu para disfarçar. Minha missão ali estava cumprida. Sua confiança abalada tinha sido reafirmada.

Jonas entrou na sala de reuniões.

— Pronta, Annalise?

Ela olhou para mim, depois para Jonas, e sorriu.

— Com certeza.

Quando estava saindo da sala, eu me inclinei para fazer um último comentário para minha concorrente.

— Vamos fazer uma aposta? Se eu ganhar, você deita na minha mesa mais tarde. Se você ganhar, você ajoelha embaixo da minha.

— Caramba, que prêmio para mim.

Sorri.

— Boa sorte, Texas.

Mais tarde, Jonas bateu na porta aberta da minha sala.

— Tem um minuto?

Joguei o lápis em cima da mesa, satisfeito com a distração. Passei a tarde toda sem conseguir me concentrar.

— Entre.

Ele fechou a porta, coisa que Jonas não costumava fazer. Sentou na cadeira na frente da minha mesa e suspirou, um suspiro profundo.

— Há quanto tempo a gente se conhece? Dez anos?

Dei de ombros.

— Mais ou menos isso.

— Durante todo esse tempo, nunca te vi tão estressado quanto nas últimas duas semanas.

Ele estava certo. Meu pescoço doía por causa da tensão, inclusive de manhã, quando eu acordava.

— Tem muita coisa em jogo. — *Muito mais do que essa competição devia ser.*

Jonas assentiu.

— Por isso estou aqui para ter esta conversa confidencial. Tenho o dever de te tirar dessa angústia o mais depressa possível, depois de como trabalhou duro comigo durante todos esses anos.

Aonde ele queria chegar?

— Ok...

Jonas sorriu sem muita convicção.

— Falei com o pessoal da Star antes de eles irem embora, há um tempinho. Eles vão escolher sua campanha. Foi uma decisão unânime.

Eu devia sentir vontade de pular e comemorar, mas a vitória parecia vazia. Forcei um sorriso feliz.

— Isso é ótimo.

— E essa não é a única notícia boa. A Billings Media também já me disse em caráter não oficial que pretende ficar com a sua proposta. Eles já entraram em contato com o nosso CEO e informaram que gostam muito do seu trabalho há anos. E não fui eu que pedi. Eles fizeram isso por causa do seu esforço.

— Uau. Ok.

— Acho que não preciso explicar o que isso significa. O conselho vai fazer uma votação formal que envolve reestruturação e desligamentos na área de supervisão, mas é só uma formalidade, a esta altura. Você ganhou em duas de três disputas, a terceira nem é necessária. Você fica aqui, Bennett. — Jonas bateu nos joelhos e usou o impulso do movimento para se levantar. — Annalise será transferida para a filial de Dallas. Mas vamos esperar as apresentações da Pet Supplies para fazer o anúncio.

Massageei o nó de tensão na nuca.

— Obrigado por me avisar, Jonas.

Ele saiu e deixou a porta aberta.

Eu venci.

Tudo que eu queria dois meses atrás era meu, definitivamente. Mas eu não poderia me sentir mais infeliz. Isso me fez refletir sobre se eu sabia de verdade o que queria. Porque, neste momento, eu não conseguia me imaginar querendo nada que levasse Annalise para milhares de quilômetros longe de mim.

Uma hora mais tarde, eu ainda olhava para o espaço quando Annalise apareceu vestindo sua jaqueta.

— Obrigada pelo ensaio hoje à tarde. Minha apresentação foi muito mais tranquila.

— Por nada. Que bom que deu tudo certo.

Seu sorriso era dúbio.

— É, imagino que esteja muito contente. Bem, vou encontrar a Madison em um restaurante de comida nepalesa, seja lá qual for. O jantar de amanhã está confirmado?

Eu havia esquecido completamente que ela faria um jantar para mim em sua casa.

— É claro. Vai ser ótimo. — *Pode ser uma das nossas últimas noites.*

Annalise pegou a chave da bolsa e inclinou a cabeça de lado.

— Tudo bem com você?

— Sim. É só cansaço.

— Bem, descanse hoje. — Ela riu. — Porque amanhã, na minha casa, você não vai descansar.

41

Primeiro de abril

Querida Eu,
    Chegou a hora.

Nesses últimos meses, desde que Lucas e eu fomos morar com o Bennett, fui feliz como nunca estive em toda minha vida. Mas hoje de manhã, quando vi Bennett rindo e brincando com o Lucas, finalmente tomei a decisão. Já somos uma família em vários sentidos. Será que ele pode me amar como eu o amo?

Bennett acabou de ser promovido no emprego novo, depois de apenas um ano trabalhando lá. Está mais centrado.

Eu tenho que tentar, pelo menos. Tenho que dizer a ele o que sinto há tanto tempo.

Que mal pode haver nisso?

Não lembro a última vez em que me senti tão animada. Espero que, quando vier escrever no mês que vem, alguma mudança tenha acontecido entre mim e Bennett.

Este poema é dedicado ao Bennett.

> *Duas videiras crescendo*
> *uma se enrosca na outra*
> *entrelaçada ou estrangulada*

Esta carta se autodestruirá em dez minutos.

Anonimamente,
Sophie

42

Bennett

Não conseguia dormir de novo.

Lembra-se de O coração revelador, de Edgar Allan Poe? Provavelmente você leu no ensino médio. Não? Bom, vou dar um resumo. Um cara mata outro e esconde o corpo embaixo das tábuas do assoalho de sua casa. Ele ouve as batidas do coração do homem embaixo das tábuas por causa da culpa que sente. Ou isso, ou o cara é maluco, eu nunca soube ao certo.

Enfim, esse sou eu... com uma pequena modificação. Estou vivendo *O coração farejador*, de Bennett Fox. Passei a noite toda virando na cama, sentindo o cheiro de Annalise tão forte no meu travesseiro que, depois de duas horas tentando dormir, levantei e tirei os lençóis. Também peguei um travesseiro extra que guardava no fundo do *closet*, e no qual Annalise nunca havia tocado, e joguei a roupa de cama e o outro travesseiro no corredor.

Snif-snif.

Tum-tum.

Deitado no colchão sem lençol, com o travesseiro sem fronha, eu *ainda* sentia o cheiro dela. Isso nem era possível fisicamente. Mas o cheiro não diminuiu. Bati no travesseiro com o punho para afofá-lo.

Tum-tum.

Depois de um tempo, levantei-me da cama e revistei o quarto. Ela devia ter deixado um frasco de perfume em algum lugar. Tirei tudo das mesinhas de cabeceira, cheirei a embalagem de lubrificante inodoro e olhei embaixo da cama.

Nada de perfume.

Snif-snif.

Tum-tum.

Na manhã seguinte, eu estava me arrastando. Pelo menos era sábado, e eu não precisava ir para o escritório. Embora eu preferisse trabalhar a ter a conversa que teria com Lucas hoje. Eu devia ser sádico. Ou era masoquista? Sempre confundia as duas coisas. Qualquer que fosse o nome, o momento só podia ser uma terrível coincidência. Eu estava prestes a magoar as duas pessoas com quem me importava na vida.

Fanny me recebeu na porta de cara feia. Eu não poderia estar mais eufórico quando ela não falou nada, bateu a porta na minha cara e gritou daquele habitual jeitinho simpático.

Lucas estava feliz e animado, como sempre. Ele saiu, e fizemos nosso cumprimento ensaiado.

Depois, quando ele olhou para mim, franziu o nariz.

— Está doente? Ou aconteceu alguma coisa?

— Não. Por quê?

Ele saltou os dois degraus da varanda.

— Parece abatido. E apareceu aqui no meio da noite outro dia, e sua voz estava estranha.

— É. Desculpa por isso. Não queria te acordar.

Ele deu de ombros.

— Minha avó disse que você queria conversar comigo sobre alguma coisa.

Respirei fundo e respondi:

— Sim. Hoje temos que conversar um pouco.

Entramos no carro, prendemos o cinto de segurança, e Lucas virou para olhar o banco de trás.

— Não trouxe as varas de pescar?

Balancei a cabeça.

— Hoje não, amigão. Quero te levar a um lugar.

Ele ficou sério.

— Tudo bem.

Durante a viagem para o porto, tentei falar sobre coisas sem importância, mas tudo parecia forçado. Minhas mãos começaram a suar quando estacionei o carro. Talvez não fosse uma ideia tão boa conversar sobre a mãe dele, afinal. Lucas ainda era muito novo. Fanny provavelmente teria um preço para ficar de boca fechada. Podia ser todo o saldo da minha conta bancária, mas, no momento, o investimento parecia ser bom. *Adiar tudo isso seria melhor para o Lucas, pois ele ainda era muito jovem.*

Quando essa ideia passou por minha cabeça, Lucas levantou os braços e bocejou. Vi os pelos em suas axilas.

É. Boa tentativa. Ele merecia ter tido essa conversa anos atrás, mas fui egoísta demais.

No estacionamento, Lucas olhou pela janela para a baía e o píer mais próximo. Algumas pessoas pescavam de cima das pedras.

— Que lugar é este? — ele perguntou. — Por que não trouxemos uma vara?

— Porque hoje vamos conversar. Venha, quero te mostrar um lugar.

Andamos pelo píer. Quando chegamos perto do nosso destino, comecei a ouvir o ruído e sorri.

— Ouviu esse barulho? — perguntei.

— Ouvi. O que é?

— O nome disso é Wave Organ, ou Órgão das Ondas. Era o lugar favorito da sua mãe quando éramos adolescentes. Ela me arrastava para cá o tempo todo.

O Órgão das Ondas era uma escultura acústica ativada por ondas localizada na baía. Construída basicamente com os escombros de um cemitério demolido, ela mais parecia uma ruína que uma exposição de arte e música. Vinte e tantos tubos de PVC e órgão de concreto estavam posicionados em peças de granito e mármore esculpido, criando um som que vinha do movimento da água lá embaixo.

Lucas e eu sentamos sobre pedaços de rochas, frente a frente, e ficamos ouvindo os sons sutis.

— Não é música. — Seu rosto estava contraído.

Sorri.

— Era o que eu costumava dizer para sua mãe. Mas ela respondia que eu não ouvia bem.

Lucas se concentrou por um minuto, tentando escutar alguma coisa além do ruído parecido com o de uma concha junto da orelha. Depois deu de ombros.

— É legal. Seria melhor com uma vara de pescar.

Eu concordava com esse ponto de vista.

Sempre fui do tipo que desembucha, fala logo o que tem para dizer, mas não conseguia imaginar como começaria a conversa que era o motivo para ter trazido Lucas até aqui. Pelo jeito, ele sabia que eu planejava alguma coisa.

Lucas pegou uma pedrinha e jogou na água.

— Vai querer ter aquela conversa sobre sexo, essas coisas?

Eu ri.

— Não era minha intenção para hoje. Mas, se quiser falar sobre isso, tudo bem.

— Tommy McKinley já falou comigo sobre essas coisas.

— Tommy é aquele garoto cheio de espinhas e com cheiro de hamster, o que foi com a gente ao cinema há alguns meses? O que amarrou os cadarços dos tênis juntos e caiu?

Lucas gargalhou.

— É, esse é o Tommy.

Ah, com certeza precisávamos ter essa conversa.

— Imagino que a experiência dele com garotas seja praticamente nula. Por que não deixamos esse papo para a semana que vem? Hoje queria conversar sobre sua mãe.

— O que tem ela?

De repente me senti meio tonto. Como eu ia dizer para esse garoto que adorava que fui o responsável por arruinar a vida dele? Minha boca ficou seca.

— Sabe que sua mãe era minha melhor amiga, não sabe?

— Sei. E acho isso bem esquisito. Que garoto quer ser o melhor amigo de uma menina?

Contive um sorriso. Não tinha um jeito fácil de fazer essa confissão para um garoto. Eu preferia que uma onda gigante quebrasse na pedra e me levasse para o mar, seria melhor que terminar essa conversa. Mas olhei para Lucas, que continuava esperando.

Como um covarde, abaixei a cabeça.

— Você sabe que sua mãe morreu em um acidente de carro.

— Sei. — Ele balançou a cabeça. — Mas não lembro disso. Não muito. Só lembro que muita gente foi à nossa casa.

— Isso. Muita gente amava sua mãe.

Fiquei em silêncio de novo, e ele perguntou:

— Era isso que queria me falar?

Levantei a cabeça e vi os olhos de Lucas cheios de inocência e confiança, confiança que ele depositava em mim há onze anos, confiança que eu estava prestes a destruir.

— Não, amigão. Preciso te contar uma coisa sobre o acidente.

Ele esperou.

Não dava mais para devolver a rolha à garrafa. Respirei fundo pela última vez.

— Devia ter te contado isso há muito tempo. Mas você era muito jovem, ou eu tinha muito medo de contar, ou as duas coisas. — Desviei o olhar, depois encarei Lucas de novo para soltar a bomba. — Era eu que estava dirigindo o carro na noite do acidente. Sua mãe e eu estávamos discutindo e... chovia muito. Uma árvore grande que precisava ser podada escondia um sinal de parada obrigatória. Só vi a placa quando estava quase em cima dela. Pisei no freio, mas o asfalto estava molhado...

A expressão no rosto de Lucas mudou de imediato. Demorou uma eternidade para ele engolir o que eu tinha dito, absorver realmente a informação. Mas, quando por fim entendeu, ele ficou em pé.

— É por isso que passa todo esse tempo comigo? — Seu rosto era uma máscara de dor e, quanto mais ele falava, mais subia o tom de voz. — Porque se sente culpado por ter matado minha mãe? Por isso vai me visitar a cada duas semanas e dá dinheiro para minha avó?

— Não. Não tem nada a ver com isso.

— Mentira!

— Lucas...

— Me deixa em paz! — Ele saiu correndo pelo píer.

Gritei o nome dele algumas vezes, mas, quando ele parou e pegou algumas pedras para jogar na água, achei melhor dar um tempo para ele refletir. Normalmente, ele não ficava perturbado por falar sobre a mãe, mas o que eu havia contado era demais, muita coisa para absorver, e deve ter aberto muitas feridas antigas, além de criar outras novas.

Lucas passou o resto da tarde sem falar comigo. Mas também não pediu para ir para casa mais cedo. Então, não voltamos logo. Parei na loja e comprei uma vara de pesca barata, o resto do equipamento, e o levei para pescar no lago. Se eu perguntava alguma coisa, ele grunhia uma resposta monossilábica. Havia certo conforto em saber que, mesmo quando estava abalado e com raiva, ele ainda não me ignorava completamente.

Quando nos aproximamos da casa dele, percebi que ele não me daria tempo para falar mais nada assim que chegássemos. Pularia do carro assim que eu parasse e bateria a porta. Bem, eu teria feito a mesma coisa, na idade dele. E foi por isso que tirei o pé do acelerador e falei o que tinha para falar durante os últimos cinco minutos do trajeto.

— Entendo que está aborrecido comigo. E não espero que converse comigo agora. Mas precisa entender que esse tempo todo que passei com você nunca teve a ver com culpa. Quer saber se me sinto culpado em relação ao que aconteceu, se queria que as coisas fossem diferentes? Todos os dias da minha vida. Mas não é por isso que o visito. Venho te ver porque amava sua mãe como se ela fosse minha irmã. — Comecei a ficar sufocado, e minha voz falhou. — E amo você do fundo do meu coração. Pode me odiar por tudo que aconteceu, se quiser, eu mereço. Mas não existe nada mais honesto na minha vida do que o que construí com você, Lucas.

Paramos na frente da casa dele, e virei a cabeça para tentar esconder que estava secando as lágrimas. Lucas olhou para mim, olhou nos meus olhos por um longo instante, depois virou e saiu do carro sem dizer uma palavra.

43

Annalise

— Tem certeza de que está bem?

Tirei o prato de Bennett. Ele mal havia tocado na comida.

— Sim. É só cansaço. — Ele massageou a nuca.

— Não gostou do frango?

— Gostei, estava ótimo. Eu... hummm... comi com o Lucas mais cedo. Não parei para pensar. Desculpa, você teve todo esse trabalho e eu nem comi direito.

Levei os pratos para a pia, voltei e fiz um gesto para Bennett afastar um pouco a cadeira da mesa. Sentei no colo dele e afaguei seu cabelo.

— Tudo bem. Não me importo com isso. Você só parece... distante hoje.

— Desculpe.

— Pare de se desculpar. — Levantei e estendi a mão para ele. — Venha. Está cansado e não para de esfregar a nuca desde que chegou. Vou desmanchar esses nós de tensão.

Bennett segurou minha mão, e eu o levei para o quarto. Ele tirou os sapatos e sentou na beirada da cama.

Fui até o banheiro e peguei o frasco meio vazio de óleo para bebê que sempre mantinha embaixo da pia, uma ótima solução para minha pele seca.

— Tire a camisa para não sujar.

Quando despejei óleo nas mãos, e ele não fez nenhum comentário pervertido, tive certeza de que o que o incomodava era mais sério que dor no pescoço e cansaço. Ajoelhei atrás dele e comecei a massagem com óleo de bebê. Bennett encostou o queixo no peito enquanto eu trabalhava em seus músculos.

— Você não estava brincando. É *muita* tensão. Parece que tem um nó gigante aqui.

Bennett fez um barulho, um gemido que misturava prazer e dor, quando enterrei os dedos mais fundo em sua pele.

— Está melhor?

Ele assentiu.

Depois de desatar os nós nos músculos de suas costas, pensei em trabalhar em outra parte do corpo. Deslizei a mão por seu peito e desafivelei seu cinto, enquanto beijava sua nuca. Depois saí da cama e me coloquei entre as pernas dele, onde me ajoelhei.

O som do zíper da calça de Bennett ecoou no quarto. Libertei seu membro, e ele deixou escapar um suspiro alto, trêmulo. Pensei que fosse o som do autocontrole se dissipando, mas, quando levantei a cabeça, vi que ele estava de olhos fechados, com o rosto contorcido de dor.

— Bennett? — Recuei. — Que foi?

Ele abriu os olhos.

— Nada.

— Não venha com essa de nada. Você está muito perturbado.

Ele se levantou e deu alguns passos, afastando-se de mim.

— Desculpe.

— Pare de se desculpar. O que está acontecendo?

Esperei ele dizer alguma coisa, mas Bennett continuou respirando fundo, inspirando e expirando. Era como se tentasse se acalmar, recuperar o controle.

Ele passou a mão na cabeça.

— *Pooooorra!* — Agora parecia zangado, mas eu percebi que estava bravo com ele mesmo, não comigo.

— Fale comigo.

Mais alguns passos pelo quarto, depois ele se sentou na beirada da cama, a cabeça entre as mãos e os dedos puxando os cabelos.

Ajoelhei na frente dele.

— Bennett?

Vi o pomo de adão subir e descer quando ele engoliu em seco. Os ombros começaram a tremer. No começo, pensei que estivesse rindo, uma espécie de risada histérica que precisava sair ou ele acabaria desabando e chorando.

Mas Bennett levantou a cabeça.

E eu vi seus olhos cheios de lágrimas.

Meu coração parou.

Ele não estava rindo; estava chorando em silêncio, fazendo tudo que podia para não chorar.

— Meu Deus, Bennett. Que foi? O que aconteceu?

44

Annalise

Eu o abracei com força.

Seus ombros tremeram por tanto tempo que eu soube que tinha que me preparar para o som ensurdecedor, dilacerante, avassalador, quando ele ecoasse. Não imaginava o que poderia causar tanta dor. Mas sabia que queria amenizar um pouco dessa dor para ele.

Massageei suas costas, afaguei o cabelo, disse palavras ternas prometendo que tudo ia ficar bem. Essa dor, qualquer que fosse, tinha sido construída por muito tempo. Não era nova, não era do tipo que acontece quando se perde alguém inesperadamente ou quando se descobre de repente que o homem que você pensava conhecer não era aquele por quem você se apaixonou. A dor que emanava de Bennett era do tipo acumulada durante anos, guardada, como um vulcão que entra em erupção depois de passar cem anos adormecido, e cospe fogo e lava a cem metros de altura.

Comecei a chorar com ele, embora não tivesse a menor ideia de por que ele chorava. Era emoção demais para testemunhar sem me envolver. Ficamos abraçados por muito tempo.

— Vai ficar tudo bem — eu murmurava. — Vai ficar tudo bem.

Finalmente os tremores começaram a perder força. Eu não sabia se era porque eu o havia confortado ou porque ele não tinha mais lágrimas para chorar. Bennett respirou fundo algumas vezes, e aos poucos foi me soltando.

Seu rosto tinha ficado escondido em meu pescoço. Eu queria olhar para ele, mas temia me afastar, ver a dor em seus olhos e desmoronar de novo, mesmo que ele estivesse bem.

Quando voltamos a respirar normalmente e nenhum dos dois chorava mais, tossi para limpar a garganta.

— Quer beber alguma coisa? Uma água, ou outra coisa?

Bennett balançou a cabeça, mantendo-a baixa para eu não poder vê-lo, mas uma das mãos tocou meu rosto.

Ele pressionou a palma em minha bochecha e sussurrou:

— Obrigado.

— Por nada. — Sorri triste, tirando a mão dele do meu rosto e levando-a aos lábios. — Disponha.

Ele levantou a cabeça e apoiou a testa na minha. Seus olhos estavam inchados e vermelhos, mas o meio sorriso que ele conseguiu compor era real.

— Obrigado pela oferta. Mas espero que essa tenha sido a primeira e última vez que você viu isso.

Ele já estava falando como Bennett.

— Quer conversar sobre isso?

— Ainda não.

— Tudo bem. Sabe onde me encontrar, se quiser.

Mais um sorriso triste.

— No Texas?

Comecei a rir.

— Caramba, que recuperação rápida. E eu achando que ia ser legal comigo, depois de eu ter sido tão legal com você. Devia ter imaginado.

Bennett me levantou e me surpreendeu ao me colocar em cima da cama, perto da cabeceira. Depois deitou em cima de mim.

— Está dizendo que te devo uma?

Assenti com um sorriso largo.

— Talvez mais que uma.

Ele riu.

— Então, acho melhor começar a pagar já.

Seu rosto voltou ao meu pescoço, mas desta vez ele não chorava. Estávamos enroscados um no outro. Há menos de dez minutos, éramos dois desastres emocionais, e agora aqueles sentimentos se transformavam em desejo e necessidade.

Bennett me beijou com paixão, com ternura e admiração. O desejo que sentíamos um pelo outro nunca esteve em discussão, mas este momento era diferente, por alguma razão. Quando ele parou de me beijar para tirar minhas roupas, olhou para mim como se não existisse mais ninguém no mundo. O sorriso que ele exibia quando me penetrou me emocionou profundamente. Eu sabia que alguma coisa tinha mudado. E ele confirmou essa sensação fazendo amor comigo pela primeira vez.

— Conversei com o Lucas hoje, contei a verdade sobre mim.

O quarto estava escuro. Eu estava começando a cochilar, não tinha certeza de ter ouvido direito.

— A verdade?

Senti que ele balançava a cabeça em uma resposta afirmativa, embora não pudesse ver o gesto. Minha cabeça repousava em seu ombro, e ele continuou afagando meu cabelo com leveza enquanto falava.

— Sophie era minha melhor amiga. As pessoas achavam estranho a gente passar tanto tempo juntos sem nunca ter rolado nada. Ela era como a irmã mais nova que nunca tive, apesar de termos a mesma idade. Tínhamos dezenove anos quando ela engravidou de um fracassado. A mãe a botou para fora de casa, e ela foi morar comigo no dormitório da faculdade por um tempo, depois voltou para casa. Foi assim durante anos, indo e voltando. Mas, depois que me formei, ela não conseguiu mais suportar a vida na casa da Fanny. Alugamos um apartamento juntos, dividíamos as despesas e eu ajudava com o Lucas enquanto ela ia para a escola de cosmetologia à noite.

Bennett fez uma pausa, e eu esperei em silêncio até ele se sentir preparado para continuar.

— Uma noite, ela saiu da aula mais cedo. Lucas já estava dormindo no quarto dela. Eu tinha conhecido uma mulher, uma vizinha do prédio, e a gente ficava de vez em quando. Sophie me pegou transando com ela no meu quarto. — Ele respirou fundo. — Nem me lembro do nome dessa mulher. Enfim, Sophie surtou, disse que Lucas podia ter entrado e visto tudo, e acabamos brigando feio. Na noite seguinte, ela levou Lucas para a casa da mãe, em vez de deixá-lo em casa comigo enquanto ia para a escola. Ou melhor, achei que ela tivesse ido para a escola. Um amigo meu telefonou mais tarde e disse que tinha visto Sophie em um bar, e que ela estava bêbada. Fui buscá-la de carro. Era uma noite horrível, chovia muito e, quando eu cheguei, ela estava pegando um motoqueiro sujo. A cena foi horrorosa. O motoqueiro quis brigar comigo, mas eu tirei Sophie de lá antes que ela fizesse alguma bobagem.

Mais uma pausa, e de novo ele respirou fundo.

— Continuamos brigando no carro, e Sophie me beijou.

— Ela te beijou?

— No começo, pensei que ela estivesse bêbada. Eu a empurrei para longe e disse para parar com a palhaçada. Mas ela começou a chorar. E tudo veio à tona. Ela contou que era apaixonada por mim havia anos. Aparentemente, a noite anterior não tinha tido a ver com me pegar transando com outra mulher enquanto Lucas estava dormindo; era porque ela gostava de mim.

— Ah, uau. E você nem imaginava?

— Não. Não percebi. Até muito tempo depois. E não lidei muito bem com a situação. Disse que aquilo era ridículo, que era como se ela fosse minha irmã.

— Ai.

— Pois é. Isso não caiu muito bem. Ela ficou bem aborrecida, e eu achei melhor levar Sophie para casa. — Uma pausa. — Mas não chegamos lá. Não vi uma placa de parada obrigatória por causa das árvores e da chuva, e um caminhão enorme estava passando no cruzamento. Derrapamos, o carro capotou algumas vezes.

Deitei de bruços.

— Meu Deus, Bennett.

Ele balançou a cabeça.

— Eu não devia ter dirigido naquele estado, nervoso e agitado, não em uma noite de pouca visibilidade e pista molhada.

Senti o peito apertado. A história era muito triste, mas lembrei o que ele havia dito mais cedo.

Contei a verdade para o Lucas.

— Lucas não sabia disso?

Ele confirmou balançando a cabeça.

— Não até hoje à tarde. É uma longa história, mas Sophie fazia uns diários, e a mãe dela os leu há pouco tempo. Lucas quase leu os diários também. Ela escreveu o último registro um dia antes de morrer, disse que ia me contar o que sentia por mim. A mãe dela sabia que tínhamos brigado na noite em que Sophie morreu, mas, quando leu os diários, entendeu que devíamos ter brigado por isso. Fanny nunca gostou de mim, e ela me culpa pelo acidente. Com razão.

Ele suspirou e continuou:

— Ela só permite que eu continue fazendo parte da vida de Lucas porque ajudo financeiramente. Lucas e eu recebemos uma indenização, porque a árvore deveria ter sido cortada e o caminhão estava acima do limite de velocidade, mas a dele foi depositada em um fundo, e Fanny só recebe uma ajuda de custo mensal para cobrir suas despesas. Eu sempre soube que teria que contar a ele que estava dirigindo o carro. Só achei que poderia esperar até ele ficar um pouco mais velho. — E balançou a cabeça. — Ler aqueles diários provocou muitos sentimentos. Para nós dois.

Fechei os olhos.

— Meu Deus, Bennett. Sinto muito. Contou tudo para ele hoje? Imagino que não tenha acabado muito bem.

— Ele poderia ter dito para eu nunca mais falar com ele. Podia ter sido pior.

Não precisava ser um psiquiatra para deduzir por que Bennett evitava relacionamentos. Uma mulher de quem ele gostava muito havia se declarado para ele na noite em que morreu em um acidente de carro – um acidente que aconteceu enquanto ele dirigia, um acidente pelo qual, evidentemente, ele carregava muita culpa.

Em um instante, as peças que faltavam no quebra-cabeça de Bennett Fox se encaixaram. Um homem complexo, com cicatrizes internas que eram muito mais profundas que as deixadas na pele pelo acidente.

— Ele vai superar. É um menino inteligente e, nesse pouco tempo que passei com vocês dois, ficou evidente quanto você gosta dele. Ele ficou chocado. Deve ter se sentido excluído de um segredo importante.

— Ele acha que passo esse tempo com ele por culpa. E, francamente, eu sinto muita culpa. Mas nunca foi por isso que continuei participando da vida do Lucas.

Ficamos quietos por um bom tempo. Eu precisava assimilar tudo que ele havia compartilhado comigo, e Bennett precisava de espaço, era evidente. Mas antes... eu tinha mais uma pergunta.

— Bennett?

— Humm?

— Já conversou com alguém sobre isso? Tipo, *a história inteira*? O que Sophie significava para você, o que ela revelou na noite em que morreu, os relacionamentos que teve depois disso... ou a falta deles?

Ele negou balançando a cabeça.

— Obrigada por me contar. Sei que o dia foi longo, mas quero que saiba que vou adorar ouvir tudo sobre Sophie. Quando você quiser falar.

Ele me encarou.

— Por quê? Por que ia querer ouvir sobre ela?

— Porque é claro que ela foi muito especial para você, foi mãe do menino que você ama e, mesmo que você não perceba, ela ajudou na construção desse homem que você é hoje.

45

Annalise

Li pela segunda vez a carta que tinha digitado para Jonas. Ainda não me sentia preparada para entregá-la. Mas escrever me levava um passo mais perto disso. A sensação era de adequação, como experimentar um jeans que já não servia há anos, e de repente o zíper fechava. Fazia muito tempo que eu não tinha essa sensação de ajuste com nada na minha vida.

O telefone tocou em cima da mesa, e eu guardei a carta rapidamente em um envelope e joguei na gaveta. Imaginei que fosse Bennett ligando da sala dele, duas portas distante da minha, gritando para eu me apressar, considerando que tinha dito que estaria pronta em dez minutos, e isso foi há meia hora.

— Annalise O'Neil. — Minha voz era quase melodiosa.

Mas, quando olhei para a frente com o telefone encaixado entre o ombro e a orelha, Bennett estava parado na porta da sala. Eu sorri.

Até ouvir a voz do outro lado da linha.

— Anna? Oi. Achei que talvez ainda estivesse no escritório.

Andrew.

Não sei por que, mas entrei em pânico.

— Hummm... Sim. Ainda estou aqui. Espere um minuto. — Apertei o fone contra o peito e falei para o homem parado na porta. — É minha mãe. Só preciso de alguns minutos.

Bennett assentiu.

— Não tenha pressa. Me dá a chave. Vou trazer seu carro para a frente do prédio para a gente poder levar o material da sua apresentação quando acabar aí.

Peguei a chave dentro da bolsa, torcendo para ele não notar o rubor no meu rosto. Felizmente, acho que ele não percebeu. Só pegou as chaves e beijou minha testa antes de sair. Esperei, fiquei ouvindo os passos no corredor até ter certeza de que haviam se afastado e ainda esperei o barulho da porta abrir e fechar.

Depois aproximei o fone da orelha.

— Oi. Que foi? Aconteceu alguma coisa?

— Liguei em uma hora ruim?

Encostei na cadeira. Havia um bom momento para um ex ligar do nada?

— Estava de saída. O que aconteceu?

— Ainda trabalha até tarde, pelo jeito. — Ele estava brincando, mas eu não queria saber de papo-furado.

— Estou saindo para ir jantar. Não tenho muito tempo, Andrew. O que aconteceu?

— Jantar tipo... encontro?

Isso me irritou. Eu bufei.

— Preciso desligar.

— Tudo bem. Tudo bem. Só queria avisar que vou participar do jantar com a Lauren e o Trent amanhã.

— Por quê?

— Porque quero te ver.

— Para quê?

Ele suspirou.

— Por favor, Annalise.

— É um jantar de *trabalho*. Na última vez que me informei, você não tinha o menor interesse nos negócios da sua família.

— Ainda sou acionista. Estou ajudando na empresa há alguns meses, reformulando os textos do catálogo, essas coisas.

Os pais sempre quiseram que ele se envolvesse nos negócios da família, mas Andrew torceu o nariz quando eles sugeriram que se responsabilizasse por tudo que envolvesse redação nas empresas do império. Para ele, qualquer coisa que não fosse literatura era inferior.

— Tudo bem. Tanto faz. Tenho que ir.

— Estou ansioso para te ver.

O sentimento *não* era recíproco.

— Tchau, Andrew.

— Teve notícias do Lucas?

Bennett massageou meu ombro. Estávamos no que tinha se tornado nossa posição habitual para dormir depois do sexo, o braço esquerdo dele me enlaçando, minha cabeça em seu peito, os dedos passeando por meu ombro enquanto conversávamos.

— Mandei uma mensagem para ele hoje à tarde lembrando que vou passar lá na sexta-feira, antes da aula, para dar tchau. Ele vai para Minnetonka com a Fanny depois da aula, direto da escola. Odeio pensar que ele vai passar três semanas longe enquanto estamos nessa situação complicada. Eu devia ter insistido mais com a Fanny para deixar essa conversa para depois da viagem.

— Talvez esse tempo seja bom para ele. Vai ajudar o Lucas a perceber que sente sua falta.

— Não sei.
— Ele respondeu?
— Uma palavra: tá.
Sorri.
— É melhor que nada. Ele vai superar. Só precisa de um tempo.
Bennett beijou o topo da minha cabeça.
— Está nervosa para amanhã à noite?
Por ter a consciência pesada, pensei imediatamente que ele se referia a Andrew, embora não houvesse mencionado que ele iria assistir à minha apresentação para Lauren e Trent.
— Não — respondi rápido.
Ele riu.
— Você mente muito mal. Não preciso nem ver seu rosto vermelho para saber que está mentindo.
Essa seria a oportunidade perfeita para contar que Andrew participaria da reunião. Mas não falei nada. Sabia que ele ficaria aborrecido, e Bennett já andava estressado demais.
Mais cedo, quando Andrew ligou para mim, minha reação foi defensiva. Eu ainda estava ressentida por como tudo tinha terminado e não queria que ele tentasse reconquistar minha simpatia – se é que era essa a intenção dele. Era mais fácil lidar com a raiva. Mas, quanto mais pensava nisso, mais questionava se ver Andrew não era exatamente do que eu precisava.
Apesar de ter considerado a ideia de me demitir algumas semanas atrás, havia decidido que era ridículo arriscar tanto por uma chance remota com um homem que não tinha nenhum interesse em manter um relacionamento. Mas, depois do último fim de semana, depois que Bennett confiou em mim e me contou o que havia acontecido com a mãe de Lucas, eu já não tinha tanta certeza de que ele não queria um relacionamento. Ele só acreditava que não *merecia* ser feliz. Carregava muita culpa.
Eu precisava de um sinal de que seguir meu coração era a coisa certa. Ver Andrew talvez me desse a certeza de que meus sentimentos por Bennett não eram só uma espécie de vingança. Eu precisava ter certeza de que minhas emoções eram reais, não uma fantasia.
Bennett bocejou.

— Você vai arrebentar.

Eu tinha quase esquecido de que ainda falávamos sobre amanhã à noite.

— Obrigada. Sua apresentação está pronta?

— Quase.

— Quando acha que vamos ter a decisão do conselho?

A mão de Bennett parou no meu ombro.

— Não sei. Acho que bem depressa.

O que significava que eu poderia ter menos de uma semana para decidir se Bennett e eu seríamos separados por mais de mil e seiscentos quilômetros.

— Suas ideias são ótimas.

Eu olhava pela janela panorâmica da sala de estar da casa de Lauren e Trent, e virei ao ouvir o comentário. Andrew caminhava em minha direção com duas taças de vinho. Ele me ofereceu uma delas.

— Não, obrigada. Vou dirigir.

Ele sorriu.

— Eu bebo as duas, então. Meu carro está na oficina, então Trent passou pra me pegar quando saiu do escritório.

Assenti.

Andrew tinha ficado em silêncio enquanto eu apresentava minhas ideias antes do jantar, e depois havia se limitado a ouvir a maior parte da conversa, enquanto nós quatro jantávamos.

Olhei para ele em silêncio. Andrew vestia camisa social para fora da calça, jeans escuro e mocassins. Notei que a barba crescia, o que me surpreendeu. Na verdade, toda a aparência mais relaxada me surpreendeu.

— Está diferente — comentei.

Ele bebeu um pouco de vinho.

— Isso é bom ou ruim?

Olhei para ele mais uma vez.

— Bom. Você parece relaxado. Acho que nunca te vi de barba, exceto quando passava dias seguidos escrevendo.

Ele assentiu.

— Você sempre disse que gostava.

Era verdade. Sempre gostei quando ele deixava a barba crescer um pouco. Mas ele não gostava... e a barba sempre sumia.

Olhei para trás, para a cozinha. Laura e Trent insistiram em arrumar tudo sozinhos, não me deixaram ajudar na limpeza. Mas fazia tempo que estavam lá.

Andrew bebeu mais um pouco de vinho, me observando por cima da taça.

— Pedi a eles que me dessem um tempo para conversar com você.

— Ah. — Assenti. Sentindo um desconforto repentino, voltei a olhar pela janela. Havia chovido forte a noite toda. — Que chuva!

Andrew continuava olhando para mim.

— Não tinha notado.

Ele se aproximou de uma mesinha de canto e deixou as taças de vinho em cima dela. Quando voltou, chegou um pouco mais perto de mim.

— Você está muito bonita.

Virei para ele, e nossos olhares se encontraram. O calor daquele sorriso me levou de volta a um passado distante. Éramos felizes. Aquele sorriso costumava me aquecer por dentro... como o sorriso de Bennett me aquecia agora. Mas o de Bennett fazia muito mais. Ele me excitava, além de me aquecer, e, embora eu não tivesse nenhuma indicação de que ele sentia mais que uma atração mútua por mim, também me fazia sentir amada e bem cuidada.

Andrew estendeu a mão e afastou o cabelo do meu rosto. Seus dedos tocaram minha pele. Senti o toque suave e morno, mas era só uma sombra do que eu sentia quando estava com Bennett. Às vezes, durante uma reunião, Bennett me passava um lápis e nossos dedos se tocavam por acaso, e isso deixava todo o meu corpo em chamas. O toque de Andrew era o conforto de um cobertor aconchegante – uma familiaridade. Eu nem lembrava a última vez que Andrew e eu pegamos fogo. Alguma vez aconteceu? Ou só me acomodei na segurança do que era conhecido?

Ele se aproximou um pouco mais.

— Estou com saudade, Anna.

Olhei para ele. Seus lábios estavam perto dos meus, seu cheiro familiar me cercava. Mas... eu não tinha vontade de beijá-lo. *Nenhuma.*

Um sorriso ergueu um canto da minha boca. Era animador não sentir nada, e neste momento eu tomei minha decisão. Apostaria em Bennett.

Andrew interpretou mal minha expressão e se inclinou para o beijo.

Minhas mãos se ergueram, tocaram o peito dele um segundo antes de os lábios se encontrarem.

— Não. Não posso.

Lauren e Trent escolheram esse momento para voltar da cozinha. Dei um passo para trás, colocando alguma distância entre mim e Andrew antes de eles entrarem na sala.

— Tudo limpo — Lauren anunciou sorridente. — E Trent só quebrou um prato.

Trent tocou as costas da esposa.

— Eu sempre penso que ela vai parar de me obrigar a lavar louça, se eu quebrar mais um. Mas ela só compra mais pratos e continua me fazendo ajudar.

Eu me sentia grata pela interrupção. E, de repente, também queria ir embora e surpreender Bennett no caminho de casa. Tínhamos algo a comemorar esta noite, mesmo que ele nem imaginasse o que ia acontecer.

— Muito obrigada pelo jantar. Estava delicioso.

— Eu que agradeço — Lauren respondeu. E olhou para o marido.

— Nós adoramos suas ideias. Para ser bem honesta, acho que nem precisamos da outra apresentação.

— Isso é ótimo. Mas quero realmente que escolham a campanha de que mais gostarem, então, talvez seja melhor não tomarem nenhuma decisão antes da apresentação de Bennett na próxima segunda-feira.

Além do mais, se escolherem minhas ideias, posso acabar pedindo para me acompanharem em uma nova empresa. Preciso de alguns dias para distribuir uns currículos por aí.

Trent concordou balançando a cabeça.

— Sim. É claro.

— Espero que não se importem, mas já vou indo. A chuva está ficando mais forte, e não quero ter que dirigir por ruas alagadas.

— Ah. É claro. — Lauren olhou para o irmão, depois para mim.

— Pode me dar uma carona? — Andrew pediu. — Assim, Lauren e Trent não precisam sair de casa com esse tempo.

— Humm... — Eu não podia dizer que não. A casa de Andrew ficava no meu caminho para casa, e chovia muito lá fora. — É claro. Nenhum problema.

Talvez fosse bom. Tínhamos mantido a porta entreaberta, e finalmente havia chegado a hora de dizer adeus e fechá-la em definitivo. No caminho, eu podia contar para ele que tinha conhecido outra pessoa. Era o mais correto, depois de oito anos. E não precisava promover nenhum ressentimento entre mim e Lauren, se íamos trabalhar juntas.

Todos se despediram. Era estranho sair da casa deles com Andrew. Jantamos muitas vezes como casais. Juntos, Andrew e eu corremos para o carro. Mas chovia forte, com vento, e estávamos encharcados quando entramos e batemos as portas.

— Droga. — Andrew sacudiu os braços. — Está chovendo de verdade.

Enxuguei o rosto e liguei o carro.

— É, horrível.

— Quer que eu dirija?

Dirigir nesse temporal era a última coisa que eu queria. Mas isso não tinha importância.

— Não, tudo bem. Obrigada. — Olhei pelo retrovisor, respirei fundo e sussurrei: — Olhando se vem carro. — Depois engatei a marcha. — Saindo da vaga.

— Essa é uma das coisas de que mais tenho saudade.

Ouvi o sorriso na voz dele, mas continuei dirigindo concentrada. Chovia como eu nunca tinha visto antes, e as ruas já começavam a alagar.

— Não sei se me sinto elogiada ou ofendida por isso ser o que te dá mais saudade.

Segurando o volante com força, eu ia seguindo em direção à avenida. As janelas começavam a embaçar e, quando olhei pelo espelho lateral para entrar na avenida, só vi uma confusão de pontos luminosos pela janela embaçada. O retrovisor não era muito melhor, porque o vidro de trás também tinha embaçado. Apertei o botão para abaixar minha janela e melhorar a visibilidade. E, justamente nesse momento, um carro passou e jogou muita água pela janela aberta, bem no meu rosto.

Minha reação instintiva foi pisar no freio. A freada brusca me fez derrapar na pista coberta de água. Agarrei o volante tentando controlar o carro, o que só piorou a situação.

O veículo derrapou para a direita, na direção dos outros carros que entravam na avenida, e eu puxei o volante para a esquerda.

Depois disso, tudo aconteceu em câmera lenta.

Começamos a rodar.

Perdi completamente a noção do que estava na minha frente e atrás de mim.

Luzes ofuscavam minha visão.

E percebi que tínhamos parado ao contrário.

Na rampa de acesso para a avenida.

Ouvi a buzina.

O carro que se aproximava de nós desviou para a direita.

Mas não havia espaço suficiente para nós dois.

Esperei o impacto.

Fomos atingidos.

O barulho foi ensurdecedor.

Meu corpo foi jogado para a esquerda, depois para a direita.

Andrew gritou meu nome.

Depois, tudo ficou quieto.

Comecei a pensar que estávamos bem.

E então...

Fomos atingidos pela segunda vez.

46

Bennett

Parei na frente da casa do Lucas e da Fanny alguns minutos antes da hora combinada e olhei o celular pela décima vez desde a noite passada.

Nada ainda.

Havia mandado uma mensagem para Annalise perguntando como foi a apresentação, mas não recebi nenhuma resposta. Mesmo que tivesse chegado cedo em casa e ido dormir, ela já teria acordado. Normalmente, ela chegava ao escritório às sete da manhã.

Passei a noite toda ansioso, com uma sensação ruim depois da mensagem sem resposta. Mas devia ter mais a ver com toda a confusão com Lucas, com ter que me despedir dele antes de passar três semanas distante, depois de tudo que aconteceu no último fim de semana.

Guardei o celular no bolso, olhei para a casa e respirei fundo antes de sair do carro.

Fanny abriu a porta com seu habitual bom humor.

— Seria bom se ele tivesse algum dinheiro para as férias.

Balancei a cabeça. *Ah, é? Dê você a ele, então.*

— Sei. Ele está pronto?

Fanny bateu a porta, e ouvi o grito do outro lado.

— Lucas! Venha logo!

Meu coração começou a bater descompassado quando ouvi os passos dele descendo a escada. Não sabia o que faria se esse garoto não superasse tudo isso. Minhas mãos começaram a suar.

A porta se abriu, e Lucas saiu carregando a mochila.

Agi com cautela e mantive as mãos nos bolsos.

— Oi.

Ele levantou o queixo.

— Oi.

Já era alguma coisa.

— Pronto?

Ele assentiu, e fomos para o carro. Liguei o motor e tentei puxar conversa.

— Animado para a viagem a Minnetonka?

Ele torceu o nariz como se sentisse um cheiro ruim.

— Você estaria?

Era um bom argumento.

— Abra o porta-luvas. Pegue esse envelope pardo. Aí dentro tem umas informações que imprimi ontem à noite sobre lagos da região. Tem alguns bem próximos de onde vai ficar, dá para ir a pé, e parece que a pesca é boa. Também tem dinheiro aí para comprar isca, essas coisas.

Ele pegou o envelope e guardou na mochila.

— Obrigado.

Conversamos sobre amenidades no caminho curto até a escola, mas foi uma conversa truncada, na qual eu falava, basicamente, e ele respondia *sim, não* e *obrigado*.

Acho que poderia ter sido pior.

Quando chegamos à porta da escola, ainda faltavam alguns minutos para a hora da entrada, e eu estacionei em uma vaga e desengatei a marcha.

— Escuta, amigão... — Parei para pigarrear. — Sobre o que te contei na semana passada.

Ele abaixou a cabeça, mas não tentou sair do carro, pelo menos. Continuei:

— Sinto muito. Lamento que o acidente tenha acontecido. Lamento não ter te contado nada antes. Mas nunca foi por isso que estive perto de você. — Passei a mão na cabeça. — Não vou a lugar nenhum. Eu posso esperar, vou lhe dar o tempo que for necessário. Fique bravo comigo pelo acidente. Fique bravo comigo por ter demorado para te contar. Caramba, eu estou bravo comigo por tudo. Mas, quando você voltar, vou estar aqui a cada duas semanas como sempre estive, porque te amo e, apesar de me sentir culpado por muitas coisas, essa culpa não tem nada a ver com o tempo que passamos juntos.

Lucas olhou para mim, e nos encaramos por um segundo. Depois ele pegou a mochila. Abriu a porta do carro e começou a sair, mas parou para responder:

— Igualmente.

Esperei até ele entrar na escola para ir embora. Tinha passado todos esses anos com medo de contar a verdade a ele, mas íamos superar tudo isso. Reconquistar sua confiança seria um processo lento, mas faríamos isso juntos.

E era a primeira vez que eu acreditava que talvez, só talvez, eu também pudesse superar tudo que aconteceu.

Onde ela se meteu?
Fui diretamente à sala de Annalise para contar sobre Lucas, mas a porta estava fechada. A luz estava apagada. Liguei para ela de novo no caminho até a casa de Marina para perguntar se ela tinha notícias de Annalise.

Não tinha, e a ligação caiu na caixa postal.

Às onze horas, eu estava preocupado. Uma coisa era ela me ignorar, outra era não ir trabalhar e não ligar para o escritório. Alguma coisa estava errada. Fui à sala de Jonas, mas ele estava em reunião, e deixei recado com a secretária para ele ligar para mim assim que saísse. Devo ter usado a rediscagem mais de cinquenta vezes antes de Jonas finalmente sair da sala de reuniões.

Ele entrou no meu escritório sem bater na porta e jogou um envelope em cima da mesa.

— Não conseguiu se segurar, não é? — Estava *furioso*.

— Do que está falando?

— Quando contei que o conselho ia te escolher para ficar, eu avisei que era confidencial. Mas você não aguentou e foi esfregar a notícia na cara da Annalise.

Levantei as duas mãos.

— Não sei do que está falando. Eu não contei nada para Annalise.

— Então, por que essa carta? — Ele olhou para o envelope.

Eu o abri e li a carta.

Caro Jonas:

Por favor, aceite esta carta como meu pedido de demissão e aviso prévio de duas semanas para o meu desligamento do cargo de Diretora Criativa da Foster, Burnett e Wren. Embora tenha apreciado muito trabalhar para você e seja grata pela oportunidade que me deu, decidi continuar em San Francisco e buscar outras possibilidades.

Obrigada.

Annalise O'Neil.

Mostrei o papel para ele.

— Que diabo é isso?

— Para mim, parece um pedido de demissão.

— Quando ela te deu isso? Por que se demitiria?

Jonas pôs as mãos nos quadris.

— Imagino que é porque quer ficar em San Francisco, como explicou na carta. Mas só você e eu sabíamos que ela seria transferida. Annalise deve ter conseguido essa informação de algum jeito.

— Bom, não foi por mim. Ela entregou a carta hoje?

— Encontrei o envelope na gaveta dela quando fui procurar as pastas para substituí-la na reunião para a qual ela não apareceu.

Alguma coisa não estava certa. Annalise não desistiria desse jeito. Mesmo que estivesse furiosa, não deixaria de aparecer para uma reunião com um cliente. Ela se orgulhava da própria conduta, de como era ética e profissional. E por que não falaria comigo sobre uma coisa como essa?

Li a carta mais uma vez, depois a deixei em cima da mesa e peguei o paletó nas costas da cadeira.

— Tenho que ir.

Cheguei à porta da sala antes de Jonas conseguir protestar.

— Aonde vai? — ele gritou.

— Descobrir o que está acontecendo.

— Annalise?

Bati na porta com força mais uma vez, apesar de ter certeza de que ela não estava em casa. Tinha apertado todos os botões do interfone até alguém abrir a porta, depois corrido para o apartamento dela antes que alguém me pusesse para fora. O carro dela não estava estacionado no quarteirão, e não tinha barulho nenhum lá dentro. Mas eu bati com mais força.

O vizinho do outro lado do corredor acabou abrindo a porta. Ele segurava um gato no colo como as pessoas seguram um bebê.

— Acho que ela não voltou para casa ontem à noite.

— Ah, é?

Ele coçou a barriga do gato, e o bicho ronronou alto.

— Ela ficou de alimentar Frick e Frack para mim. Deixei as latas em cima da mesa, mas elas estavam no mesmo lugar. — E olhou para a gata, embora continuasse falando comigo. — A Sra. Frick aqui me perdoou, mas a Sra. Frack nem saiu do quarto. Ainda bem que o voo não atrasou hoje de manhã, ou meus bebês teriam morrido de fome.

Morrido de fome? Balancei a cabeça. *Deixa para lá.*
— Quando falou com ela pela última vez?
— Ontem de manhã, quando fui deixar minha chave.

Virei e desci a escada correndo sem falar nada. O louco dos gatos gritou:

— Quando a encontrar, avise que ela vai ter que pedir desculpas à Frick e à Frack.

Ah, é. Esse é o primeiro assunto que vamos discutir.

Sentei no carro estacionado em fila dupla na porta do prédio e tentei imaginar o que podia ter acontecido. Annalise não voltou para casa na noite passada e se demitiu sem falar comigo?

Na verdade, ela tinha falado de trabalho em uma de nossas noites juntos. Bem, mais ou menos. Perguntou se eu achava que estaríamos juntos em um ano, se nenhum de nós tivesse que se mudar para o Texas. E eu disse que não. Sabia que a magoaria, mas ela ficou magoada a ponto de se demitir sem nem me avisar?

Eu achava que não.

Porém...

Ela tinha ficado quieta. Até perguntei algumas vezes se estava tudo bem. Ela disse que sim, que só estava nervosa com a apresentação para a Pet Supplies. Minha intuição dizia que algo mais a incomodava. Pensando bem, ela ficou mais quieta desde aquele telefonema da mãe. Eu não insisti no assunto.

Seria coincidência ela ter ido jantar com a irmã do ex-namorado na noite passada? Talvez a ocasião a tivesse lembrado de que todos os homens eram uns cretinos.

Mesmo assim, ela teria voltado para casa.

A menos...

Balancei a cabeça. Não, ela não faria isso. Agora sabe que o cara é um embuste.

Não sabe?

Mas onde ela passou a noite?

Liguei o carro e tirei o celular do bolso. Nenhuma chamada perdida. Nenhuma mensagem. Frustrado, liguei para ela mais uma vez antes de voltar ao escritório. Talvez ela tivesse chegado lá enquanto eu estava fora. Provavelmente, tínhamos passado um pelo outro na avenida. Ela havia dormido na casa de Lauren e Trent, e o celular ficou sem bateria. Chovia muito, e ela nem gostava de dirigir. Fazia sentido.

Sim, foi isso que aconteceu.

Pensando que só podia ter sido isso, joguei o telefone no banco do passageiro e engatei a marcha, esquecendo que tinha usado a rediscagem. Por isso fiquei tão confuso quando uma voz de homem brotou dos alto-falantes do carro.

— Alô?

Franzi a testa e fiquei esperando o resto do comercial no rádio.

— Alô? — A voz repetiu.

O celular iluminado no banco do passageiro chamou minha atenção. *Merda.* O telefone tinha se conectado com o carro pelo Bluetooth. Mas para quem liguei sem querer?

— Quem é? — perguntei.

— Andrew. Quem está falando?

Fiquei paralisado. *Que porra é essa?* Peguei o celular e olhei para a tela, vi o nome de Annalise e o temporizador contando os segundos da ligação.

— *Cadê a Annalise?*

— Na cama. Dormindo. Posso ajudar com alguma coisa?

O sangue começou a ferver nas minhas veias.

— Pode! Passa o telefone para ela!

— Como é que é?

— Você ouviu. Passa o telefone para Annalise.

Clique.

— Alô?

Silêncio.

Gritei:

— Alô?

Merda.

Merda.

— Meeeerda.

Apertei a tecla de rediscagem. Desta vez o telefone nem tocou, a ligação foi direto para a caixa postal. Liguei de novo.

De novo.

De novo.

Liguei e liguei. Mas a ligação caía na caixa postal. Ou o cretino estava rejeitando as chamadas, ou havia desligado o aparelho. De qualquer maneira, ele me impedia de falar com Annalise.

47

Bennett

Passei horas sentado atrás da mesa, percorrendo todas as emoções.
Fúria.
Como ela pôde fazer isso comigo... com a gente? Não sabia o que eu sentia por ela?
Não. Ela não sabia.
Por quê? Porque fui covarde demais para contar.
Negação.
Devia ter uma explicação perfeitamente lógica para isso. Ela podia ter encontrado Andrew para uma reunião de trabalho, alguma coisa relacionada à Pet Supplies & More. Lauren podia ter posto o irmão no esquema e pedido para Annalise repetir a apresentação para ele hoje de manhã.
Sim. Devia ser isso.
Mas ela estava na cama quando ele atendeu a porra do celular.
Na porra da cama *dele*.
Não na minha, onde deveria estar.
Por quê? Porque fui covarde demais para admitir que tinha *medo* de dar uma chance de verdade ao que existia entre nós. Ela foi corajosa o bastante para me fazer a porcaria da pergunta. Mas escolhi o caminho da covardia.
Continuei revendo a conversa que tivemos na outra noite.
Se as coisas fossem diferentes entre nós, em um ano ainda estaríamos aqui?
E minha resposta mentirosa foi: "Não. Porque gosto de ser solteiro. Gosto da minha liberdade e de não ter que dar satisfações a ninguém, de não ter responsabilidades".
Bom, conseguiu o que queria, babaca.

Barganha.

Se eu pudesse falar com ela, daria um jeito nisso. Sabia que ela sentia alguma coisa por mim; deu para ver nos olhos dela – o jeito como doeu quando falei que não estaríamos juntos daqui a um ano, mesmo que tudo fosse diferente no trabalho.

Tentei me convencer de que gostava da minha liberdade, mas o tempo todo nunca quis abrir mão dela.

Porque tinha medo.

Muita raiva.

Eu precisava falar com ela – iria à casa do embuste e chutaria a bunda dele, se precisasse disso para vê-la. Ela me daria uma chance. O que existia entre nós era verdadeiro.

Não era?

Como eu ia saber? Nunca tive nada verdadeiro em minha vida, exceto o que ela me fazia sentir.

Podíamos estar separados por milhares de quilômetros, um de nós no Texas e o outro aqui, mas não faria diferença. Porque a distância física não mudaria o que eu sentia, o que havia no meu coração.

No meu coração.

Merda.

Apoiei a cabeça no encosto da cadeira e olhei para o teto do escritório enquanto soltava o ar demoradamente.

Estava apaixonado por ela.

Apaixonado.

Como isso aconteceu?

Não amava uma mulher desde...

Sophie.

E olha o que aconteceu na última vez que me relacionei com uma mulher. Sophie não teve uma chance de sentir como era ter um amor correspondido. Por que eu deveria ter?

Não merecia ser amado por uma mulher como Annalise.

Não merecia o amor de Sophie.

Também não merecia o amor de Lucas.

Mas, de alguma maneira, ele me deu esse amor. E eu fui egoísta o bastante para aceitá-lo.

Minha cabeça continuava rodando, pulando de um lado para o outro.

Annalise gostava de mim; no fundo, eu sabia disso.

Mas não fiz nada para mostrar a ela o que sentia.

Precisava dizer a ela, mas, mais que isso, tinha que mostrar a ela.

Seu ex-namorado havia falado uma coisa e feito outra durante anos. Se eu tivesse alguma chance de lutar por ela, teria que mostrar que eu tinha mais que palavras.

Só esperava que não fosse tarde demais.

―――

Jonas estava se preparando para ir embora quando bati na porta da sala dele. Como entrei e plantei a bunda na cadeira de visitante, ele deixou a pasta de executivo em cima da mesa.

Depois sentou, tirou os óculos e esfregou os olhos.

— Que foi, Bennett?

Balancei a cabeça.

— Estraguei tudo com Annalise.

Jonas respirou fundo.

— O que você fez?

— Não se preocupe. Não é nada do que pode estar pensando. Não sabotei a apresentação dela nem trapaceei de nenhum outro jeito. E não contei para ela que o conselho já decidiu sobre nós.

— Tudo bem. O que aconteceu, então?

— Sabe aquela política que proíbe relacionamentos entre funcionários?

Jonas fechou os olhos e franziu a testa. Não precisei dizer mais nada.

— Ganhou o cargo, mas perdeu a garota.

— E só percebi agora.

— Como vai resolver isso?

Pensei que ficaria nervoso, mas de repente me sentia calmo. Tirei o envelope do bolso interno do paletó, me inclinei para a frente e o coloquei em cima da mesa. Ele olhou para o envelope, depois para mim, e sorriu com tristeza.

— Isso é sua carta de demissão?

Confirmei com um movimento de cabeça.

— Já falou com Annalise?

— Não consegui.

— Mas vai me entregar essa carta agora, mesmo assim? E se ficar sem o emprego e não conseguir recuperar a garota?

Levantei.

— Essa opção não existe.

Jonas abriu a gaveta e pegou o envelope com a carta de demissão de Annalise. Ele me deu o envelope.

— Gaveta de cima, lado esquerdo da mesa dela, em cima de tudo. Eu nunca vi isso.

Troquei a carta dela pela minha.

— Obrigado, Jonas.

— Espero que dê tudo certo com a garota.

— Eu também espero, chefe. Eu também.

———

Enchi sua caixa postal. Agora, cada vez que eu ligava, ouvia uma voz informando que o número chamado não podia mais receber mensagens. Suspirei furioso e apoiei a testa no volante. Estava parado na frente da casa dela desde as quatro e meia. Agora eram quase oito horas, e nem sinal dela. Eu ficava mais nervoso a cada minuto. Mas ela teria que voltar para casa em algum momento.

Esperei uma eternidade. Cada vez que um farol iluminava a rua, ficava impaciente para ver se era o carro dela. Mas todos os carros passavam direto por mim. Até que, finalmente, dois faróis no meu retrovisor reduziram a velocidade e pararam na vaga atrás de mim. Mas me decepcionei de novo quando vi o logo da Toyota em uma SUV. *Não era ela.*

Deixei cair os ombros. Um minuto depois, os faróis se apagaram, e ouvi o barulho da porta abrindo e fechando. Um homem havia descido da SUV e se dirigia à porta do prédio de Annalise. De início não dei muita importância. Mas um cachorro latiu, o homem virou a cabeça, e eu vi seu perfil. Meu coração disparou. Ele era muito parecido com o padrasto de Annalise, Matteo.

Abaixei a janela, pus a cabeça para fora e chamei:

— Matteo?

O homem se virou. Demorou alguns segundos para me reconhecer, mas depois começou a andar na minha direção quando saí do carro.

— Bennett?

Assenti.

— Sabe onde Annalise está?

— No hospital. A mãe está com ela, só vim buscar algumas coisas.

— Hospital? — Eu não me sentia bem. — O que aconteceu?

Matteo franziu a testa.

— Você não soube? Ela sofreu um acidente de carro muito grave.

48

Annalise

Abri os olhos por causa da agitação. As pálpebras pesavam. Assim como os braços e as pernas.

O alarme que ouvia bem longe começou a apitar mais alto. Uma mulher de azul se aproximou, parou do meu lado e fez alguma coisa, e o som irritante sumiu. Ela falou algo, mas ouvi a voz abafada, como se eu estivesse embaixo d'água e ela, não.

— Ela precisa descansar. Se vão incomodá-la, vou chamar a segurança e pedir para colocarem os dois para fora.

Ouvi uma voz de homem resmungar alguma coisa, ou era mais de uma voz de homem, eu não conseguia ter certeza. *Se eu conseguisse bater os pés só um pouquinho, provavelmente voltaria à superfície e ouviria melhor.* Tentei bater os pés, mas não consegui dar impulso. A mulher de azul tocou minhas pernas e conteve o pequeno movimento que eu tinha feito com tanto esforço.

— Shh. Descanse, Srta. Annalise. Não deixe esses dois te perturbarem. Deus deu a esta enfermeira uma boca e muito reforço para botar visitantes para fora, quando é necessário.

Enfermeira. Ela era enfermeira.

Tentei falar, mas minha boca estava coberta. Levantei o braço para pegar o que a bloqueava, mas não consegui afastá-lo e elevá-lo mais que dois ou três centímetros. A enfermeira aproximou o rosto do meu.

Seu cabelo era preto e encaracolado, os olhos eram cor de chocolate e, quando ela sorriu, vi que tinha batom em seus dentes da frente.

— Você está no hospital. — Ela afagou meu cabelo. — Essa máscara cobrindo sua boca é para facilitar a respiração, e está sonolenta por causa dos medicamentos. Entende?

Assenti levemente.

Ela mostrou os dentes de novo, e olhei para o batom. *Alguém devia avisar.*

— Você tem visitas, Srta. Annalise. Seus pais e dois amigos. Eles estão lá fora, na sala de espera. Quer que eu diga aos rapazes que você precisa descansar?

Desviei o olhar para o outro lado da cama e vi dois rostos.

Bennett?

Andrew?

Olhei para a mulher e balancei a cabeça.

— E se eles entrarem um de cada vez?

Concordei com um breve movimento de cabeça.

Ela falou com os homens, depois comigo de novo.

— Quer que Andrew fique agora?

Movi os olhos para ver o rosto dele, depois olhei para a enfermeira e neguei com a cabeça.

Ela sorriu.

— Que bom. Porque o outro parecia disposto a arrancar minha cabeça se eu o obrigasse a sair.

Um minuto depois, Bennett estava ao meu lado, ocupando o lugar onde antes estava o rosto da enfermeira. Ele segurou minha mão; senti os dedos quentes apertando os meus.

— Oi. — Ele beijou minha testa. Olhei nos olhos dele. — Minha garota linda. Está sentindo alguma dor?

Dor? Eu achava que não. Não sentia nem os dedos dos pés. Balancei a cabeça.

— Falei com sua mãe. Ela disse que você vai ficar bem. Lembra do acidente?

Balancei a cabeça.

— Você sofreu um acidente com o carro. Houve uma tempestade, chovia muito, e você derrapou na água acumulada na pista da rampa de acesso para uma avenida.

As lembranças começaram a voltar em flashes. Chovia muito. Pisei no freio. As luzes brilhantes. Faróis. O barulho alto. Meu corpo jogado de um lado para o outro. *Andrew.*

Tentei levantar a mão para tirar a máscara do rosto.

Bennett percebeu o que eu pretendia.

— Tem que ficar com isso, por enquanto.

Fiz cara feia.

Ele se inclinou sobre nossas mãos e beijou a minha.

— Eu sei. Ficar de boca fechada é um desafio para você. — Ele riu. — Mas tenho uma tonelada de coisas para dizer, e não sei quanto tempo vou ter aqui sozinho com você, então, para mim, essa situação é perfeita.

Bennett ficou sério, e ele desviou os olhos dos meus por um minuto antes de respirar fundo.

— Eu menti.

O olhar mergulhou no meu. Não houve necessidade de palavras para ele entender minha pergunta.

Ele afagou minha mão e chegou um pouco mais perto.

— Quando me perguntou se estaríamos juntos daqui a um ano, se um de nós não fosse transferido, eu disse que não. Disse que gostava de ser solteiro e ter liberdade. Mas a verdade é que fiquei apavorado. Fiquei com muito medo de estragar tudo, se continuássemos juntos. Você não merece ser magoada de novo e...

Bennet fez uma pausa, e vi que ele tentava controlar as emoções. Quando olhou para mim de novo, estava com os olhos cheios de lágrimas.

— Você não merece ser magoada de novo, e eu não mereço ter amor.

Fiquei arrasada quando ele disse isso. Ele merecia muita coisa boa na vida.

Bennett fechou os olhos e se controlou para continuar.

— Mas cansei de me preocupar com o que eu mereço ou você merece, porque sou egoísta o bastante para não dar a mínima para o fato de não te merecer, e vou me esforçar muito todos os dias para me tornar o homem que você merece. — Ele sorriu e deslizou um dedo por meu rosto. — Te amo. — A voz dele tremeu. — Te amo muito, Annalise.

Fomos interrompidos pela enfermeira de uniforme azul. Ela se inclinou sobre mim do outro lado da cama, na frente de Bennett.

— Vou colocar os medicamentos no soro intravenoso. Você pode se sentir meio grogue.

Ah, que bom. Alguém falou para ela do batom no dente. Vi a mulher introduzir a medicação no tubo intravenoso. Olhei para Bennett, mas meus olhos ficaram pesados. *Pesavam muito, muito.*

Bennett estava na cadeira ao meu lado, dormindo profundamente. Olhei em volta. Não era mais o mesmo quarto de antes. *Era?* Ou eu tinha sonhado com o outro quarto, aquele bem grande, sem janelas, com uma dezena de camas e cortinas separando os pacientes dos dois lados? Agora eu estava sozinha em um quarto grande com uma porta, só eu e o homem dormindo ao meu lado. E uma janela atrás de mim revelava que era noite.

Senti o pescoço duro e tentei mover a cabeça de um lado para o outro. O farfalhar dos lençóis acordou o gigante adormecido.

Levantei o braço para segurar a máscara, mas Bennett me conteve.

— Não tire ainda. Vou chamar a enfermeira. Eles reduziram a dose de sedativos, mas querem verificar sua respiração e os sinais vitais antes de tentar tirar a máscara. Tudo bem?

Assenti. Ele desapareceu e voltou um minuto depois com uma enfermeira.

Essa eu não reconheci. Ela escutou meu peito, mediu minha pressão e ficou olhando para o monitor por um minuto.

— Tudo ótimo. Como se sente?

As costelas estavam me matando, mas movi a cabeça em sentido afirmativo para dizer que estava bem, depois apontei para a máscara.

— Quer tirar?

Assenti de novo.

— Ok. Vou buscar umas lascas de gelo. Sem a máscara, vai sentir a boca muito seca depois de três dias de ar forçado.

Três dias? Passei todo esse tempo aqui?

Quando voltou, a enfermeira deixou um copo térmico e uma colher sobre a bandeja ao lado da cama e soltou as faixas que envolviam minha cabeça prendendo a máscara. Depois que a tirou, ela ficou ali parada por um tempo, esperando, olhando para mim e para o monitor.

— Respire fundo algumas vezes.

Primeiro abri bem a boca para alongar a mandíbula travada, depois respirei como ela pedia. Meu rosto estava dolorido, especialmente o nariz.

Ela escutou meu peito de novo, depois pendurou o estetoscópio no pescoço.

— O som é bom. Como se sente?

Levei a mão à garganta. Minha voz era áspera, rouca.

— *Seca.*

— Ok. Vamos devagar. Vou ficar de olho nas suas condições pelo monitor da enfermaria, assim vocês podem ter um tempinho. — E olhou para Bennett. — Uma ou duas lascas de gelo de cada vez. Vai ajudar a hidratar a garganta.

A porta ainda nem tinha se fechado completamente, e Bennett já estava com as lascas de gelo em uma das mãos e a colher na minha boca. Eu teria rido da aflição dele, se não sentisse tanta dor nas costelas.

Depois de pôr as lascas de gelo na minha boca, ele me deu um selinho.

— Você dormiu bastante. Quando finalmente comecei a falar dos meus sentimentos, você apagou por doze horas.

Quase esqueci tudo que ele havia falado antes. Mas o comentário trouxe de volta todas as palavras, tudo claro como cristal. Mas eu queria ouvir de novo, por isso fiz uma cara confusa.

— Sentimentos?

Bennett arregalou os olhos.

— Não lembra que eu me declarei para você ontem?

Balancei a cabeça, mas não consegui evitar um sorriso. Ele percebeu.

— É brincadeira, não é?

Meu sorriso ficou mais largo.

— Quero ouvir de novo.

Com todo cuidado, Bennett subiu na cama ao meu lado.

— Ah, é? Que parte quer ouvir?

— Tudo.

O sorriso que surgiu em seu rosto bonito suavizou parte das linhas de preocupação. Ele aproximou a boca da minha orelha.

— Te amo.

Sorri.

— De novo.

Ele riu.

— Amo você, Annalise O'Neil. Amo você, porra.

Depois que o fiz repetir a mesma coisa umas dez vezes, ou mais, Bennett me contou sobre os ferimentos. A dor no peito era consequência de uma costela quebrada. Eu nem tinha notado o gesso no pulso esquerdo para consertar a fratura na ulna, e havia hematomas e inchaço por todos os lados. A consequência mais grave foi o colapso parcial de um dos pulmões, que eles trataram usando uma agulha para extrair o ar da parte externa, em volta do órgão, e assim ele inflou de novo sozinho. Basicamente, tive muita sorte.

Quanto mais eu ficava acordada, mais coisas lembrava. Lembrei que minha mãe, Matteo e Madison haviam estado no hospital. E Andrew também. Ele tinha hematomas nos dois olhos e um curativo no nariz, mas disse que estava bem.

— Todo mundo foi para casa?

— Sim. Prometi a sua mãe e a Matteo que ligaria para eles se alguma coisa mudasse. Eles voltam amanhã bem cedo. Madison me ameaçou de morte se eu não mandasse mensagens atualizadas em intervalos de algumas horas. — Ele me deu mais lascas de gelo. Aliviavam a garganta seca. — Fiquei com medo dela.

— E o Andrew? Estava discutindo com ele no outro quarto?

O sorriso desapareceu do rosto de Bennett.

— Eu tinha passado a noite toda ligando para o seu celular. Quando finalmente alguém atendeu, era ele. E o embuste me disse que você estava na cama. Não falou nada sobre hospital, nada. Depois desligou na minha cara.

Caramba.

— Você deve ter pensado...

A contração da mandíbula respondeu por ele.

— Pensou que eu havia reatado com ele?

— Eu não sabia o que pensar.

— Como descobriu o que aconteceu?

— Acampei na frente do seu apartamento. Depois de um tempo, Matteo apareceu.

Espere...

— Então, quando foi que falou com o Andrew?

Bennett deu de ombros.

— Não sei. No começo da tarde. Uma hora, talvez?

— Mas esperou na frente do meu prédio, mesmo pensando que eu havia reatado com o Andrew?

Ele segurou meu rosto.

— Não ia te perder sem brigar.

Isso encheu meu coração.

— Teria me aceitado de volta, mesmo se...

Bennett pôs um dedo sobre meus lábios e me impediu de continuar.

— Nem fale isso. Não quero nem saber por que estava com ele no carro. Só me diz que estamos bem e que não vai acontecer de novo.

— Não aconteceu nada com o Andrew. Foi só uma carona para casa, ele disse que o carro estava na oficina. Andrew estava na casa da Lauren para o jantar.

Bennett abaixou a cabeça.

— Graças a Deus. Porque pedi demissão. Vai ter que me aguentar aqui em San Francisco.

Arregalei os olhos.

— O quê? Por que fez isso?

— Porque não vou deixar você se mudar para o Texas.

— Hum... acho que está se adiantando um pouco. É *você* quem vai para o Texas quando eu vencer a disputa.

Bennett revirou os olhos enquanto afastava o cabelo do meu rosto.

— É, talvez esteja certa. De qualquer jeito, agora nós dois vamos ficar.

49

Bennett

— Devia estar descansando. — Joguei as chaves em cima da bancada da cozinha e soltei a sacola de compras. Tinha ido ao escritório por algumas horas, enquanto a mãe de Annalise a levava para o check-up pós-alta.

— Estou bem. Já descansei. O médico disse que minha recuperação está ótima.

Annalise estava abaixada pegando uma panela no fundo do armário. A visão daquela bunda era espetacular, mas eu não queria que ela se machucasse. Passei os braços em torno de sua cintura e a tirei da minha frente.

— Eu pego.

Ela suspirou quando esvaziei o armário em cima da bancada para ela escolher o que queria.

— Vou ter que me virar sozinha, sabe do meu jeito, não sabe? Você tem que começar a procurar um emprego novo, e eu devia voltar para o meu apartamento, provavelmente. Estou aqui há quase duas semanas, e você vai acabar enjoando de mim.

Tirei um fio de cabelo do rosto dela.

— O médico disse que você tem que ir com calma, porque seu pulmão ainda está se recuperando. Não está preparada para subir três lances de escada. Precisa de um elevador.

Eu tinha feito Annalise vir para minha casa depois da alta do hospital. Ela concordou, porque não lhe dei alternativa. Mas se fortalecia a cada dia, e logo estaria bem para ir para casa, mesmo que não fosse hoje. Eu só queria ela aqui.

— Posso ficar na minha mãe por um tempo. Ela tem um quarto extra no primeiro andar.

Toquei seu queixo com um dedo e o levantei para olhar em seus olhos.

— Está enjoada de mim?

Ela segurou meu rosto com as duas mãos.

— Meu Deus, não. Como posso enjoar de você, se cuida de mim o tempo todo e lava meu cabelo na banheira para eu não molhar o gesso?

— Por que quer ir embora, então?

— Não quero. Mas também não quero abusar da sua hospitalidade, Bennett. Já me sinto bem para fazer algumas coisas, e, com exceção da escada, não tem mais motivo para eu ficar aqui.

Balancei a cabeça.

— Não tem? Que tal você *querer* estar aqui?

— É claro que quero. Mas você entendeu o que eu quis dizer.

Eu a peguei nos braços e a pus sentada em cima da bancada da cozinha para ficarmos cara a cara.

— Na verdade, não entendi. Por isso vamos conversar. Gosta da minha casa?

Ela olhou para a sala e para as janelas panorâmicas.

— Hum, isso aqui faz minha casa parecer um buraco. É deprimente entrar no meu apartamento depois de sair do seu.

— Ok, gosta do apartamento. E do companheiro de quarto?

Ela se inclinou para a frente e me deu um selinho.

— Ele está me deixando mimada. E quando sai do banho coberto só com uma toalha, a vista é melhor que a das janelas panorâmicas da sala.

Segurei seu rabo de cavalo e mantive sua boca na minha quando ela tentou recuar. Annalise abriu a boca quando deslizei a língua por entre aqueles lábios carnudos. Foi um beijo longo e intenso, e senti meu coração pleno de novo.

Nas últimas semanas, eu tinha estado mais feliz do que em toda minha vida. Sabia que não queria que isso acabasse. O beijo era toda segurança de que eu precisava.

— Ótimo. — Dei um puxão de leve no rabo de cavalo. — Então, tudo combinado. Você vem morar aqui. Vou contratar uma empresa de mudanças para ir embalar suas coisas no fim de semana.

Ela arregalou os olhos.

— O quê?

— Gosta mais do meu apartamento que do seu. Tem tesão pelo companheiro de quarto. — Dei de ombros. — Por que ir embora?

— Está... me convidando para morar com você? Permanentemente?

Olhei nos olhos dela.

— Estou dizendo que quero você aqui de manhã, quando eu acordar, e quero você aqui à noite, quando eu for para a cama. Quero seus quatro jornais diferentes espalhados em cima da nossa cama e sua quantidade ridícula de sapatos ocupando nosso *closet*. Quero você usando minhas camisetas para fazer nosso café da manhã quando se sentir disposta para isso, e com certeza quero você embaixo de mim, em cima de mim, de joelhos no chão do nosso quarto e amarrada à cabeceira da cama enquanto te como de sobremesa. Fui claro?

Ela mordeu o lábio inferior.

— Tem uma coisa que preciso te contar primeiro.

Fiquei tenso.

— O que é?

Ela roçou o nariz no meu e enlaçou meu pescoço com os braços.

— Amo você, Bennett Fox.

Deixei a cabeça cair e soltei um enorme suspiro de alívio.

— Quer que eu tenha um infarto? Essa história de ter uma coisa para me contar... Pensei que... nem sei o que eu pensei. Mas não foi nada bom.

Annalise riu.

— Desculpe.

Olhei para ela apertando um pouco os olhos.

— Está desculpada. Por que demorou tanto para me dizer isso? Três semanas esperando!

Ela segurou minha camiseta com as duas mãos e me puxou para perto.

— Queria me livrar dos analgésicos e da medicação que me deixava grogue para você não ter dúvida de que estou falando sério.

— Parou de tomar os remédios? O médico autorizou?

Ela abaixou a cabeça e deslizou uma unha no meu braço. Depois olhou para mim por entre os cílios com aquela cara sexy de quem quer foder.

— Ele também me liberou para retomar *todas as atividades*. Só não posso exagerar.

Desde que entrei no apartamento e a vi abaixada, eu ostentava o começo de uma ereção. Precisava da confirmação, antes de alimentar esperanças. Foram três longas semanas desde o acidente.

— *Todas* as atividades?

Ela balançou as sobrancelhas.

— Todas.

A bancada da cozinha tinha a altura perfeita, e nessa posição eu não a esmagaria. Além do mais, não precisava perder tempo andando até o quarto. Puxei Annalise para a beirada da bancada e pressionei minha ereção entre as pernas dela. Senti o calor da vagina através do tecido da calça e gemi.

Já mencionei que foram *três semanas*?

— O certo seria fazer amor com você agora, provavelmente. Mas vou ficar te devendo uma forma mais demorada e doce, porque preciso de você com intensidade e depressa, antes de ter calma suficiente para ir devagar.

Ela lambeu meu lábio e me deu uma mordidinha inesperada.

— Intenso serve para mim.

Eu a despi em dois segundos. Chupei seus seios lindos, mordendo até ela deixar escapar um ruído que era uma mistura de gemido e grito. Caramba, como senti falta dela. De estar dentro dela. De penetrá-la tão fundo que meu esperma nem encontrava a saída. Era surreal quanto eu desejava essa mulher. *Precisava* dessa mulher. Ansiava por essa mulher, mesmo quando não queria nada disso.

Beijei sua boca e falei sem afastar os lábios dos dela:

— Amo você.

Senti seu sorriso, mesmo sem conseguir ver seu rosto.

— Também amo você.

Beijei cada pedacinho de pele que consegui alcançar enquanto abria o zíper da calça. Quando a cueca se juntou às outras roupas no chão, a ereção tocou meu abdome.

Tive que recorrer a toda minha força de vontade para ir devagar. Olhei nos olhos dela.

— Você está bem? Respirando bem?

Ela respondeu olhando para baixo entre nós dois, deslizando o polegar pela cabeça reluzente do meu pau, levando o dedo à boca e chupando.

— *Hummm...* Tudo bem. E você?

Gemi e segurei o pau, encaixando-o entre suas pernas e sentindo toda aquela umidade gloriosa. Penetrei Annalise com um movimento longo e firme, beijando sua boca até começar a me preocupar com sua respiração ofegante.

Ela sorriu para mim arfando, mas parecia perfeitamente bem. Voltei a me mover sem desviar os olhos dos dela, devagar e constante, entrando e saindo.

Caramba, essa mulher. Tinha passado metade da minha vida construindo milhões de obstáculos para colocar no caminho do amor. Mas, quando conheci Annalise, tudo que as barreiras fizeram foi me mostrar quanto valia a pena saltar cada uma delas.

Tentei me segurar, fechei os olhos com força para não ver como era linda. Quando ela murmurou meu nome como se fosse uma prece, não deu para *não* olhar.

— Bennett. *Ai, meu Deus.* Por favor.

Não tem som mais doce que a mulher que você ama gemendo seu nome. Também é muito sexy. E foi isso. Eu não aguentei mais.

Meus movimentos ficaram mais rápidos, e comecei a penetrá-la cada vez mais forte. Cada músculo do meu corpo enrijeceu quando ela se contraiu em torno do meu membro, enterrando as unhas nas minhas costas enquanto explodia no orgasmo. Ver meu pau entrando e saindo dela era a coisa mais impressionante. Mas saber que ela me amava tornava tudo muito mais doce. Deus sabe por que ela me deu seu coração, mas eu não tinha intenção de devolvê-lo nunca mais.

Quando o corpo dela começou a relaxar, só precisei de mais duas idas e vindas para encontrar o alívio. Beijei sua boca e a abracei, tomando cuidado para não fazer muita pressão em seu peito.

Com o rosto apoiado sobre a cabeça dela, me senti quase contente. *Quase.* Só uma coisa me incomodava.

— Ainda não ouvi um sim definitivo como resposta.

— Qual foi a pergunta?

— Mora comigo?

Annalise inclinou a cabeça para trás.

— Mas o que eu vou fazer com aquele belo chapéu de caubói que você me deu logo que nos conhecemos se eu ficar na Califórnia?

— Faz meses que eu penso em você montada em mim usando aquela coisa. Vai ter muita utilidade para ele.

Ela riu, mas logo percebeu que eu não estava brincando. Mal podia esperar para ver Annalise brincando de vaqueira.

— E aí? Sim?

— Sim. Eu venho morar com você. — Eu já começava a sorrir, quando ela levantou um dedo. — Mas tem uma condição.

Arqueei uma sobrancelha.

— Condição?

Ela assentiu.

— Vamos dividir as despesas. Meio a meio. Considerando que logo só eu estarei empregada, quero pagar a metade... ou mais, se eu puder, enquanto você estiver procurando outro emprego.

De jeito nenhum, eu não ia permitir que ela pagasse nada... não do jeito tradicional, pelo menos.

— Na verdade, não vou procurar um emprego.

Ela arqueou as sobrancelhas.

— Por que não?

— Porque estou pensando em uma coisa melhor.

— Ok...

— E espero que você também se interesse por uma nova posição.

— Uma nova posição? Deixa eu ver... de costas ou de quatro?

Fiz uma careta e bati com um dedo na ponta do nariz dela.

— Não era nisso que estava pensando, mas gosto dessa sua cabecinha, minha menina sacana.

— Pare de fazer mistério, Fox. Fale de uma vez. O que está acontecendo?

— Vou abrir uma agência. Quero que venha trabalhar comigo.

Epílogo

Annalise

Dois anos atrás, exatamente nesse dia, eu estava arrasada.

Acendi as últimas duas velas e diminuí a intensidade das lâmpadas na sala de estar. *Perfeito*.

A lareira estava acesa, a mesa estava arrumada com a porcelana que ganhei da minha mãe quando saí de casa, vinte velas criavam o clima romântico, e eu tinha o prato preferido de Bennett no forno. Olhei em volta e sorri. *Finalmente* esse homem teria um encontro com uma namorada no Dia dos Namorados.

No ano passado, eu havia planejado uma noite especial para essa data, mas, como a maioria das coisas desde que conheci Bennett, nada aconteceu de acordo com o esperado. Naquela manhã, recebemos um telefonema de Lucas. Ele estava no hospital com a avó. Quando acordou e a encontrou inconsciente, ele telefonou para a emergência. Fanny tinha sofrido um AVC.

Uma semana depois, ela faleceu dormindo, ainda na UTI. E nossa vida mudou de forma inesperada mais uma vez.

Dois anos atrás, o homem de quem eu era namorada havia oito anos me deu um fora no Dia dos Namorados. Hoje eu criava um adolescente ao lado de um homem que me faz querer montar nele e apertar seu pescoço ao mesmo tempo. Mas nunca estive mais feliz.

Um dia depois da morte de Fanny, Bennett entrou com o pedido de guarda temporária de Lucas. Pedimos a guarda permanente alguns meses depois. Insisti para Lucas fazer terapia, temendo que ele pudesse enfrentar dificuldades pela perda da segunda mulher da vida dele. Como seu guardião, Bennett foi com ele a algumas sessões, e também acabou procurando um terapeuta para falar sobre a culpa relacionada à morte de Sophie. Isso fez muito bem aos dois.

Peguei o porta-retratos da estante da sala e deslizei um dedo sobre o rosto sorridente de Sophie.

— Não se preocupe. Eles estão felizes. Estou cuidando bem dos seus meninos.

Durante o último ano, encontrei consolo falando com ela em diferentes ocasiões. Quando Lucas agia de modo difícil, ou quando Bennett me irritava com sua incessante superproteção. Tinha com ela uma dívida eterna pela vida linda que eu vivia hoje, e dizia isso a ela com frequência.

Ouvi a chave na porta e me encostei na bancada da cozinha, expondo uma porção provocante de colo enquanto esperava meu maluco entrar em casa. Ele abriu a porta e olhou imediatamente para o que eu exibia. Deixou as chaves e duas sacolas em cima da bancada. Seus olhos procuraram os meus, mas voltaram ao decote duas vezes antes de ele perceber que o apartamento estava cheio de velas.

— Cadê o Lucas?

— Foi dormir na casa do Adam, amigo dele — falei com um tom insinuante.

Bennett sorriu.

Um sorriso malicioso iluminou o rosto de Bennett. Ele se aproximou com um olhar determinado que me arrepiou toda. Tive que me controlar para ficar quieta, não me agitar com a expectativa.

Ele enlaçou minha cintura com um braço e me puxou contra o corpo, enquanto a outra mão segurava minha nuca.

— Vou fazer você gritar tão alto que os vizinhos podem até chamar a polícia.

O beijo me deixou sem ar. Eu não tinha dúvida de que ele pretendia cumprir a ameaça.

Tivemos que moderar um pouco a vida sexual em casa depois que nos tornamos pais de um adolescente. Se antes fazíamos sexo pelo apartamento todo – encostados na parede, no chão da sala, em cima da bancada da cozinha, no chuveiro –, depois da chegada de Lucas nossa atividade teve que ser confinada, e o barulho, limitado.

Mas isso não refreou Bennett – ele só se tornou mais criativo. Mandava todos os funcionários para casa mais cedo para podermos transar sem nenhuma inibição no escritório. Normalmente, isso acontecia depois de discutirmos sobre como lidar com determinada conta. Podíamos fazer parte da mesma equipe agora, mas discussão acalorada ainda mexia com os hormônios do meu homem. Às vezes, eu o irritava de propósito só por isso.

— Como foi a reunião com a Star hoje? — perguntei. — Mandou meu "oi" para o Tobias?

Os olhos de Bennett cintilaram.

Viu? Simples assim. Um dos jeitos mais fáceis de provocá-lo era cutucar o leão ciumento. Para ele, sempre foi uma pedra no sapato o fato de, na última hora, a Star ter mudado de ideia e escolhido minha campanha. Tobias convenceu o restante da equipe de que essa era a melhor opção, e isso só alimentou o ciúme que Bennett já sentia. Ah, aliás, a Pet Supplies & More também escolheu minha campanha. O que significa que eu teria sido escolhida em duas contas, e Bennett teria calçado as botas de caubói. Mas no fim tudo deu certo. Levei as duas contas novas e mais um punhado de outras antigas quando deixei a Foster, Burnett e Wren e fui trabalhar na The Fox Agency.

— Está pedindo para andar de pernas abertas amanhã, não é, Texas?

O apelido pegou.

Sorri.

— Feliz Dia dos Namorados, amorzinho. Rompemos sua tradição.

Bennett franziu a testa.

— Nunca teve um encontro com uma namorada no Dia dos Namorados, lembra?

— Ah. É Dia dos Namorados. — Ele sorriu com segundas intenções. — Tinha esquecido completamente. Odeio estragar seus planos. — E olhou em volta. — Parece que você teve muito trabalho. Que pena.

Foi minha vez de arquear as sobrancelhas. Ele esqueceu o Dia dos Namorados? Estragar meus planos?

— *Sério?* Temos a casa inteira só para nós por uma noite inteira, e você tem outros planos no Dia dos Namorados?

— Desculpe, amor.

Decepção era pouco. A água que deixei no fogão para cozinhar a massa estava começando a ferver, a tampa fazia barulho. Aparentemente, duas coisas ferviam nesse momento.

Passei por Bennett e fui para a cozinha. Baixei o fogo e tirei a tampa da panela para deixar sair o vapor. Mas, com o passar dos segundos, fui ficando cada vez mais brava por Bennett ter estragado a noite que planejei. Tinha até alguns presentes que perdi a vontade de entregar.

Nunca fugi de uma briga com ele, por isso joguei a tampa da panela em cima da bancada e fui mostrar para ele o quanto estava brava.

Mas, quando virei, ele não estava mais lá.

Estava atrás de mim de joelhos.

Não contive a exclamação chocada.

Bennett segurava uma caixinha de veludo preto e sorria.

— Ia me atacar, não ia?

Meu coração quase pulava para fora do peito. Pus as duas mãos sobre ele.

— É claro que sim. Por que fez isso?

Ele segurou minha mão.

— Fiz tudo isso porque nunca tive um encontro com uma namorada no Dia dos Namorados. Então decidi manter a tradição, porque o encontro vai ser com minha noiva.

Meus olhos começaram a lacrimejar.

Ele apertou minha mão, e notei que a caixa na outra tremia. Meu concorrente confiante que agora era o amor da minha vida estava nervoso para me pedir em casamento. Por trás da aparência de durão, havia um homem com um coração gigante e mole, por isso ele sofreu tanto, por todo esse tempo, e ergueu um muro para protegê-lo de mais sofrimento.

Bennett engoliu em seco, e o humor em seu rosto deu lugar à sinceridade.

— Quando te conheci, eu estava destruído e não queria ser recuperado. Você danificou meu carro, tentou tirar meu emprego e me chamou de babaca, tudo isso em poucas horas depois de chegar ao escritório. Fiz tudo que pude para te odiar, porque, no fundo, sabia que você era uma ameaça à minha necessidade de ser infeliz. Quando te ofendi, você me convidou para participar de uma reunião, embora fosse minha concorrente e pudesse ter ido sozinha. Quando fui cretino o bastante para dizer que sua mãe estava dando em cima de mim, você me incentivou a ficar para jantar. Quando a avó de Lucas morreu, foi você quem disse imediatamente que ele tinha que ficar com a gente. Devia ter fugido, mas você não é assim. É uma mulher linda, mas a verdadeira beleza que irradia vem de dentro.

Ele balançou a cabeça e continuou:

— Não mereço um amor tão altruísta. Não consigo imaginar o que fiz para te merecer. Mas, se você deixar, quero passar o resto da vida tentando corresponder à metade do que viu em mim.

Lágrimas quentes começaram a correr por meu rosto.

— Annalise O'Neil, quero discutir com você todos os dias no escritório e fazer as pazes com você todas as noites na nossa cama. Quero te encher de bebês loirinhos de cabelo rebelde parecidos com você e que inundem nossa casa de felicidade. Quero envelhecer com você. E aí, será que pode não ser minha namorada e me dar a honra de ser minha noiva nesse Dia dos Namorados?

Senti meu corpo desabar e quase o derrubei quando passei os braços em torno de seu pescoço.

— Sim. Sim. — Beijei seu rosto muitas vezes. — Sim. Sim. Quero me casar com você.

Bennett nos equilibrou e beijou minha boca. Com os polegares, limpou as lágrimas dos meus olhos.

— Obrigado por me amar, mesmo quando eu me odiava.

Meu coração deixou escapar um grande suspiro. O amor tem isso. A gente não se apaixona pela pessoa perfeita; a gente se apaixona apesar das imperfeições do outro.

— Amo você — eu disse.

Ele pegou minha mão e pôs o lindo anel de diamante e esmeralda no meu dedo.

— Não esperava você na minha vida, Texas. Não esperava.

— Tudo bem. Porque nunca precisará esperar que eu saia dela também.

Agradecimentos

A vocês – os leitores. Obrigada por fazerem essa viagem comigo e deixarem Bennett e Annalise entrarem na mente e no coração de vocês. Com inúmeros livros à disposição, é uma honra que muitos de vocês escolham os meus há tanto tempo. Agradeço pela lealdade e pelo apoio.

Penelope – eu não poderia imaginar tudo isso sem você do meu lado. Obrigada por aguentar minhas neuroses todos os dias. Mal posso esperar para ver qual vai ser nossa próxima aventura!

Cheri – obrigada por ser a melhor assistente que uma garota poderia querer nas sessões de autógrafos. E por estar sempre por perto para me apoiar. Os livros nos aproximaram, mas a amizade nos fez eternas.

Julie – obrigada pela amizade, inspiração e força.

Luna – você é a primeira pessoa com quem falo de manhã, normalmente, e sempre posso contar com você para começar o dia sorrindo. Obrigada pela amizade e pelo apoio.

Ao meu incrível grupo de leitores no Facebook, Vi's Violets – obrigada pelo entusiasmo e pela animação que trazem todos os dias. Seu apoio é minha motivação diária!

Sommer – agradeço por guardar minhas palavras dentro de capas lindas. Seus desenhos dão vida aos meus livros!

Minha agente e amiga Kimberly Brower – obrigada por tudo que você faz e por sempre fazer mais do que é solicitado. Não existe agente tão criativa e aberta a novas oportunidades quanto você.

Jessica, Elaine e Eda – obrigada por serem a equipe de edição dos sonhos! Vocês melhoram minhas histórias e eu mesma!

Mindy – obrigada por me manter organizada e cuidar de tudo!

A todos os blogueiros – eu disse isso há anos, mas ainda é verdade hoje –, vocês são a cola do mundo dos livros, mantêm autores e leitores conectados e trabalham de maneira incansável para compartilhar sua paixão pelos livros. Obrigada por dedicarem seu tempo precioso à leitura das minhas histórias, a escrever resenhas atenciosas e compartilhar detalhes que dão vida aos meus livros.

Com amor,
Vi

Leia também:

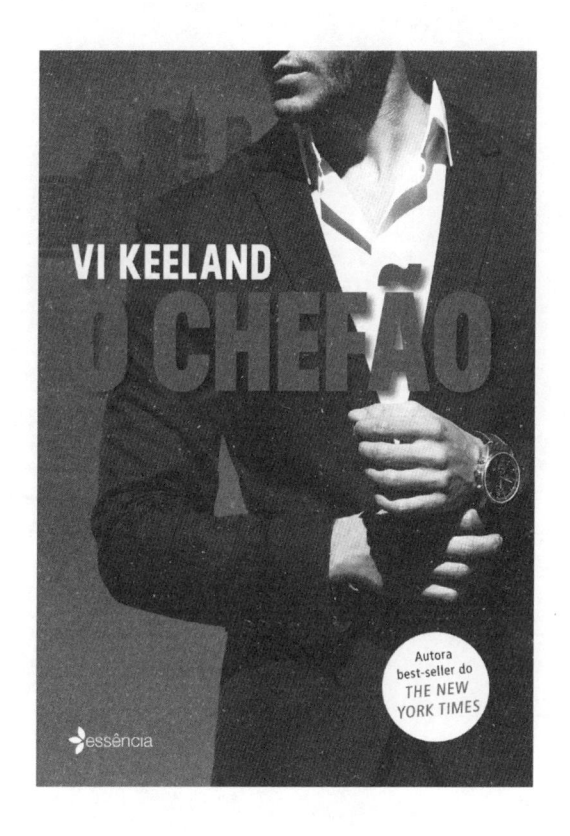

VI KEELAND &
PENELOPE WARD

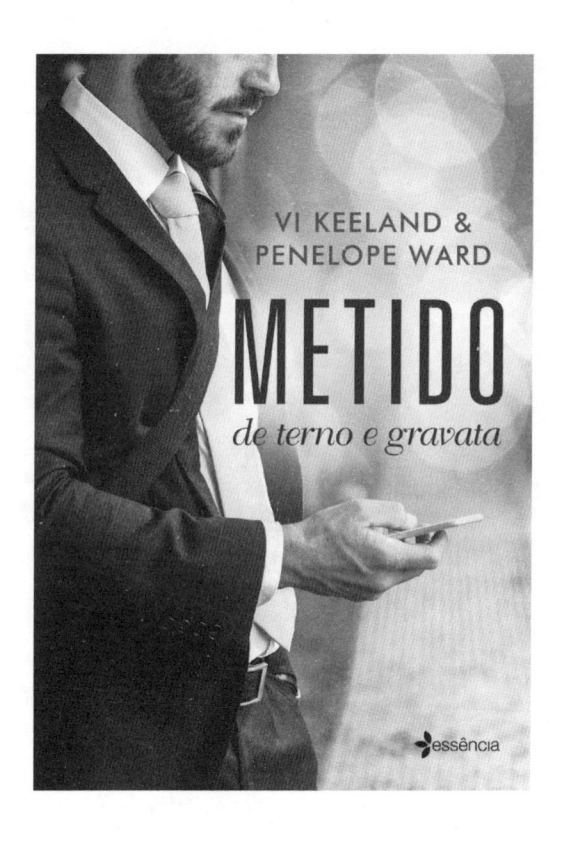

METIDO
de terno e gravata

essência

CRETINO ABUSADO

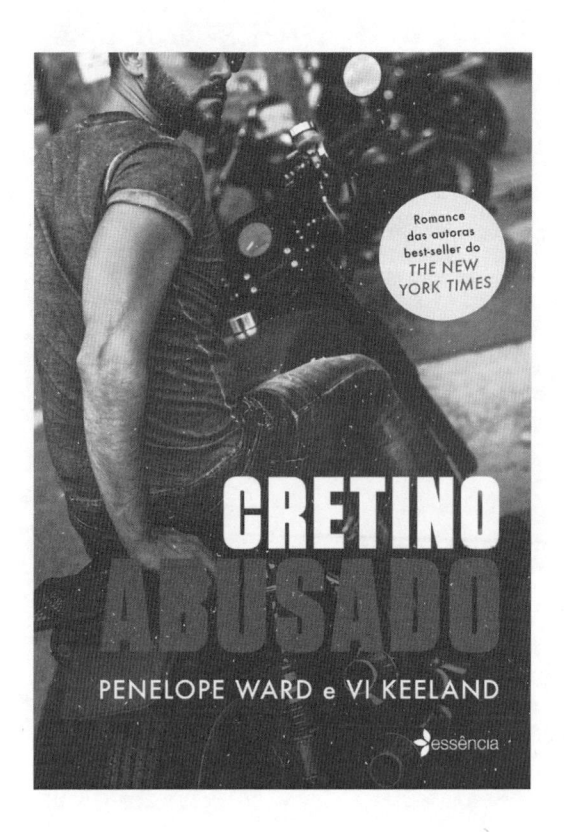

PENELOPE WARD e VI KEELAND

Romance das autoras best-seller do THE NEW YORK TIMES

essência

**Acreditamos
nos livros**

Este livro foi composto em Dante MT Std
e impresso pela Gráfica Santa Marta para a
Editora Planeta do Brasil em março de 2020.